DU MÊME AUTEUR

ROMANS, RÉCITS ET CONTES

Contes pour buveurs attardés, Éditions du Jour, 1966 ; BQ, 1996
La cité dans l'œuf, Éditions du Jour, 1969 ; BQ, 1997
C't'à ton tour, Laura Cadieux, Éditions du Jour, 1973 ; BQ, 1997
Le cœur découvert, Leméac, 1986 ; Babel, 1995
Les vues animées, Leméac, 1990 ; Babel, 1999
Douze coups de théâtre, Leméac, 1992 ; Babel, 1997
Le cœur éclaté, Leméac, 1993 ; Babel, 1995
Un ange cornu avec des ailes de tôle, Leméac/Actes Sud, 1994 ; Babel, 1996
La nuit des princes charmants, Leméac/Actes Sud, 1995 ; Babel, 2000
Quarante-quatre minutes, quarante-quatre secondes, Leméac/Actes Sud, 1997.
Hotel Bristol, New York, N.Y., Leméac/Actes Sud, 1999
L'homme qui entendait siffler une bouilloire, Leméac/Actes Sud, 2001
Bonbons assortis, Leméac/Actes Sud, 2002
Le cahier noir, Leméac/Actes Sud, 2003
Le cahier rouge, Leméac/Actes Sud, 2004
Le cahier bleu, Leméac/Actes Sud, 2005
Le gay savoir, Leméac/Actes Sud, coll. "Thesaurus", 2005

CHRONIQUES DU PLATEAU-MONT-ROYAL

La grosse femme d'à côté est enceinte, Leméac, 1978 ; Babel, 1995
Thérèse et Pierrette à l'école des Saints-Anges, Leméac, 1980 ; Grasset, 1983 ; Babel, 1995
La duchesse et le roturier, Leméac, 1982 ; Grasset, 1984 ; BQ, 1992
Des nouvelles d'Édouard, Leméac, 1984 ; Babel, 1997
Le premier quartier de la lune, Leméac, 1989 ; Babel, 1999
Un objet de beauté, Leméac/Actes Sud, 1997
Chroniques du Plateau-Mont-Royal, Leméac/Actes Sud, coll. « Thesaurus », 2000

THÉÂTRE

En pièces détachées, Leméac, 1970
Trois petits tours, Leméac, 1971
À toi, pour toujours, ta Marie-Lou, Leméac, 1971
Les belles-sœurs, Leméac, 1972
Demain matin, Montréal m'attend, Leméac, 1972 ; 1995
Hosanna suivi de La Duchesse de Langeais, Leméac, 1973 ; 1984
Bonjour, là, bonjour, Leméac, 1974
Les héros de mon enfance, Leméac, 1976
Sainte Carmen de la Main suivi de Surprise ! Surprise !, Leméac, 1976
Damnée Manon, sacrée Sandra, Leméac, 1977
L'impromptu d'Outremont, Leméac, 1980
Les anciennes odeurs, Leméac, 1981
Albertine en cinq temps, Leméac, 1984
Le vrai monde ?, Leméac, 1987
Nelligan, Leméac, 1990
La maison suspendue, Leméac, 1990
Le train, Leméac, 1990
Théâtre I, Leméac/Actes Sud-Papiers, 1991
Marcel poursuivi par les chiens, Leméac, 1992
En circuit fermé, Leméac, 1994
Messe solennelle pour une pleine lune d'été, Leméac, 1996
Encore une fois, si vous permettez, Leméac, 1998
L'état des lieux, Leméac, 2002
Le passé antérieur, Leméac, 2003
Le cœur découvert – scénario, Leméac, 2003
Impératif présent, Leméac, 2003

DES NOUVELLES D'ÉDOUARD

Leméac Éditeur remercie le ministère du Patrimoine canadien, le Conseil des arts du Canada, la Société de développement des entreprises culturelles du Québec (SODEC) et le Programme de crédit d'impôt du Gouvernement du Québec du soutien accordé à son programme de publication.

© LEMÉAC, 1989
ISBN 2-7609-1836-X

ISBN ACTES SUD 2-7427-5979-4

Illustration de couverture :
© Stock Image, 1997, Paris

MICHEL TREMBLAY

DES NOUVELLES D'ÉDOUARD

roman

BA**BEL**

Pour Louise-Odile Paquin,
Hélène Dessureault, Danièle Laurin,
Lysane Marion, Sophie Laurin
et Martin Dignard.

« À quoi ça sert de conter ta vie si t'en inventes pas des bouts? »

La duchesse

Prélude

Août 1976

La grande Paula-de-Joliette était formelle : la duchesse devait rester sur le trottoir, ce soir-là. Tout simplement. Ou alors elle, l'avaleuse de lames de rasoir, se servirait de ses accessoires pour taillader dans la peau des joues de la vieille loque des graffiti tellement obscènes que même la duchesse, pourtant vulgaire comme sept, en aurait honte et serait condamnée à se promener voilée pour le reste de ses jours. Jennifer Jones, perruque raide de spraynet et faux ongles rutilants, avait dit : « Tu sais même pas écrire ton nom, Paula ! Tu pourrais même pas signer ton œuvre ! » La grande Paula-de-Joliette avait répondu : « Peut-être, mais j'sais tailler en maudit, par exemple ! » Et c'était vrai. Jennifer Jones portait à la saignée du bras gauche une cicatrice étoilée qui en disait long sur l'art de la magicienne. Pendant un court instant Jennifer avait imaginé sa propre cicatrice au front ou à la joue de la duchesse. Elle avait souri. « Ça y décorerait peut-être un peu la face. Pauvre duchesse, a' l' a tellement pus l'air de rien ! » Une odeur de maquillage fondu et de poudre bon marché flottait dans la toilette des dames qui servait de loge aux artistes qui se produisaient au Coconut

Inn. Jennifer éternua trois fois ; sa perruque se déplaça sur son front et ressembla pendant quelques secondes au casque de poil noir des Highland Guards. « Quand est-ce que tu vas t'acheter de la poudre qui a de l'allure, Paula ! Tu sens ma tante Berthe quand a' venait nous visiter, le dimanche après-midi, pis ça me déprime ! » Paula enfilait patiemment ses lames de rasoir une à une guettant d'un œil circonspect la moindre tache de rouille, le plus petit défaut de fabrication. Après tout, elle allait se mettre ces choses-là dans la bouche ! « Payez-moé plus, chère, pis j'vas avoir les moyens de sentir comme la reine d'Angleterre ! » Jennifer se replaçait la perruque avec de délicats attouchements. « Tu sais même pas comment la reine d'Angleterre sent, innocente ! » « La reine d'Angleterre peut pas se payer le luxe de sentir mauvaise ! Est en représentation continuelle ! » Jennifer avait jeté un coup d'œil vers sa compagne penchée amoureusement sur ses accessoires. « Aïe, 'coudonc, on peut jamais avoir raison, avec toé ! » Paula avait étiré le bras vers sa cigarette qui se consumait sur le bord de l'évier. « On est toutes des élèves de la duchesse, Jennifer ! On a été dressées à avoir le dernier mot ! » Jennifer s'était éloignée du miroir, avait redisposé quelques mèches rebelles. « Pis t'aurais le front de tailler dans la peau qui t'a tout appris ! » La grande Paula-de-Joliette avait soupiré. « Comme dit justement la duchesse, tu peux pas être et avoir été ! » Jennifer lissait son sourcil gauche avec son index mouillé. « Tu peux surtout pas être sans avoir jamais été, mon beau Sylvain!» Et Jennifer Jones avait laissé derrière elle un sillage d'excellente poudre. La grande Paula-de-Joliette avait essayé d'éternuer. Une barbe drue commençait à se manifester sous son maquillage pourtant foncé. Les soirs de week-end où elle donnait trois spectacles, elle avait l'habitude de se raser entre les deux derniers mais depuis quelque temps elle négligeait de le faire par pure paresse. «À quoi ça sert de se refaire pour trois pelés pis deux tondus? C'est pas icitte que j'vas refaire mon avenir, de toute façon!» Il faut dire que le Coconut Inn n'était pas ce qu'on aurait pu appeler un palais et sa clientèle chamarrée et bruyante avait le raffinement plutôt ébréché. Après tout on était sur la Main au sud de La Gauchetière et on ne venait pas au Coconut Inn pour se faire chier à jouer les chics et les subtils! On venait boire et rire en regardant des hommes habillés en femmes avaler des lames de rasoir, chanter en se dandinant les succès des autres, cracher du feu (Manon-de-feu était un des grands moments de la soirée), se bitcher quand ça allait mal, se bitcher encore plus quand ça allait trop bien, virevolter dans des costumes de papillons ou se déshabiller dans des éclairages glauques en s'imaginant affriolantes. La grande Paula-de-Joliette se passait une main sur la joue. «Trop, c'est trop. Faudrait que j'me refasse...» Mais elle n'avait pas le temps. Déjà Jennifer, en scène, taquinait B.V.D., le gérant de l'établissement, son ami et complice de toujours, et annonçait sa première chanson, le dernier succès de Ginette

Reno. La porte des toilettes s'ouvrit, une cliente entra. Une vraie femme, denrée plutôt rare au Coconut Inn. Elle hésita quelques instants avant de pousser la porte de l'unique cabine. Paula ramassait ses affaires sans lever la tête. « Ça sera pas long, chère, j'm'en vas me faire la barbe ! » Elle passa une dernière fois sa langue sur ses dents rougies, se sourit tristement. « Hé, que tu fais simple, chère ! »

Le troisième spectacle du samedi soir était le plus difficile pour les artistes ; presque plus personne n'écoutait, la fumée de cigarette devenait irrespirable, l'alcool échauffant les esprits, des batailles éclataient au beau milieu d'une chanson ou d'un numéro de strip-tease. Jennifer entamait toujours ce spectacle avec appréhension. Elle aimait chanter, voulait qu'on l'écoute et de voir ces têtes hilares et rougeaudes bouger sans arrêt, se détourner d'elle, se pencher sur les tables mouillées de bière, la déprimait. Elle avait de la difficulté à entendre l'orchestre, manquait souvent une attaque, se fâchait, parfois, à la grande joie des spectateurs, d'ailleurs, qui n'aimaient rien mieux que de voir Jennifer Jones sortir de ses gonds en scène. Surtout un samedi à deux heures du matin. Mais ce soir-là Jennifer avait attaqué *Des croissants de soleil* au bon endroit, l'orchestre tournait rond, le public l'écoutait à peu près, la fumée lui picotait moins la gorge. Elle en fut troublée. Ça n'était pas normal.

Quelque chose planait, au Coconut Inn, depuis la veille, mais elle n'avait pas réussi à mettre le doigt dessus et se sentait flouée. Elle avait toujours su tout ce qui se passait, où, comment, entre qui ; elle avait alimenté des haines, empêché des carnages, raccordé des ennemis jurés et brouillé des frères de sang ; elle s'était retrouvée au cœur d'histoires invraisemblables, avait trouvé in extremis des solutions à d'inextricables drames où revolvers et couteaux commençaient à faire leur apparition ; elle refusait donc de croire que quelque chose se préparait sans qu'elle le sache. Pendant le dernier refrain de *Des croissants de soleil*, elle fit rapidement le tour de l'assistance sans rien voir de spécial. B.V.D., tout sourire, passait de table en table, tapait des épaules, échangeait des poignées de mains. Les waiters frétillaient du troufignon, comme d'habitude. Au bar, Sandra faisait la cute en brassant un quelconque cocktail, la pauvre. Tooth Pick se décrottait les dents à une table retirée. Vraiment rien de spécial. Sauf qu'on était samedi soir et qu'elle avait l'impression d'être un mercredi ou un jeudi. En saluant sous les maigres applaudissements, elle ressentit un petit pincement sous son soutien-gorge bourré. « On commencerait-tu à moins pogner ? » En relevant la tête elle vit la grande Paula-de-Joliette qui se dirigeait vers Maurice, toujours planté à côté de la caisse, un martini à la main. Elle se protégea les yeux et cria dans le micro en direction de l'avaleuse de lames de rasoir : « Aïe, Paula, oùsque tu t'en vas ? Es-tu déjà paquetée au point de pas savoir oùsqu'est le stage?» Quelques rires. Paula haussa les épaules. «Chante donc, toé! J't'espionne pas, moé, quand chus en scène!» Quelques cous se tendaient déjà. Quand Jennifer Jones et la grande Paula-de-Joliette s'engueulaient, il fallait écouter : des choses parfois énormes étaient échangées, des secrets bien gardés étaient divulgués, de discrètes liaisons démasquées. Bitchland, quoi. Jennifer prit son micro à deux mains. Elle venait de comprendre que Paula était peut-être au cœur de cette chose qui lui échappait et qui l'agaçait tant. Il fallait la faire parler. «Quand t'es en scène, ma chérie, c'est tellement plate qu'y'a pas grand-chose de ben ben important qui peut se passer! Y'a rien à espionner, tout le monde dort!» Rien ne se produisit. Jennifer en resta bouche bée. Paula s'était même détournée! «Réponds, quand j'te parle, innocente!» Paula ne prit même pas la peine de se tourner vers elle pour répondre. «J'ai pas le goût de me chicaner, à soir, okay?» Elle s'accouda au bar, à côté de Maurice. Un murmure de déception s'éleva du ringside. Jennifer replaça son micro sur son pied. «Vous avez ben raison de soupirer! Si y'a pus moyen de se chicaner, oùsqu'on s'en va! Aïe, 'coudonc, vous avez pas l'impression que c't'un p'tit mercredi creux, à soir?» Cris, applaudissements. «Bon! Parlez-moé de ça! Réveillez-vous, bonyeu! Y'a pas quelqu'un qui aurait le goût de péter la fiole de quelqu'un d'autre, là, pour mettre un peu d'ambiance?» Sandra cria du bar : «D'habitude, le samedi soir, tu te plains qu'on respecte pas ton art! Profites-en! Pour une fois qu'on t'écoute fausser ! » Piquée dans son orgueil de chanteuse, Jennifer se tourna aussitôt vers l'orchestre. « Envoyez, les gars ! *Le Fer, le marbre et l'acier !* On va leur montrer comment j'm'appelle ! » En entendant les premières mesures Sandra leva les yeux au ciel. « Quand a'l' a personne avec qui se battre, a' se bat avec c'te chanson-là ! Pis c'est toujours la chanson qui gagne ! »

« Si j'la vois rentrer, j'sais pas c'que j'y fais ! » Le cliquetis de ses faux ongles sur le métal se répercutait jusqu'à l'autre bout du bar où Sandra chantonnait *Le Fer, le marbre et l'acier* en singeant Jennifer Jones. Maurice posa son verre. « Va donc faire ton numéro, Paula. » « T'as pas l'air de me croire ! A' me fera pas la même chose qu'hier soir, certain ! Ah ! non... » « La duchesse est vieille pis fatiguée. » Maurice parlait avec une voix douce, presque émue. La lampe au-dessus de la caisse lui faisait comme un halo doré qui soulignait la belle courbure du nez, le front plat, la moustache sel et poivre qu'il se laissait pousser depuis quelques semaines et qui avait déjà ajouté quelques pièces à son tableau de chasse pourtant très impressionnant. La duchesse avait l'habitude de dire que la Main au grand complet était en amour avec Maurice à cause de son profil de chien sale. Peu de gens savaient résister au profil de Maurice. Il le savait et en avait toujours tiré profit. La duchesse disait aussi : « Quand

Maurice se met à te parler de profil, ferme les yeux !» La grande Paula-de-Joliette garda les yeux ouverts, cessa de tapoter le comptoir, posa sa main sur l'épaule de Maurice. «On est toutes vieilles pis fatiguées, le samedi soir à deux heures du matin... pis on n'a pas envie de se faire baver par une vieille sacoche qui fait chier tout le monde par pur plaisir !» Maurice finit son martini d'un trait. «C'est tout ce qui y reste, la méchanceté, Paula... quand t'auras compris ça, t'auras compris ben des choses...» Soudain, comme un coup au cœur, Paula revit la duchesse titubante sur sa chaise, une main autour de son verre de bière tiède parce que trop étirée, l'autre jouant avec sa chaîne en or. En vrai or, comme elle le faisait remarquer à qui voulait l'entendre. Paula revit les yeux méchants, tellement méchants, le sourire, pli amer au milieu des doubles mentons et des bajoues pendantes. Elle qui avait été si drôle ! Jamais belle, non, mais drôle ! À mourir ! Mon Dieu... Paula comprit que peu à peu la duchesse était devenue l'image même de ce qui faisait peur à tout le monde, clients autant qu'artistes, à tout ce beau monde qui venait ici presque chaque soir oublier le temps qui passe pour rien. Elle la haïssait encore plus, cette preuve vivante de la décrépitude, de l'accablement, de l'effondrement. Elle comprit en quelques secondes qu'elle était prête à tout accepter, à tout endurer de la duchesse par pitié de ce qui risquait de lui advenir à elle-même. Cela vint comme une déprimante révélation : elle sut qu'elle subirait jusqu'à la fin les assauts, les insultes, les moqueries, les flatteries. Mais jusqu'à la fin de qui? *Le Fer, le marbre et l'acier* était terminée. Jennifer Jones avait poussé ce dernier miaulement de chat ébouillanté qui agaçait tout le monde en pensant encore une fois avoir atteint les sommets de l'art vocal. Un grand coup de dépression secouait le pauvre Sylvain Touchette, dit Paula-de-Joliette par manque flagrant d'imagination (il était né à Joliette et Paul était son second prénom). « Si a' vient, au moins dis-y d'essayer de faire attention... c'est dangereux le numéro que j'fais ! » Maurice rit franchement. Ses belles dents brillèrent. Une bulle de salive se forma sur sa bouche. La veille, la duchesse avait crié à la cantonade pendant que Paula sortait de sa bouche sa brochette de lames de rasoir neuves : « A' peut pas se couper, est pleine de dentiers ! » Maurice essuya un de ses yeux avec son mouchoir qui fleurait bon *Eau sauvage*, dernière rage dans le milieu homosexuel de l'est de Montréal. Sur la scène, Jennifer Jones annonçait la grande Paula-de-Joliette en exagérant le texte qu'elle répétait tous les soirs depuis des mois : unique, sensationnelle, incroyable, prenant de petites teintes ironiques que l'avaleuse de lames choisit de ne pas voir passer. Paula traversa la salle du Coconut Inn, droite comme une reine, la tête haute, les bras écartés dans une caricature de danseuse de ballet. Elle grimpa les trois marches qui menaient à la scène en envoyant des baisers à tout le monde et glissa à l'oreille de Jennifer Jones qui lui tendait le micro : « Je le sais pourquoi t'as l'impression qu'on est un mercredi soir! La duchesse est pas là pour nous faire chier!» Et toutes deux eurent la même vision d'horreur: quand la duchesse disparaîtrait, la Main serait condamnée à un perpétuel mercredi soir.

Après s'être changée, Jennifer Jones était venue s'asseoir à la table de Tooth Pick. Elle n'avait pas touché à sa tête: son maquillage, ses cheveux étaient restés les mêmes mais elle avait troqué sa robe longue contre un jean usé et un T-shirt jaune serin sur lequel on pouvait lire en lettres phosphorescentes: SKINNY FOREVER. L'effet était plutôt ahurissant. À ceux qui lui demandaient pourquoi elle n'enlevait jamais son maquillage après le spectacle elle répondait: «J'garde mon vrai visage pour moé!» Les mauvaises langues (la duchesse?) prétendaient que Jennifer Jones n'avait pas de vrai visage, qu'elle était née maquillée et que sa mère, à sa naissance, apercevant ses faux cils, s'était écriée: «C't'un monstre! En bas, c't'un p'tit gars pis en haut c't'une guidoune!» Tooth Pick était étonné de la visite de Jennifer Jones. Il ne l'aimait pas, elle ne l'aimait pas, tout le monde le savait et c'était parfait comme ça. Ils s'évitaient le plus possible (les yeux de Tooth Pick glissaient sur le plancher quand par inadvertance ils croisaient ceux de Jennifer) et s'ils avaient à se parler, un message de Maurice ou une nouvelle importante, c'était toujours en phrases très courtes, sèches, entre deux portes, au-dessus d'un comptoir. Ce que Jennifer Jones ignorait, cependant, c'est qu'elle avait en Tooth Pick un de ses plus grands admirateurs. Autant il la haïssait dans la vie avec ses éclats de voix, son rire strident, ses airs de star de fond de cour, autant il admirait l'aplomb avec lequel elle affrontait la scène : elle n'avait aucun talent, absolument aucun, mais elle fonçait avec une telle énergie, vous assassinait le répertoire avec une telle assurance qu'une espèce de miracle se produisait quand elle chantait ; rien de ce qu'elle faisait n'était bon mais le tout avait une espèce de force envoûtante qui vous sapait toute résistance. Il venait la regarder travailler presque chaque soir et *toujours* l'incompréhensible se produisait : dès qu'elle mettait le pied en scène la réticence de Tooth Pick s'évanouissait, il avait envie de se lever pour l'applaudir et se laissait même parfois aller à l'acclamer en fin de spectacle avec des bravos joyeux et des sifflements excités. Jennifer Jones avait toujours pris cet enthousiasme pour de la dérision ; il le savait et, se sentant protégé, laissait ses débordements d'exaltation aller leur cours. Âme damnée de Maurice, Tooth Pick était un destructeur, un expert en coup minables vite exécutés dont personne d'autre n'aurait voulu, un complaisant de la mauvaise foi vicieuse et du double-crossing, et ce qu'il admirait peut-être sans le savoir chez Jennifer Jones c'était justement la grande capacité de destruction de la chanteuse : elle pulvérisait admirablement une chanson, la piétinait, la rendait informe et osait ensuite saluer comme si elle venait de la mettre au monde. Il reconnaissait en elle une parcelle de lui-même qu'il ovationnait chaque soir avec un égal plaisir. Quelques têtes s'étaient tournées lorsque Jennifer Jones s'était installée à la table de Tooth Pick. Ce dernier n'avait cependant pas cessé de se décrotter les dents pour autant. Greta-la-vieille, une contemporaine de la duchesse mais mieux restaurée (la duchesse avait d'ailleurs dit d'elle, un jour : « La dernière réfection de Greta-la-vieille date du début de la Renaissance mais malheureusement on se rend compte en la regardant que l'humidité a recommencé ses ravages : le plâtras tombe par plaques »), Greta-la-vieille, donc, s'était penchée sur sa voisine, Bambi, qui n'avait de cet animal que le regard bêtement innocent, pour dire : « Faut rester... J'sens la marde qui vient... » Bambi, pour une fois dans sa vie, avait eu un trait : « Tu sens la marde, point ! » mais elle ne l'avait compris que quelques secondes plus tard alors que leurs voisins de table se tordaient, et avait ajouté : « Si j'me mets à faire des farces c'est que rien est normal, à soir ! » Jennifer Jones s'alluma une cigarette en plissant les yeux. Après avoir libéré sa première bouffée elle enleva avec son pouce et son index un grain de tabac qu'elle avait sur le bout de la langue. « La duchesse est pas là, à soir... » Tooth Pick regarda autour d'eux avec un faux air de surprise. « Ah, non... tiens... c'est vrai... » Jennifer Jones se pencha vers lui, tendit même la main pour lui saisir le bras mais il s'esquiva avec un geste plus nerveux que brusque. « J'me sus

rappelé, tout à l'heure, que j't'ai vu y parler, hier
soir... » « J'parle à la duchesse tous les soirs. »
« Mais a'l' a pas toujours c't'air-là quand tu y parles. Y'as-tu fait peur? » Tooth Pick sourit. Un sourire étonnamment beau sur ce visage ingrat.
« Réponds ! » Tooth Pick se fourra un autre cure-
dent dans la bouche, le suçota, le mordilla. « Occu-
pe-toé donc pas des affaires d'hommes, Jennifer
Jones ! » Un gloussement provenant de la table voisine fit se retourner Jennifer Jones. Elle apostropha
Greta-la-vieille qui sursauta un peu : « Veux-tu mon
portrait ! » Greta-la-vieille se redressa sur sa chaise.
« Je l'ai déjà au-dessus de mes bécosses pis y'est
plein d'épingles ! » Des cris de joie accueillirent
cette boutade ; Jennifer Jones haussa les épaules.
« Tu puises dans le vieux stock de la duchesse... »
« Pis toé tu gagnes ben ta vie en puisant dans le
vieux stock de Ginette Reno ! » Tooth Pick en avait
profité pour se lever pendant que Jennifer Jones
avait le dos tourné. Quand elle voulut lui parler, il
était déjà accoudé au bar à côté de Maurice. Jennifer Jones écrasa sa cigarette au fond du cendrier.
« Les mouches à marde attirent les mouches à
marde ! » Greta-la-vieille regarda en direction de
Tooth Pick et de Maurice puis revint vers la chanteuse. « C'est pas tombé dans l'oreille d'une sourde,
ça, ma chérie ! » Jennifer Jones étira le bras vers
Greta, la prit par le col de dentelle de coton écru.
« Si tu bavasses, toé, c'est pas ton portrait qui va
être plein d'épingles ! »

La duchesse faisait les cent pas devant le Coconut Inn. Une louve en cage. Ou, plutôt, une louve qui faisait les cent pas à la porte de sa cage sans se décider à y rentrer. Elle avait mis le Coconut Inn au monde et le Coconut Inn ne voulait plus d'elle ! Elle les avait pourtant toutes mises au monde, les vieilles comme Greta ou Miss Saydie Thompson, les jeunes comme Bambi, les « intermédiaires », aussi : Jennifer Jones, la sans-talent, Paula-de-Joliette, la sans-allure, Hosanna, la sans-cœur, répliques plus ou moins réussies d'elle-même, rejetons sans gratitude qui n'avaient même pas eu le courage de faire leurs messages directement, lui déléguant Tooth Pick, ce petit serpent, avec ses petites insinuations et ses petites menaces ! À la fin de leur entretien, la veille, la duchesse, pourtant l'esprit le plus vif qu'avait jamais connu la Main, n'avait même pas trouvé une boutade pour se réserver une sortie honorable ; sur le coup de l'émotion, une vraie, celle-là, pas feinte comme lorsqu'on lui apportait un gâteau d'anniversaire en forme de pénis ou un cadeau de fête des mères d'une quétainerie confondante, elle avait murmuré, piteuse et le menton tremblant : « On se débarrasse pas de sa vieille mère de soixante-dix ans de même ! » Tooth Pick avait ri, évidemment. Puis il avait dit avec douceur : « Depuis trente ans que t'enfantes des monstres dans tous les coins de la Main, tu t'attendais quand même pas à c'qu'y'en aye pas une couple pour se révolter ? » Mais elles ! Ses favorites, sa chasse gardée, son cénacle, sa cour ! La duchesse porta une main à ses

cheveux. Une goutte de pluie? Pourtant non. Elle
sourit avec tristesse. « Si même les oiseaux de la
Main se mettent à me chier sur la tête... » Une
espèce d'hermaphrodite aux cheveux filasse et à la
démarche chambranlante sortit du Coconut Inn. Il
parut surpris de trouver la duchesse sur le trottoir.
« Qu'est-ce que tu fais là, vieille maudite? Tout le
monde te cherche ! » L'hermaphrodite aux cheveux
filasse s'appuya contre la petite vitrine sale où
Jennifer Jones souriait en jaunissant. « Maudites
hormones... » La duchesse s'était rapprochée pour
le soutenir. « C'est ben Raymond, ton nom? »
« Reynald ! Bientôt Reynalda ! Pus de boules en bas,
deux grosses en haut ! » La duchesse fronça les
sourcils. Voilà qu'elle commençait à oublier des
noms. Fut un temps où elle pouvait réciter par cœur
la liste complète de tous les habitués de tous les
bars de la Main, avec leurs particularités, leurs pré-
férences sexuelles, leurs vices cachés et ceux qu'ils
arboraient fièrement. Mais les petits nouveaux qui
envahissaient la rue Saint-Laurent depuis quelques années lui échappaient de plus en plus. Mère,
oui, mais grand-mère... « Pourquoi tu prends ça, ces
affaires-là, aussi? Pour être une femme? Une vraie?
On est en 1976, Reynalda, pis les femmes veulent
même pus avoir l'air de ce que tu veux devenir ! Lis
un peu, viarge ! Renseigne-toé ! T'es dépassée avant
même de devenir ! » L'hermaphrodite repoussa la
duchesse d'une main molle. « Va donc chier, toé !
Tooth Pick pis Maurice ont raison ! T'essayes de
nous mettre toutes sortes de folies dans'tête... T'es

dangereuse, duchesse, savais-tu ça?» Il s'éloigna, pitoyable dans ses jeans trop serrés sur ses cuisses de grenouille maigre et titubant sur ses talons aiguilles auxquels il ne s'était pas encore fait. La duchesse s'était appuyée contre la vitrine. «Chus pas dangereuse pour toé, maudite innocente! Chus dangereuse pour Tooth Pick pis Maurice parce que c'est eux autres qui vous vendent toutes les mardes que vous prenez! Les hormones pour faire de vous autres des fausses femmes, des downers pour vous redescendre quand vous êtes hystériques, des uppers quand vous êtes down pis que vous vous rendez compte que ça vous tente peut-être pas de vous faire couper!» La duchesse donna un coup de pied au mur de brique. Maurice aussi! Même lui! Elle revit l'adolescent beau comme le diable qui faisait ses quatre volontés sur le Plateau Mont-Royal, coque-luche des filles de la rue Fabre et des hommes mûrs du Palace, rue Mont-Royal au coin de Fullum. La fin des années quarante. La genèse. Puis les années cinquante: leur glissement progressif vers la Main, Maurice de plus en plus beau, la duchesse de plus en plus drôle et omniprésente, Thérèse de plus en plus fuckée, Pierrette de plus en plus soûle, Bec-de-Lièvre de plus en plus servile. Et Marcel, grand adolescent perdu qui promenait sa silhouette dégin-gandée de bar en bar à la recherche de sa sœur et qu'on s'amusait à droguer en versant dans ses drinks une petite poudre blanche qui le rendait vraiment fou. Un coup de cafard coupa la duchesse en deux. Elle sentit ses nombreux ventres se compresser et un goût de pizza all dressed lui remonta dans la gorge. Elle ravala avec difficulté et sentit venir la douleur qui lui brûlerait l'œsophage. Elle sortit sa boîte de Diovol en ricanant : si Hosanna la voyait ! « Tes brûlures vont arrêter mais tu vas être constipée, encore, pauvre toé ! » La saveur fade de plâtre artificiellement sucré lui souleva le cœur. Une larme coulait. L'hermaphrodite traversait précautionneusement la rue La Gauchetière. Hormones et amphétamines... Une autre de perdue. La duchesse essaya de se regarder dans la petite vitrine carrée. Elle ne vit que quelques couettes de cheveux blancs ébouriffées pour faire illusion de coiffure. « Dans not' temps... non... dans *mon* temps, on se mettait su'l'dos n'importe quoi qui avait l'air d'une robe pis l'imagination faisait le reste... Au moins, on n'était pas sérieuses... pis on avait du fun ! Du fun, Seigneur Dieu, du fun ! Aujourd'hui, y se font toute couper en pensant que ça va toute changer pis y sont condamnés à pus *jamais* avoir de fun... ni d'en bas parce qu'y'ont pus rien, ni d'en haut parce qu'y'ont la tête bourrée par toutes les mardes qui courent la Main ! Mon Dieu, j'pense vraiment comme une vieille dépassée ! » La duchesse avait un jour entendu une fraîche-coupée qui ressemblait vaguement (très vaguement) à Brigitte Bardot dire à une nouvelle recrue fraîchement débarquée de Drummondville ou de Hull : « La duchesse ? C'est le folklore de la Main ! Complètement dépassée ! » Quel choc ! La duchesse s'était vue dans une jupe en macramé, une blouse en laine du pays, une ceinture fléchée, un poncho Marie Svatina et les sabots de Fabienne Thibeault et elle n'avait même pas ri. Elle s'était contentée de répliquer à la nouvelle femme : « Moi, au moins, j'ai pas été jusqu'à me faire sculpter mon folklore entre les deux jambes ! » L'autre n'avait pas saisi l'allusion et avait ri niaiseusement. La duchesse elle-même n'était pas très sûre de ce qu'elle avait voulu dire au juste et y avait beaucoup repensé, jusqu'au jour où elle avait découvert que dans sa tête quelqu'un qui s'appelait Édouard était toujours resté présent et que la duchesse n'avait été qu'un rôle de composition qu'il avait eu un fun noir à tenir pendant toutes ces années. Tandis que celles qui se faisaient opérer... Sans imagination, rien n'était possible. Un petit garçon suivi d'un chat imaginaire traversa son esprit en sautillant. Puis un adolescent soûl qui approchait une allumette des cheveux de sa mère. La duchesse, comme pour se sauver de cette vision qui la hantait depuis quelques semaines, poussa la porte du Coconut Inn. Elle aperçut aussitôt Tooth Pick et Maurice qui complotaient au-dessus du bar. La grande Paula-de-Joliette venait d'extirper de ses entrailles sa ribambelle de lames de rasoir sous l'œil goguenard d'un public qui en avait vu d'autres. Manon-de-feu allait lui succéder avec ses éternelles brûlures dans le dos et ses lèvres toujours gercées. Du folklore... Ah ! oui... La duchesse s'assit à côté de Tooth Pick sur un stool un peu trop haut pour elle. Elle parla si bas que le serpent dut s'approcher très près de sa bouche pour entendre ce qu'elle lui disait. « Chus venue pareil.

Pis veux-tu savoir une chose? En fin de compte, j'haïrais pas ça, mourir... »

« Tu paranoyes, duchesse ! T'es ben prétentieuse pour penser que t'es dangereuse au point qu'on veule pus de toé ! » Entassées dans la loge des dames, comme l'appelait la duchesse, elles fumaient un petit joint avant d'aller prendre un dernier petit coup ; la grande Paula-de-Joliette tirait de longues bouffées qu'elle gardait longtemps en arrondissant les yeux comme un chat qui fait ses besoins, Jennifer Jones manipulait la chose comme s'il s'était agi d'une vulgaire Player's, Manon-de-feu, elle, semblait en tirer une souffrance autant qu'un plaisir et faisait des grimaces difficiles à interpréter. Mais la duchesse n'y touchait pas du tout. Elle prétendait être de la génération de l'alcool à friction et se réfugiait dans son verre aussitôt qu'un joint faisait son apparition. Bien soûle, elle avouait sa peur : « J'ai essayé, quequ'fois... ça me met down. Ça exagère c'que j'ai de plus laid. Ça agit sur mon âme comme un démaquillant pis j'haïs ben ça. » Paula tira une dernière puff avant de lancer le mégot mouillé et taché de rouge dans le bol de toilette, par la porte entrouverte de la cabine. « Moé, j'voulais pus rien savoir de toé parce que tu me fais chier depuis quequ'semaines, mais chus pas la Main à moé tu-seule ! » La duchesse n'était pas sûre de s'en trouver soulagée. « Mais Tooth Pick, lui... » « Laisse donc faire Tooth Pick, duchesse, c'est juste un p'tit minable... » La duchesse appuya la tête contre la porte ; elle trouvait l'air des toilettes irrespirable, soudain. « Les minables sont dangereux. » Jennifer Jones lui pinça la joue affectueusement. « Si les minables étaient dangereux, duchesse, la Main serait exterminée depuis longtemps ! » La duchesse ouvrit la porte en toussotant. « Excusez-moi... j'vas aller respirer la bonne vieille boucane de cigarette ordinaire... » Les trois autres se regardèrent. Manon-de-feu parla avec sa voix rauque qui étonnait tant dans ce visage angélique qu'elle maquillait à peine. « J'l'ai jamais vue de même ! Faut faire quequ'chose ! » Paula-de-Joliette soupira en tapotant de ses faux ongles l'évier sale. « C'qui y faut, c'est une bonne brosse de trois, quatre jours... » Jennifer Jones sortait un autre joint d'un vieux paquet de cigarettes. « Peut-être, mais pas icitte, parce que, quand a' part, est pas drôle ! » Elle repoussa la main de Paula qui faisait de plus en plus de bruit sur la porcelaine de l'évier. « Arrête ça ! Ça devient un tic, ma grand'foi ! Partout oùsque tu vas on peut entendre tes ongles au bord de quequ'chose ! On dirait qu'y'a une araignée qui s'en vient ! » La grande Paula-de- Joliette tapota de plus belle mais sur le mur de la cabine. « Aïe, t'es pas ma mère ! » Jennifer Jones prit une première bouffée, la savoura, la relâcha en arrondissant la bouche dans une moue que la duchesse appelait son trou de cul de poule mouillée. « Si j'étais ta mère, mon p'tit gars, j'aurais ben honte ! » Manon-de-feu, qui venait d'entrer dans la cabine, éclata de rire. Native de Joliette elle aussi, elle connaissait très bien la mère de Paula qui, effectivement, avait honte de son grand fils mal tourné. Paula-de-Joliette enleva sa perruque dans un large geste dramatique, exposant aux néons bleuâtres un front dégarni et luisant de transpiration. « Moi, si j'étais ta mère, Jennifer de mon cœur, j's'rais tellement fière de la carrière de ma tite-fille que j'écrirais mes mémoires : *Jennifer Jones, mon fils...* » La porte des toilettes s'ouvrit sur la duchesse qui tenait dans une main un verre de scotch déjà à moitié vidé. « Ça va mieux, les filles ! » Elle ressortit en hurlant *Mes jeunes années* d'une désagréable voix de fausset. Jennifer Jones tendait le joint à Paula. « C'est parti mon kiki ! » Paula prit le temps de bien s'éponger le front avec la serviette douteuse qui pendait à côté de l'évier avant de refuser le joint. « C'est ça, la pitié... ça finit toujours par vous retontir dans'face ! On va être obligés de l'endurer jusqu'aux p'tites heures du matin, à c't'heure ! »

Tout baignait dans une lumière laiteuse. Du coton filtrait les voix ; les rires devenaient murmures, les cris semblaient provenir de l'autre côté de la rue. Parfois, le plancher se soulevait lentement. La duchesse s'agrippait à la table avant de se laisser dériver sur un voisin, les yeux fixes, le sourire bête. Elle se sentait observée mais plutôt que d'en être vexée elle en tirait une satisfaction un peu complaisante : on prenait soin d'elle, rien de désagréable ne pouvait lui arriver. La Main la réhabilitait. Elle n'avait pas du tout l'alcool agressif, pour une fois, elle avait plutôt tendance à contempler sa progéniture avec attendrissement. Ses enfants étaient beaux, le Coconut Inn était le bout du monde, la Main était son royaume. Le last call était déjà loin derrière, on avait fermé le bar, les waiters posaient les chaises sur les tables avant de balayer le plancher. La duchesse entendait des choses comme « ... pas mal tard... », « ... faire du bien jusqu'à demain... », « ... te reconduire... », mais son cerveau embrumé refusait absolument de comprendre ce que tout ça voulait dire. Au fond de sa tête un minable appartement de la rue Visitation stagnait dans un halo de tristesse. Elle se trouvait très bien où elle était et y resterait jusqu'à la fin des temps. Elle aurait aperçu Tooth Pick, elle l'aurait embrassé en lui disant qu'elle n'avait plus peur, ni de lui, ni de vieillir, ni de mourir, ni de ne plus être drôle, ni d'être reniée par ses enfants. Le bienheureux scotch maquillait tout, la vie était redevenue un spectacle. Cheap, mais un spectacle quand même. Puis, tout d'un coup, alors qu'on commençait sérieusement à s'impatienter autour d'elle, elle se redressa comme sous l'effet d'une vision, et regarda vers la porte. La grande Paula-de-Joliette, habillée en motard, casquette de cuir sur l'oreille et tout, se leva à son tour pour la soutenir. La duchesse disait quelque chose qui semblait très important mais que personne ne comprenait. On l'entourait en la poussant vers la porte avec de petites phrases encourageantes. Juste avant d'atteindre la porte, la duchesse sortit soudain de sa torpeur, comme si elle s'éveillait, et repoussa tout le monde. «Vous comprenez jamais rien! Ça fait dix minutes que j'essaye de vous expliquer que j'ai le goût de manger des hot dogs! Vous êtes ben épais! Arrêtez de vouloir absolument m'envoyer me coucher, chus pas une enfant!» Elle sortit digne-ment, sans remercier personne. Comme d'habitude. La grande Paula-de-Joliette releva le col de son jacket de cuir. «Si a' revient demain, j'sais pas c'que j'y fais!» Jennifer Jones vida un fond de bière qui traînait sur le bar. «Nous v'là à notre point de départ! Que c'est qu'on va faire avec elle!» Un waiter lui enleva le verre en grimaçant. «Tu sais pas qui c'est qui a bu dans ce verre-là, toé!» Jennifer lui baisa doucement la joue. «Dis-toé ben que qui que ce soit, j'y ai déjà goûté! Pis que chus immuni-sée contre toute! Même la santé!»

  La duchesse sortit à cinq heures. Du matin. Pendant la dernière heure, elle avait été la seule cliente au Montreal Steamer et elle n'était pas cer-taine de ne pas avoir dormi, ou, du moins, cogné des clous dans l'odeur prenante des patates frites. Elle était longtemps restée penchée sur son assiette, les mains posées sur ses cuisses qui débordaient large-ment du stool haut perché qu'elle affectionnait, près de la friteuse, là où elle pouvait voir entrer et sortir tout le monde. Elle n'avait pas vu les derniers clients s'éclipser vers quatre heures en lui coulant un sourire ironique et était restée ainsi à mijoter dans le graillon sans trop s'en rendre compte. Théo ne l'avait pas dérangée ; il était ouvert toute la nuit et il n'était pas rare que quelque hobo, quelque guidoune ou quelque sans-logis passe comme ça une partie de la nuit devant une assiette vide ou affalé à une table du fond. Quand ils puaient trop, Théo finissait par les mettre à la porte ; quand ils étaient drôles, il les entretenait pour passer le temps ; quand ils étaient beaux, il s'arrangeait pour les faire passer derrière le comptoir. Il était de ces profiteurs qui aiment se croire généreux. Théo aimait bien la duchesse ; elle avait toujours un bon mot pour ses hot dogs steamés (après toutes ces années !), elle allait même jusqu'à prétendre qu'ils étaient les seuls potables de la Main, les autres ayant dangereusement dégénéré durant ces dernières années. Elle entrait, royale, au Montreal Steamer, et disait à Théo ou à son assistant, Marco, préposé aux frites : « Comme d'habitude, avec un beau bec sur chaque hot dog, en prime ! » Théo disposait devant elle trois hot dogs steamés all dressed, une énorme portion de frites, un coke king size, ce que la duchesse s'amusait d'ailleurs à appeler ses appetizers, en faisant la fine bouche. Puis elle mangeait avec un sérieux étonnant. Autant la duchesse faisait des folies à n'importe quelle occasion : dans la rue, au bar, au théâtre, au cinéma, dans sa douche, au lit, même, ce qui avait beaucoup exaspéré ses partenaires à l'époque où elle en avait encore, autant elle devenait réservée devant la nourriture, même en compagnie. Elle mangeait tout avec une surprenante application ; elle mastiquait longtemps, les yeux fixés sur son assiette, humectant chaque bouchée d'une gorgée de coke quand elle mangeait cheap, d'un peu de vin quand elle mangeait chic. Elle disait souvent qu'elle n'appréciait jamais tant la solitude que lorsqu'elle mangeait. On avait longtemps cru que c'était une boutade, mais à la longue on s'était rendu compte que c'était la stricte vérité : elle mangeait à part, même dans un party, et on avait fini par respecter cette excentricité (on s'en moquait volontiers, mais on la respectait). Cette nuit-là, la duchesse avait mangé encore plus lentement que d'habitude. Quelque chose semblait la préoccuper. Elle n'avait même pas répondu à la question pourtant désintéressée de Théo : « T'as pas peur de mourir d'une indigestion aiguë? Trois hot dogs au beau milieu de la nuit? » Les pensées de la duchesse auraient étonné tout le monde, sur la Main. Elle pensait beaucoup à Paris, depuis quelque temps. Elle avait même sorti le journal qu'elle avait tenu pendant son voyage, ce rapport quotidien, ou presque, de ses faits et gestes destinés à sa belle-sœur, la grosse femme, qui le lui avait remis avant de mourir, en disant : « Après quinze ans, ça me fait encore rire. Et pleurer. Ça m'a fait passer à travers quelques-uns des pires moments de ma vie. Garde-le. Lègue-le à quelqu'un que t'aimes. Quand tu vas partir, à ton tour, y va quand même rester une marque de ton passage... » La perte de la grosse femme avait bouleversé la duchesse pendant des mois durant lesquels elle n'avait même pas eu le courage de soulever la couverture de son journal. Elle l'avait fourré au fond d'un tiroir, était descendue chez Hosanna, lui avait tendu la clef : « Quand j'vas mourir, ouvre le tiroir du bas de ma commode, pis essaye de rire une dernière fois à ma santé. C'est ton héritage. » Hosanna l'avait une fois de plus traitée de défaitiste mais il avait gardé la clef. Et la duchesse avait encore tout oublié ça pendant quinze ans. Et voilà que depuis quelques jours l'envie l'avait reprise d'aller fouiller dans le tiroir. Elle avait tout d'abord cru que c'était la simple curiosité qui la poussait, puis une idée saugrenue s'était glissée dans sa tête : la duchesse avait l'impression qu'elle voulait vérifier quelque chose avant... avant quoi ? Et vérifier quoi ? Si l'humiliation avait été aussi cuisante qu'elle se le rappelait ? Elle avait donc sorti le carnet bleu marine tout racorni, raide, poussiéreux, mais n'y avait pas touché. Rien qu'à le regarder, des images de Paris, des parfums (des odeurs, plutôt), des voix, des bruits lui revenaient et une envie de hurler la prenait. Presque trente ans déjà ! Elle prenait conscience non seulement du temps écoulé mais surtout de son impuissance à réparer quoi que ce soit : Paris était loin derrière et nulle part devant. Avant de s'endormir au-dessus de son assiette, la duchesse avait un peu pleuré. Et quand elle s'était éveillée en sursaut à cause d'un néon qui avait des ratés, elle avait murmuré : « Comment c'qu'y font pour chier deboutte, c'te monde-là ? »

La Main était vide. La duchesse en fut d'abord étonnée puis elle réalisa qu'il était cinq heures du matin. Elle décida de marcher vers le nord, vers la rue Sainte-Catherine, avant d'aller se coucher : les hot dogs refusaient carrément de descendre. Elle vérifia une fois de plus si ses Diovol étaient bien au fond du sac qu'elle portait en bandoulière. Elle trouverait peut-être quelques âmes perdues et désœuvrées entre Dorchester et Sainte-Catherine : l'inévitable Bambi ; Greta-la-jeune, le fils de l'autre ; Rose Latulipe qui se prétendait parente avec Gilles mais que personne ne croyait ; Irma-la-douce, deux cent quarante livres et douce comme un troupeau de tigres en chaleur. Mais il était vraiment trop tard : le maire Drapeau voulait une belle ville propre pendant les Olympiques d'été qui allaient débuter d'un jour à l'autre. Les descentes s'étaient succédé à un rythme ahurissant et la Main, bien sûr, avait été parmi les premières à s'en ressentir. La duchesse pensa à l'un de ses derniers bons mots qui avaient fait rire la Main au grand complet, même Maurice qui pourtant restait souvent stoïque devant ses farces les plus drôles : comme tout le monde, elle était allée visiter le stade inachevé et s'était écriée en apercevant l'énorme beigne de ciment : « Montréal s'est tellement fait baiser par son maire qu'a'l' a été obligée de se faire poser un anus en béton ! » Elle traversa La Gauchetière, repassa devant le Coconut Inn étonnamment banal sans son néon rouge et sa marquise clignotante. Tant d'années de sa vie passées dans ce trou à rêver qu'elle croyait que quelque chose arriverait un jour ! Elle balaya tout ça d'un geste de la main et décida de marcher au milieu de la rue pour se donner une désinvolture qu'elle ne ressentait plus. Elle traversa Dorchester en esquissant quelques pas de tango argentin, ponctuant le tout de « pom, pom, pom, porom » bien sentis. Ah ! le tango... La nuit était violette et creuse. Comme tout était éteint sur la Main, la duchesse pouvait très bien voir les étoiles qui commençaient à pâlir, vers l'est. Elle s'arrêta devant le Monument National, la tête levée vers le ciel. Elle allait entonner « Ah ! lève-toi, soleil, fais pâlir les étoiiiiiles... » lorsqu'un léger bruit en direction du parking situé en face du Monument National attira son attention. Quelqu'un faisait « psst, psst » en frappant sur un capot de voiture avec une pièce de monnaie. « Encore un junkie ! » La duchesse allait repartir lorsqu'elle entendit distinctement son nom. Son vrai nom. Quelqu'un l'appelait Édouard ! Elle se dirigea à petits pas hésitants vers le parking. Tooth Pick était appuyé contre une voiture, un cure-dent planté dans le sourire. La duchesse traversa le trottoir, enjamba la rampe métallique qui ceinturait le parking. « Que c'est que tu fais là, toé, à une heure pareille ! T'es quand même pas après te recycler dans le vol de chars ! » Le sourire de Tooth Pick resta figé. « Non, j't'attendais, Édouard... » Quelque chose se noua puis se dénoua au creux de l'estomac de la duchesse. Un désagréable gargouillement suivit. Elle pensa sans même comprendre ce que ça voulait dire : « C'est vrai que la peur fait digérer plus vite... » Elle s'appuya à côté de Tooth Pick. « T'as du temps à perdre ! » La voiture s'affaissa un peu sous son poids. Le silence qui suivit fut tellement long que la duchesse se demanda sérieusement si Tooth Pick ne s'était pas assoupi. Puis elle réalisa qu'il attendait qu'elle parle. Habituellement, quand Tooth Pick attendait quelqu'un, ça impliquait des choses très désagréables et il devait être habitué qu'on le supplie, qu'on s'explique, qu'on lui fasse des offres... « Tu dis que tu m'attends, pis tu parles pus... J'lis pas dans tes pensées, moé, Tooth Pick, j'peux pas deviner c'que tu me veux ! » Tooth Pick craqua une allumette pour étirer encore un peu le silence ; l'idée qu'il allait allumer son cure-dent traversa l'esprit de la duchesse qui cacha son fou rire dans sa main. « Qu'est-ce qu'y'a de drôle ? Es-tu encore soûle ? » La duchesse soupira, s'essuya le coin de l'œil. « J'pensais à quequ'chose de pas mal drôle : si la police passe, y vont penser que j'essaye de faire un client ! » « Tu peux pus faire de clients à ton âge ! Tu t'es pas vue ! » La réponse vint tellement vite que la duchesse ne put la réprimer. C'était d'ailleurs là un de ses défauts : il lui arrivait de ne comprendre la portée de ses méchancetés qu'après les avoir énoncées.

« Pis toé, tu t'es pas vu, toé non plus? Y'a rien que des affaires comme moé pour faire des affaires avec des affaires comme toé!» Il fut sur elle en moins d'une seconde. Il lui releva le chandail à manches courtes et le lui tordit sous le menton. La duchesse étouffa aussitôt. Le sang lui monta à la tête, l'estomac lui fit très mal. Mais elle réussit quand même à chuchoter: « Si quelqu'un passe, y va penser que tu veux *absolument* m'embrasser!» Tooth Pick lâcha prise en grognant. La duchesse baissa son chandail, le lissa sur son ventre. Tooth Pick cracha son cure-dent. Un autre silence suivit. La duchesse soufflait. Elle savait qu'elle ne pouvait pas fuir et de toute façon son orgueil le lui interdisait. Chose étonnante, Tooth Pick soufflait aussi un peu. La duchesse pensa: « Ma grand'foi, y'a le trac!» Il sembla hésiter longtemps avant de lui demander: « Tu m'as jamais aimé, hein, Édouard?» La duchesse le regarda avec quelque chose comme de l'attendrissement dans le regard. « Non. Jamais. J'ai toute aimé, dans ma vie, sauf les minables.» Tooth Pick fit quelques pas dans le parking, donna un coup de pied à une petite pierre. « Si tu savais tout c'que j'ai fait, dans ma vie, tu me trouverais moins minable, Édouard!» « Si j'savais tout c'que t'as fait dans ta vie j'te trouverais probablement encore plus minable, Denis Ouimet! J'te trouvais minable quand tu fréquentais la gang de mon petit neveu, sur la rue Fabre, quand vous étiez petits; j't'ai trouvé minable quand t'as suivi Maurice qui commençait à faire ses ravages sur la Main pis j'te trouve encore plus minable aujourd'hui de faire en dessous des couvartes c'que Maurice a pas le courage de faire par-dessus!» Elle leva la tête vers le ciel qui pâlissait de plus en plus. «Pis c'que tu te prépares à faire là est encore plus minable que ce que t'as jamais fait. Parce que c'est inutile pis enfantin.» Les mains dans les poches, Tooth Pick s'approchait doucement. «Parce que c'est toé la victime?» La duchesse ne baissa pas les yeux. «Salir la fin d'une si belle nuit!» «T'as pris ça dans un livre?» Cette fois ce fut la duchesse qui se jeta sur lui mais sans toutefois le toucher. Elle le dominait d'une bonne tête et restait penchée au-dessus de son visage si laid. «Maudit niaiseux! Minable pis ignorant! T'as toute pour toé, hein? Si tu m'attendais pour me casser la yeule, vas-y donc franchement! J'vas me faire un plaisir de porter tes bleus avec fierté, à soir, pis j'vas dire que j'ai passé une nuit de jouissance écœurante!» Pendant que la duchesse parlait, Tooth Pick avait sorti son couteau. Il le lui montra en souriant. «Tu porteras rien, à soir, Édouard!» La duchesse partit d'un grand éclat de rire qui le fit sursauter. «As-tu pris ça dans un livre? Non, c'est vrai, tu sais pas lire!» Le reste se fit très rapidement. Pendant quelques secondes ils eurent l'air de deux amoureux: en sentant la lame lui perforer le ventre, la duchesse avait serré les bras autour de Tooth Pick et semblait le presser sur son cœur. Et Tooth Pick parlait tout bas comme s'il lui avait murmuré des mots doux. «C'est ça qu'on fait avec des nuisances comme toé, Édouard! Tu feras pus chier

personne ! Tu mettras pus ton nez dans les affaires
des autres ! » La duchesse pleurait comme si on lui
avait fait de la peine. Tooth Pick continuait. « Un
semblant de paix va revenir sur la Main pis on va
pouvoir recommencer à faire nos coups sans sentir
ton mépris ! C'est ton mépris pour nous autres qui te
tue, Édouard ! » Il retira le couteau d'un geste brusque. La duchesse ouvrit les bras. « Maurice te fait
dire bonjour, Édouard ! » Elle le regarda droit dans
les yeux. « Maurice me fait pas dire bonjour pantoute ! Maurice va apprendre tout ça quand y va se
lever, tout à l'heure ! Pis y va s'en laver les mains,
comme d'habitude ! Toé, tu y diras bonjour de ma
part ! » Mais Tooth Pick avait déjà disparu vers la
rue Dorchester. La duchesse se tenait le ventre à
deux mains. « Moé, mourir dans un parking?
Jamais ! J'vas mourir là où j'ai régné ! » Elle leva la
tête, aperçut le Monument National et éclata de rire.

Péniblement, elle avait regagné le milieu de la
rue. Lorsqu'elle s'était penchée pour enjamber la
rampe métallique, un vertige l'avait prise ; elle avait
cru tomber, mais son orgueil l'avait encore retenue :
il fallait qu'elle marche jusqu'à la rue Sainte-Catherine. Elle ne pensait même pas à appeler au secours ;
elle savait qu'elle allait mourir, l'acceptait, mais
refusait l'idée de s'écrouler entre deux voitures au
milieu d'un parking anonyme. Elle avait tout fait
avec désinvolture, dans sa vie ; elle avait réussi peu

de choses, c'est vrai, et en avait surtout gâché des tas, mais toujours avec une superbe insolence, l'air de dire : « Regardez comme c'est bien fait, cet échec, avec quel plaisir j'ai l'air de l'avoir fignolé, avec quel art je l'assume... » À l'époque où elle se cherchait un pseudonyme (tout nouveau venu en prenait un dans sa gang, jamais pigé au hasard, toujours puisé dans les goûts, les tics ou les ressemblances physiques réelles ou imaginaires du néophyte), elle venait de lire *La Duchesse de Langeais* qu'elle avait trouvée à la fois ridicule et bouleversante, et ce mélange de sublime et de risible, de fatale richesse et de pauvreté voulue et flamboyante, ce chemin parcouru des salons de Paris où tout était possible sauf le salut, jusqu'au couvent des Baléares où rien n'était possible sauf le salut, l'avait remuée parce qu'elle avait réalisé que le chemin qu'elle avait à faire, elle, était exactement à l'inverse : Montréal n'était peut-être pas Majorque mais rien n'y était possible hors le salut et Paris devenait ainsi un but à atteindre au lieu d'une case de départ ; aussi avait-elle choisi le nom de duchesse de Langeais dans l'espoir d'aboutir un jour là d'où la vraie duchesse de Langeais était partie. Mourir dans un parking prenait donc pour elle figure de *total* échec. Même après les cuisantes humiliations de Paris, elle avait gardé son nom de duchesse de Langeais (elle disait toujours qu'elle voulait mourir comme le personnage de Balzac, carmélite déchaussée, mais en buvant du thé) et l'avait imposé grâce à des excentricités rarement de très bon goût et un esprit souvent facile mais toujours juste et, surtout, dévastateur. Elle avait régné sur les méchancetés de la Main pendant tant d'années qu'elle refusait de lui laisser le souvenir d'un corps disloqué découvert entre deux voitures : les méchancetés, justement, seraient trop faciles à pondre pour les sans-génie qui lui survivraient. Ses jambes étaient comme du coton ; une sueur froide lui coulait sur le visage et dans le dos. Et personne ne descendait la Main. Elle tomba à genoux, sans force. « V'nez me voir mourir, quelqu'un ! » Un vertige la prit et un goût affreux lui barbouilla la bouche. Elle pensa qu'elle s'en allait pour de bon et tourna la tête en direction du Monument National. « Aide-moé, vieux débris, laisse-moé pas partir comme une nobody ! » Le théâtre sembla s'illuminer de l'intérieur ; une espèce de lumière grisâtre, tremblotante, filtra à travers les carreaux sales des portes mal entretenues. La duchesse crut deviner des ombres qui descendaient le grand escalier. Elle se releva sans s'en rendre compte. Au bout de quelques secondes pendant lesquelles la duchesse crut entendre une musiquette surannée et répétitive, les portes s'ouvrirent d'un coup comme sous le choc d'une déflagration et un flot de chanteurs mal fagotés et gesticuleux se répandit sur le trottoir. Ils chantaient à s'égosiller une ritournelle directement issue d'une opérette de troisième ordre, dans laquelle il était vaguement question de la douceur du temps et de l'agrément à se promener sur les Champs-Élysées. La duchesse reconnut aussitôt ses choristes favoris, ceux dont elle s'était moquée pendant toutes les années quarante et cinquante : elle les retrouva aussi faux, aussi médiocres, aussi cabotins qu'à l'époque où elle et sa gang de folles finies leur faisaient un triomphe chaque fois qu'ils entraient en scène. Elle ne put s'empêcher d'être touchée par le ridicule de la situation et leur dit : « Vous faites bien de venir rire de moi pendant que je meurs, c'est un juste retour des choses... » Après un dernier refrain mal attaqué, mal mené, mal conclu qui fit la joie de la duchesse, un couple fit son entrée ou, plutôt, sa sortie : ils mirent le pied sur le trottoir de la Main comme si ç'avait été un jardin du pays du sourire ou le salon de la veuve joyeuse, royaux, rayonnants, ridicules dans leurs outfits de prince et de princesse, mais quand même triomphants parce qu'ils savaient que ce qui allait suivre serait sublime, parce qu'ils étaient géniaux. Pierrette Alarie, Léopold Simoneau. La duchesse les avait vus débuter ici même, avait été l'une des premières à crier au génie, les avait suivis aussi longtemps qu'ils étaient restés à Montréal, les avait perdus de vue quand ils avaient été avalés par le grand monde qui les avait portés aux nues pendant vingt ans, à New York, Salzbourg, Vienne. Ils chantèrent juste pour elle le duo des *Pêcheurs de perles*, Pierrette ne lésinant pas sur les vocalises et Léopold sur ses célèbres glissandos. Pendant leur note finale qu'ils étirèrent au point de se rendre au seuil de l'apoplexie, Pierrette le menton en galoche et Léopold le ventre tendu, ils commencèrent à s'effacer comme si le son qui sortait de leur bouche leur enlevait toute essence vitale. La duchesse, occupée à retenir son ventre qui voulait se répandre, ne put les applaudir. Ni les remercier. Elle avait découvert les beautés et les aberrations du théâtre dans cette salle, y avait fait ses débuts de fausse femme du monde et venait y mourir seule comme une carmélite déchaussée. Elle pensa, le cœur serré : « Un improbable mélodrame comme je les ai toujours aimés. » Elle se tourna enfin vers la Main toujours vide et hurla : « La Main est devenue une Main d'opérette ! On est toutes devenues une gang de mauvais figurants ! L'opérette est descendue dans la rue pis on l'a laissée faire ! » Rien ne lui répondit. « C'est l'entracte. Sont toutes parties pisser ! Le stage est vide... » La lumière du petit matin soulignait la laideur, le quelconque de la Main ; tout était sans couleur, sans relief, sans intérêt. La duchesse avançait à petits pas, les yeux rivés sur la rue Sainte-Catherine où, peut-être, quelque chose se produirait avant que tout soit fini. Elle passa devant le Midway et le Crystal rebaptisés et soi-disant purifiés mais toujours des antres odorants et sombres où les adolescents non encore initiés venaient provoquer ou subir leurs premiers attouchements, exaltés, traqués, fébriles. Elle n'avait jamais hanté ces endroits pourtant très courus, les jeunes proies ne l'ayant jamais intéressée. Elle avait souvent dit : « Donnez-moé du bœuf, j'dévore ; donnez-moé du veau, j'ai mal au cœur ! » Arrivée au coin de Saint-Laurent et Sainte-Catherine, elle se dit qu'elle avait fait cette longue marche pour rien : il n'y avait pas plus de monde ici qu'au fond du parking. Elle tourna deux fois sur elle-même. Personne. Elle réussit à esquisser un sourire, une grimace, plutôt. «Tout le monde s'est donné rendez-vous ailleurs...» Puis elle pensa à Marie Bell qu'elle avait vue à la Comédie-Canadienne, dans *Phèdre*, au début des années soixante : elle la vit tomber sur le dos raide morte après son dernier alexandrin (l'une des choses les plus ridicules qu'elle avait vues dans sa vie mais que le public montréalais avait semblé trouver géniale), un peu comme une planche à repasser qu'on échappe par terre, et se dit : «Moé aussi chus capable ! C'est l'instant ou jamais d'essayer !» Sans réfléchir plus loin elle se laissa basculer par en arrière. Sa tête cogna contre l'asphalte ; elle geignit un peu. «Mais ça fait mal en calvaire quand on n'a pas l'expérience !» Le ciel était toujours blanc mais les étoiles étaient revenues. Elle ne pouvait plus bouger ; quelque chose d'étouffant et de chaud lui montait dans la gorge. Elle pensa : «La grande différence entre Marie Bell pis la duchesse de Langeais c'est qu'après sa mort Marie Bell était encore capable de saluer !» Elle entendit des pas précipités ; quelqu'un se penchait sur elle, s'agenouillait. Elle vit la tête cernée d'un adolescent pâle qui avait dû passer la nuit sur la corde à linge. Elle ne pouvait mettre aucun nom sur cette tête ébouriffée où se lisaient déjà les ravages de la drogue. «Que c'est que t'as, duchesse?» Elle secoua la tête en faisant la grimace : «*Madame* la duchesse, p'tit présomptueux ! On se connaît même pas !» Elle leva une main, sentit quelque chose bouger dans son abdomen. Elle voulut poser les doigts sur la joue de l'adolescent mais il recula à cause du sang qui les tachait en grosses coulisses brunâtres. « Tu leur diras que même si a'l' a répandu ses tripes, la duchesse de Langeais a pas chié dans ses culottes ! Est restée digne pis désinvolte jusque devant la mort. » Tout bascula. Le chœur de sans-génie reprit de plus belle, Léopold et Pierrette s'égosillèrent, cette fois dans quelque chose qui ressemblait à du Haendel. Puis, venant du nord de la Main, un étrange cortège fit son apparition. Un groupe compact de silhouettes marchant presque au pas mais avec une lenteur désespérante, comme à regret. Venait en premier une vieille boiteuse tirant par la main un petit garçon trop sérieux et autour desquels gambadait un énorme matou visiblement amoureux. Tout de suite derrière, quatre femmes tenant des tricots achevés glissaient sur l'asphalte en psalmodiant dans une langue archaïque d'apaisantes incantations. Ensuite avançait une grosse femme entourée d'une foule de personnages silencieux : des hommes habillés en femmes, des femmes déguisées en hommes, un danseur en patins à roulettes, des fillettes trop tranquilles, une ribambelle d'hommes sans visage mais ayant tous le même physique de bellâtre latin, deux actrices vêtues des costumes qui les avaient rendues célèbres : l'une petite et frétillante dans son jumper bleu marine et son caluron cabossé, l'autre raide et impassible dans sa robe de taffetas rouge vin à l'échancrure plus que généreuse. Le cortège traversa la rue Sainte-Catherine dans un parfait silence. Pierrette et Léopold s'étaient tus ; le chœur aussi. Et quand le passé de la duchesse se pencha sur elle, une tasse de thé des Carmélites à la main, il était trop tard. Au cinéma, la caméra se serait élevée dans les airs ; on aurait aperçu les néons éteints, puis les toits de la Main qui déchire la ville en deux, puis la Catherine si pitoyable aux petites heures du matin ; Montréal se serait enfin éloignée lentement sur un fond de lever de soleil pendant qu'aurait défilé le générique. Dans la vraie vie, Édouard avait déjà commencé à pourrir.

Intercalaire

Schéhérazade I

Le gros carnet bleu marine resta sur la table à café, juste à côté du David en plâtre, pendant une bonne semaine avant qu'Hosanna se décide à y toucher. Tout de suite après l'enterrement, il était allé le chercher au fond du tiroir de la commode de la duchesse, mais n'avait pas eu le courage de l'ouvrir, se contentant de le regarder fixement pendant des heures, au grand désespoir de Cuirette qui, lui, avait hâte d'éventrer le passé de la duchesse et d'en rire comme elle l'avait elle-même demandé. L'enterrement avait été sinistre. Des travestis sans perruques, sans maquillage, à neuf heures du matin, pâles et frissonnants dans une lumière qu'ils connaissent peu et qui leur sied mal, ça n'a rien de très flamboyant. Le *glamour*, c'est la nuit ; le jour, ce monde de l'illusion prend une pâleur pathétique qui serre la gorge. Et de la famille de la duchesse il ne restait à peu près personne qui lui parlât encore. Sa sœur Albertine s'était fait excuser, même au salon funéraire. Les pilules, disait-on... Quant aux autres, ils avaient tout simplement honte de la fosse commune dans laquelle on allait précipiter un des leurs. Tout le monde s'était séparé après l'enterrement pour aller se recoucher. Et, déjà, le perpétuel mercredi soir avait commencé à s'installer sur la Main. Au sujet de l'assassinat de la duchesse, les journaux avaient émis quelques hypothèses toutes plus farfelues les unes que les autres, surtout celle du jeune innocent sympathique qui abat la maudite vieille tapette qui le poursuivait de ses assiduités, mais sur la Main personne n'était dupe et tous les travestis, de Sainte-Catherine au sud de La Gauchetière, faisaient la tête à Tooth Pick qui niait tout avec un sourire qui démentait ce qu'il disait. Bourrée de remords, la grande Paula-de-Joliette s'était tailladé le poignet avec un de ses accessoires et s'en remettait mal. Greta-la-vieille avait bien essayé de prendre la succession de la duchesse, mais on l'avait envoyée chier parce qu'elle était trop pénible. La Main était en deuil d'inspiration : son âme des trente dernières années avait été saccagée à tout jamais. Mais une semaine après l'enterrement, un soir que Cuirette, affalé devant la télévision, regardait un vieux film de Marlon Brando ridiculement mal doublé en français, Hosanna s'installa près de lui, se pencha sur la table à café, prit le journal de la duchesse. Cuirette tourna aussitôt le bouton et l'image disparut. « Vas-tu me le lire à voix haute ? » Hosanna se réfugia au creux de l'épaule de son chum. « Vas-tu avoir la patience de toute écouter ça ? » « Pourquoi pas ? » « Pis Marlon Brando ? » « Marlon Brando, c't'un vieux kick, y me dit pus rien. Pis en français y parle comme une folle... » Hosanna sourit pour la première fois depuis une semaine. « Tu descendras au salon, demain, Cuirette. T'as encore les cheveux graisseux. » Cuirette se passa une main dans les cheveux. «Marlon Brando, y'a toujours les cheveux graisseux dans ses vues pis tu t'es jamais plaint! » «Aux vues, c'est beau, ça fait shiny, mais dans la vie, ça pue! » Cuirette se bomba le torse. «J'sens l'homme! » Hosanna le chatouilla; le torse de Cuirette s'aplatit, son ventre de bière réapparut, bien rond, bien mou. «Tu sens l'homme des cavernes, c'est pas pareil! L'homme a inventé le shampoing, depuis deux millions d'années, tu sais! » Pour se donner une contenance, Cuirette prit une gorgée de bière. Hosanna soupira. «Pis l'homme a inventé la bière, aussi... hélas. » «Lis donc, toé! » Hosanna, avec mille précautions, avait ouvert le carnet bleu marine qui sentait la poussière et le papier qui a commencé à moisir. «J'me sens comme Schéhérazade... Si j'lis pendant mille et une nuits, Cuirette, vas-tu me faire des bebés? » «On a déjà fourré pendant mille et une nuits, Hosanna, pis notre progéniture est plutôt faible... » Hosanna passa la main sur la première page du journal. «Mai 1947... Aïe, c'est pas des farces... j'avais même pas cinq ans... » «Tu commences déjà à faire des commentaires! Ça va ben prendre deux mille et deux nuits! » «Hon, r'garde, ça commence sur un bateau... » Après avoir jeté un coup d'œil sur la première page, Cuirette ferma les yeux, rota le plus discrètement qu'il put. Hosanna commença avec un léger pincement au cœur. «En achetant ce cahier, au 5-10-15 chic du *Liberté*... »

Fugue

Mai-Juin 1947

La traversée de l'Atlantique

Ma chère belle-sœur,

En achetant ce cahier, au 5-10-15 chic du *Liberté*, je me suis revu enfant, à l'école, suant et sacrant pour pondre jusqu'au bout ma très quelconque composition française de la semaine, la langue sortie en signe de concentration et les doigts tachés d'encre parce que je ne pouvais pas toucher à une plume sans me salir. Je me souviens qu'on avait toujours un sujet passionnant à traiter, genre : « Mes vacances à la campagne », moi qui n'avais jamais mis les pieds en dehors de Montréal et qui me mettais à éternuer à fendre l'âme quand j'apercevais plus que trois marguerites en croix ; ou : « Les beautés de l'automne », dans laquelle il fallait absolument éviter le seul adjectif que je connaissais pour décrire la folie des arbres de la rue Fabre en octobre : multicolore ; ou encore : « La paix en famille », alors que la vie, chez nous, entre les crises de folie alcoolique de mon père et les airs de gendarme en jupon de ma mère, n'avait pas grand-chose de pacifique... Mais savez-vous une chose? J'étais obligé d'inventer et ça m'a développé l'imagination! Je m'inventais non seulement des vacances mais aussi une invraisemblable campagne, mélange des forêts tropicales de Jules Verne que je dévorais étendu dans mon lit en mangeant du chocolat (déjà), et des coins du parc Lafontaine dans le bout des bosquets de la rue Calixa-Lavallée; je m'inventais des automnes doux et ensoleillés qui, au fond, étaient la même chose que l'été mais en rouge et or, et une paix en famille, exemplaire sur le papier mais qui aurait été insupportable de platitude dans la vraie vie. C'est comme ça que j'ai appris à écrire mon français à peu près correctement. Mais ça fait vingt-cinq ans de ça et vingt-cinq ans d'habitude de parler n'importe comment ont peut-être quelque peu terni mon incomparable style et, surtout, je me demande comment je vais retrouver ce français appris pour inventer au lieu de pour décrire... On verra bien...

Bien oui, j'ai décidé d'écrire mon journal au lieu de vous envoyer des lettres, en tout cas pour la durée du voyage qui va se faire en bateau... Je ne pouvais quand même pas vous envoyer des feuillets roulés dans des bouteilles!

Vous m'avez prêté vos yeux quand j'ai quitté Montréal, tant pis pour vous! Vous allez être obligée de tout endurer, ce que je ressens autant que ce que je vois!

Sur le papier, y'a pus de pudeur possible. Quand je vous parlais, même si c'est à vous que je me livrais le plus, y'avait toujours le danger de vous choquer. Je sais que vous êtes très compréhensive mais une certaine gêne m'empêchait d'aller aussi loin que j'aurais dû. Tandis que là, j'sais même pas quand vous allez me lire. Pis peut-être que vous me lirez jamais, aussi, si j'ai trop honte de ce que j'aurai écrit... (Vous voyez, la censure, déjà !)

Mais je vous promets que je vais vous écrire comme je vous parlerais : y'a pas de style grandiloquent possible, entre nous ; la simplicité, la sincérité suffisent.

Que je vous parle d'abord du départ de New York.

Dans un coucher de soleil à vous pâmer l'âme, le *Liberté* s'est éloigné du quai couvert de confettis et de serpentins. En fait, nous autres, les passagers, on devait lancer tout ça sur le quai en envoyant des bobyes et des becs aux pauvres épais qui étaient venus nous voir partir, mais y'a toujours des comiques pour tout faire à l'envers : je me suis retrouvé avec deux livres de confettis sur la tête et je suis rentré dans ma cabine bariolé de serpentins de toutes les couleurs. Une momie en technicolor ! Je plains la pauvre fille qui va faire le ménage demain matin ! Et comme tout le monde à bord avait à peu près l'air de ce que j'avais l'air, on va entendre sacrer, certain !

Je me suis secoué comme j'ai pu ; pas moyen de me débarrasser de tout ça : y'avait toujours quequ' p'tits maudits ronds de papier qui voulaient pas lâcher... J'ai été obligé de me changer.

Quelques surprises m'attendaient.

La cabine a l'air d'un garde-robe aménagé pour recevoir un nain tranquille qui aime pas trop prendre ses aises. Quand j'ouvre la porte, j'me cogne contre le lit et si j'étends le bras, ma jointure s'accroche contre le hublot de la grandeur d'une assiette à soupe. La fille qui m'a vendu mon billet appelait ça un « single » ; moi, j'appelle ça un « half » : la moitié de moi va se reposer pendant que l'autre va se promener dans le corridor en attendant son tour ! Et c'est considéré comme une première classe ; imaginez-vous si j'avais pris une deuxième ! Y m'auraient ben roulé dans une valise au fond de la cale !

De toute façon, j'ai pas encore très bien compris mon billet : la fille m'a dit que j'aurais le droit de manger avec les premières mais que ma cabine était située entre la première et la deuxième classe, tout en étant considérée comme une première... Elle a ajouté que c'est là qu'on place les célibataires qui voyagent seuls. Peut-être qu'elle jugeait ça comme une maladie parce que j'ai eu l'impression qu'elle me mettait en quarantaine. Je pense tout simplement que je me suis fait fourrer une fois de plus et qu'elle m'a expédié dans un bout du bateau que personne ne veut habiter ! J'ai dû grimper à peu près quatre-vingt-deux escaliers en colimaçon et traverser un véritable labyrinthe de corridors sans issue et de culs-de-sac sans allure avant d'atteindre le bout de pont tout croche qui m'était assigné, dans une encoignure du navire, là où on a aménagé quequ'niches à chiens en *spacieuses et conforta-bles* (c'est le dépliant qui le dit) cabines pour célibataires esseulés trop gênés pour se défendre.

Quant à la salle de bains... si je vous disais que la nôtre, sur la rue Fabre, à côté de ça, c'est Versailles, ça vous donnerait une petite idée de sa grandeur. T'ouvres une armoire pour accrocher ton linge pis tu te rends compte que c'est la salle de bains ! Tu prends ta douche dans quequ'chose qui ressemble à une tink à eau chaude défoncée, et le bol de toilette... ben, écoutez, j'ai les genoux qui me frottent quasiment sur le lit quand chus assis là-dessus ! J'ai le cul dans la salle de bains pis les genoux dans la chambre ! Vous êtes corporente, comme moi, vous pouvez vous imaginer c'que ça va être que de passer une semaine complète dans un garde-robe ! Une semaine ! Sans air, en plus, parce que le hublot ouvre pas ! Si y fait le moindrement chaud, y vont me retrouver mijoté dans mon jus pis y vont me servir aux deuxième classe pour dîner !

J'avais laissé la porte de la cabine ouverte pendant que je faisais l'inspection ; j'ai vu passer deux pauvres diables, la tête basse et les épaules arrondies. On s'est fait des petits saluts tristes de la main. Au moins, chus pas tout seul dans mon malheur ! Pis peut-être qu'on est dans un bout du bateau où y'a des marins affriolants qui se

couraillent toute la nuit en poussant des cris hystériques... J'pense que je rêve en couleur, encore...

J'ai essayé le lit. Mon Dieu ! J'déborde de trois
côtés !

Plus tard.

Je viens de prendre mon premier repas à bord.

Ma table est aussi bien située que ma cabine.

Chaque fois que je vais manger, pendant la
semaine qui vient, je vais avoir le grand plaisir
d'être au beau milieu du ballet des waiters : ma
table est placée juste à côté de la porte de la cuisine
et le va-et-vient est suffisant pour donner mal au
cœur même à ceux qui ont le pied marin. En parlant
de mal de cœur, une chose me surprend. Tout le
monde que je connais m'avait prévenu contre le
mal de mer et, effectivement, la salle à manger était
à moitié vide pour ce premier repas, mais moi je me
sentais parfaitement bien ! C'est curieux, hein ? J'ai
mangé comme d'habitude, avec appétit, c'est le
moins qu'on puisse dire, et les trois cadavres verts
qui étaient assis à ma table me regardaient comme
si j'avais été un monstre sorti des enfers.

Juste avant que le repas commence, le capitaine
(pas besoin de vous dire que sa table est bien
placée, lui !) a fait un petit discours dans lequel il a
félicité tous les passagers qui avaient eu le courage
d'assister à ce premier repas à bord. Y'en avait qui
se tenaient la tête à deux mains, d'autres qui se

tripotaient le ventre, d'autres qui se mouillaient le front avec leur napkin ; moi, j'avais déjà fini mon jus de tomate. Puis il a essayé de les convaincre de manger. Vous auriez dû voir ça ! Juste au mot « eat » (le *Liberté* a beau avoir un nom français, tout se fait en english, à bord ; Américains obligent), une dizaine de personnes se sont précipitées vers la sortie, pliées en deux, et d'autres se sont jetées par en arrière sur leurs chaises pour s'aérer les intérieurs. Le capitaine a souri. Il se disait peut-être que ça coûterait moins cher de nourriture à sa compagnie ! À la fin, il a eu le toupet de souhaiter bon appétit à tout le monde. C'est là que la porte battante s'est ouverte derrière moi et que j'ai compris mon malheur. Une ribambelle de waiters s'est mise à courir en tous sens dans la salle à manger et chaque fois qu'un d'entre eux entrait ou sortait de la cuisine, je sentais un souffle chaud dans mon dos et des bouts d'un tumulte assez étonnant me parvenaient. Cette cuisine-là a pas l'air d'être des plus calmes, c'est moi qui vous le dis ! J'ai l'impression qu'y font tout, là-dedans : y'élèvent les animaux, y les tuent, y les épluchent, y les font cuire, y les servent, pis y donnent leurs restes à leurs chiens (chus convaincu d'avoir entendu japper, c'était quand même pas le chef, jamais je croirai !). Y'avait tellement de bruit là-dedans, que j'étais pas loin de penser qu'y'y'avait une finale de bowling en cours !

J'ai profité qu'un waiter rentrait avec un cabaret plein de vaisselle sale pour jeter un coup d'œil dans la cuisine. Seigneur Dieu ! Coney Island !

Je me rends compte que j'ai omis de vous décrire la simple et coquette pièce dans laquelle je vais manger pendant la semaine qui vient. Vous en reviendrez pas ! Faut dire, tout d'abord, que ça m'a pris un bon quart d'heure pour la trouver. Rien n'est évident, sur ce bateau-là ! Je pense que demain je vais semer mon chemin de petits cailloux blancs pour me retrouver... J'ai fini par me démêler dans les ponts pis les corridors, toujours, (tout à fait par hasard, d'ailleurs) pis en rentrant dans la salle à manger chus resté comme saisi.

Vous vous souvenez, on a vu ensemble le film *Titanic*, une vieille affaire muette oùsque les acteurs faisaient des grands yeux ronds pour exprimer n'importe quel sentiment, pis on voulait pas croire que tout était grand comme ça sur les bateaux ; ben laissez-moi vous dire que la salle à manger du *Titanic* à côté de celle du *Liberté* c'était une bécosse de campagne ! C'est tellement grand pis tellement riche que j'ai failli rester dehors ! Le trac m'a pogné comme si j'me préparais à entrer sur une scène ! Faut dire que même si y'avait pas grand monde, ceux qui étaient là étaient pas piqués des vers : l'habit de soirée, la robe longue jusqu'à terre, les rivières de diamants, les cabochons plus gros que ceux des carafes, les parfums sans prix qui réussissent à se mêler sans donner mal au cœur... enfin bref, on était bien loin des bineries du Plateau Mont-Royal et, pour une fois, j'me sentais bien petit...

J'ai suivi le maître d'hôtel en me tenant bien raide ; j'devais avoir l'air aussi décontracté qu'un condamné à mort qui s'en va rencontrer son dernier nœud coulant. Quand le maître d'hôtel m'a montré ma table de nobody avec un petit sourire ironique, j'ai été soulagé autant que désappointé. Vous voyez comment on est faits, nous autres, hein? On a beau vouloir sortir de notre marde, quand on nous montre d'autre chose on est trop chieux pour sauter dessus! En tout cas. Je me suis installé en faisant des petits sourires niaiseux à mes compagnons de table (pas une seule femme avec qui lier conversation; rien que des gros épais qui vont probablement passer la semaine à parler de baseball pis de belles pitounes!).

Y'avait assez de verres devant mon assiette pour ouvrir un restaurant! Je me suis dit que si je buvais dans chacun de ces verres-là avant la fin du repas, on me retrouverait dans la cuisine en train de lutiner quequ'marmiton, certain! Des verres courts sur pattes, des haut perchés, des en long, des bombés, des à peu près ordinaires (y faut des nobody partout, hein); une armée, je vous dis! Moi qui est habitué de boire ma bière dans mon restant de jus de tomate, j'vous dis que j'avais les yeux ronds!

En levant le regard au plafond pour admirer le lustre, j'me suis rendu compte d'une chose assez étonnante: c'est juste en observant le lustre qu'on s'aperçoit que le bateau bouge! Peut-être parce qu'y pend... Quand on le regarde, y'a l'air de se balancer pis tout d'un coup on réalise qu'y'est immobile pis que c'est nous autres qui bougent! Là, j'ai senti comme un vide au creux de l'estomac pis j'ai demandé à n'importe qui qui passait de m'apporter un verre de jus de tomate. J'ai jamais voyagé, mais j'ai lu ! Le n'importe qui en question a un peu froncé les sourcils parce que c'était peut-être pas sa job mais deux minutes plus tard je m'essuyais la bouche au grand écœurement de mes voisins de table qui se forçaient pour regarder ailleurs.

Son discours fini, toujours, le capitaine ('coudonc, on appelle-tu ça un capitaine ? J'sais que c'est pas un pilote... faudrait que je m'achète un dictionnaire Larousse, si y'en vendent) ; en tout cas, le maître des lieux a attaqué son entrée pis là le fun a commencé. J'ai rarement eu de la misère à retenir un fou rire comme pendant ce repas-là, moi !

Fallait voir les rivières de diamants s'agiter sur les cous au rythme des haut-le-cœur, les cabochons voltiger vers les fronts en sueur, les robes longues se lever brusquement pour se garrocher vers la sortie ; les habits de soirée, aussi, raides comme des combinaisons d'hiver qu'on vient de faire sécher dehors, en février, se diriger à peu près dignement vers la porte en faisant semblant de rien. On pense jamais à ça mais en fin de compte, le monde riche, c'est juste l'extérieur qu'y'ont de blindé !

Au bout de vingt minutes, le capitaine (naviga-teur ? conducteur ? — non, quand même !) était presque tout seul à sa table et souriait avec un air entendu.

Pour ma part, je venais de prendre un des meilleurs repas de ma vie. Hormis ceux que vous préparez, naturellement. Mais ça avait vraiment rien à voir, de toute façon... C'était tellement compliqué que tu savais pas ce que tu mangeais ! Faut dire que le menu aidait pas : quand on t'annonce des choses qui s'appellent « La tentation de saint Antoine aux boules de riz », ou bien « Les mignonnettes de pré salé aux trois moutardes », ou encore « Les divinités au chocolat », tu sais pas trop à quoi t'attendre, hein ? Du chocolat, j'sais ce que c'est, mais des divinités ! J'voyais la sainte Vierge recouverte de sauce au chocolat pis j'me disais que j'aurais de la misère à me mettre ça dans la bouche ! Mes voisins de table, qui parlaient tous juste anglais, étaient encore plus mêlés que moi. En tout cas, j'ai tout mangé en ronronnant de plaisir sans trop savoir ce que c'était. Le lustre qui se promenait d'un bord à l'autre me dérangeait pas pantoute. Le ballet des waiters m'éventait le dos ; ça me faisait du bien. Pis j'ai fini par comprendre l'usage des différents verres : les en long pour le vin blanc, les petits ventrus pour le rouge, les nobody pour l'eau, comme je l'avais deviné. Je me suis un peu mélangé avec mes ustensiles, par exemple : quand le dessert est arrivé y me restait deux couteaux et une fourchette. Allez donc essayer de manger de la sauce au chocolat avec une fourchette, pour voir. (J'avais deviné pour la sauce au chocolat mais les divinités c'était juste des vulgaires cream puffs !)

Mais tenez-vous bien : à la fin du repas, une autre surprise, une super duper, celle-là, m'attendait ! J'ai déjà vu ça à l'école, donner quelqu'un en exemple, mais dans la salle à manger des premières d'un transatlantique, franchement ! Ben oui, vous avez deviné ! À la fin du repas, le capitaine s'est levé après s'être essuyé la bouche et a cité en exemple le monsieur de la table 111 qui avait un si merveilleux appétit ! Faut avouer qu'y restait pus grand monde pour m'applaudir pis que ceux qui le faisaient évitaient de me regarder parce que je leur donnais la nausée, mais quand même, j'ai failli mourir là !

Et c'est juste là que la nausée m'a pogné ! D'énervement, je suppose. Tout s'est figé dans mon estomac, le cœur m'a levé pis j'ai été obligé de sortir en vitesse.

Renvoyer dans un bol de toilette grand comme un dé à coudre, c'est pas drôle, croyez-moi !

J'écris ces premiers épisodes de mon journal personnel assis dans mon lit, le dos endolori et un picotement au cœur qui ressemble à une sorte de peine que j'arrive pas à m'expliquer.

J'ai tout fait pour quitter Montréal et j'ai réussi, je devrais être content... Mais j'y arrive pas vraiment. La fatigue et l'énervement du départ, je suppose... Et le fait que depuis que je me suis vidé l'estomac j'ai tendance à trouver que le bateau bouge beaucoup.

La fille qui m'a vendu mon billet (j'ai comme l'impression que j'ai pas fini de parler d'elle !) m'avait pourtant juré aussi que ces bateaux-là bougeaient pas... Mais elle m'a aussi vendu un trou à rat en me promettant un palais.

J'ai grignoté deux palettes de chocolat, dernier souvenir de Montréal. En Europe, y doivent avoir du chocolat, mais y doit pas être bon comme le nôtre.

Il est 5 h 15 du matin et je ne dors toujours pas.

J'ai somnolé une heure ou deux puis je me suis réveillé, comme toujours, pour ce que Samarcette appelle mon inondation de quatre heures. Pendant quelques secondes, je savais pas où j'étais, je reconnaissais rien, ni les murs, ni la porte, ni le plafond... et j'ai fini par me croire en prison. J'sais pas pourquoi, j'me sus dit : ça y est, y nous ont pognés, Samarcette pis moi, pis y nous ont sacrés en prison parce qu'y nous prennent pour des criminels ! Mais en allumant la lampe de chevet vissée au mur au-dessus du lit je me suis dit qu'aucune cellule au monde était aussi petite et je me suis rappelé que j'étais dans une cabine de première classe d'un des plus beaux navires du monde...

Pas moyen de me rendormir, évidemment.

Je manque d'air. C'est pourtant pas ça qui devrait me manquer, on est au beau milieu de l'océan ! Y'en a, de l'air ! Y'a même rien que ça !

J'ai pensé à vous, quand vous avez de la misère à respirer, pendant les canicules. Dans la famille, on a tendance à penser que vous exagérez mais là je commence à vous comprendre. Chus angoissé, j'ai chaud, j'ai le cœur qui me débat...

Un drôle de bruit, aussi, me tient réveillé. Je sais pas si c'est le moteur du bateau ou le broyeur à restants de la cuisine mais c'est ben achalant. Ça fait comme un rythme de train qui arrive pas à partir ; ça force tellement qu'on a envie d'aller l'aider...

J'ai failli me rendormir, à la longue, mais tout d'un coup une idée m'a frappé comme une claque sur la yeule pis j'ai sursauté de peur : j'ai réalisé en une seconde que j'étais dans une boîte métallique entourée d'autres boîtes métalliques empilées les unes sur les autres sur le pont d'une énorme ferraille en train de rouiller au beau milieu de l'océan ! Maudit fou ! Gros épais ! Qu'est-ce qui m'a pris d'aller me sacrer au milieu de l'océan comme ça, moi qui a peur de mettre le pied dans la gondole du parc Lafontaine ? J'ai même pas de costume de bain tellement j'haïs l'eau, verrat !

J'me suis levé dans le temps de le dire pis chus sorti sur le pont.

Ma cabine est située un peu vers l'arrière du bateau, j'pense que je vous l'ai déjà dit ; là où j'étais, je pouvais voir les grosses vagues phosphorescentes qui coupaient la mer en deux en silence. Pis le ciel. Si vous aviez vu ça ! Ma peur d'être enfermé s'est envolée tout d'un coup pis elle a été remplacée par une espèce de vertige de l'espace... J'avais la tête levée pis j'me tenais à deux mains à la balustrade. J'avais jamais vu un ciel comme celui-là. En ville, on le voit pas, le ciel. Ou par petits bouts qu'on regarde d'un œil distrait. Mais

là... J'ai pas les mots pour vous décrire tout ça pis
ça m'enrage !

Les curés nous disent souvent qu'on est bien peu
de chose ; moi, j'avais toujours pensé que c'était
par rapport au bon Dieu, y'ont toujours le bon Dieu
à la bouche, mais j'y pensais pas trop parce que le
bon Dieu m'a jamais ben ben excité. Mais non.
C'est pas ça que ça veut dire. C'est juste vrai qu'on
est rien ! Laissez-moi vous dire que découvrir ça à
quarante ans, tout seul au beau milieu de l'Atlantique, c'est dur à prendre ! J'me sentais assez
épais de pas l'avoir compris avant ! On se pense
gros parce qu'on est obèse pis qu'on prend ben de
la place dans son entourage... mais mettez l'obèse
le plus obèse au milieu de l'océan, coupé de son
entourage, même si c'est le plus grand roi du
monde, y va rester petit !

Le vide du ciel est effrayant même si y'a des
milliards d'étoiles dedans.

À quoi ça sert d'être un vendeur de chaussures
qui rêve de devenir un travesti, au milieu de ce
vide-là ? J'ai trouvé mon voyage pis mes rêves
tellement insignifiants, si vous saviez ! Si jamais ça
marche, en Europe, comment voulez-vous que je
revienne à Montréal vendre des chaussures après
tout ce que j'aurai vu ? Chus quand même pas assez
naïf pour penser que je pourrai jamais faire
carrière ! Même après ce que j'ai vu depuis que je
suis parti de Montréal je me demande comment j'ai
fait pour m'accroupir pendant vingt ans aux pieds

d'une gang d'épais qui savent même pas qu'y'a un ciel au-dessus de leur tête !

J'ai tellement pleuré...

Je m'étais penché sur la balustrade pis je braillais comme un veau, *écrasé* par la beauté de ce qui m'entourait pis par l'insignifiance de ma quête.

Chus rentré dans mon trou. Y'a pas de retour en arrière possible, hein? Le bateau fera pas demi-tour parce que j'ai des problèmes existentiels ! Je vais au moins me rendre jusqu'au Havre qui en sera peut-être un...

En attendant, j'vas essayer de dormir pour que le monde pensent pas que j'ai été malade comme eux autres, demain matin...

Une dernière petite ligne avant de me coucher. J'espère que vous allez me lire, un jour. Je voudrais que vous puissiez me lire tout de suite. J'ai besoin de votre chaleur et de votre grande compréhension.

Savez-vous quoi? Je suis tout seul pour la première fois de ma vie ! Je me suis toujours entouré : à l'école, à la maison, au travail, dans ma gang du Plateau Mont-Royal... J'ai toujours vécu en troupeau pis me v'là tout seul comme une grosse lune au milieu de rien !

Ça va mieux, ce matin. En ouvrant la porte de ma cellule, tout à l'heure, j'ai reçu le soleil en pleine face et la bonne senteur de l'iode m'a fouetté le sang. Autant j'me sentais prisonnier la minute d'avant, autant j'me suis senti libéré quand j'ai vu le grand large, les vagues, les quequ'p'tits nuages qui se promenaient tranquillement, le soleil qui trônait par-dessus tout ça...

C'est drôle comment on est fait, hein? La nuit passée j'aurais sacrifié un bras pour qu'on me ramène sur le Plateau Mont-Royal pis là, tout d'un coup, j'ai senti comme une excitation incontrôlable d'en être si loin ! Le ciel avait changé de couleur pis j'en avais pus peur. Toutes les idées noires de la nuit me semblaient tellement loin ! J'me disais : si c'est effectivement de la marde qui t'attend de l'autre bord, au moins ça va être une marde différente ! Cherches-en donc des vendeurs de chaussures qui se promènent en transatlantique !

J'aurais sauté à pieds joints si je m'étais pas retenu. Une chance que je l'ai pas fait parce que la porte de la cabine voisine de la mienne s'est ouverte et un de mes compagnons de malheur est sorti. Quand j'y ai vu la mine déconfite pis la face verte j'me sus rappelé que les deux tiers des passagers du *Liberté* devaient être encore malades et le fou rire m'a pogné.

Mon voisin, une espèce de géant laid comme un cul de singe gratté à deux mains, me faisait signe de m'approcher. J'ai traversé le petit pont en me présentant en français. Erreur. Y m'a regardé avec des yeux ronds, comme si j'avais inventé une langue au fur et à mesure que je la parlais. Que c'est qu'y va faire quand y va arriver en France? J'espère que sa famille l'attend!

J'ai tout recommencé en anglais; y'a ouvert les yeux encore plus grands pis y m'a dit quequ'chose qui avait l'air du bruit qui sort d'un tordeur de machine à laver. Ça bourdonnait, ça chuintait, ça se cassait en mille miettes en sortant de sa bouche. Y vient pas d'Amérique du Nord, certain, lui! Y doit arriver directement de Bogota, de Valparaiso, de Montevideo ou de Santa quequ'chose...

C'était évident qu'on pouvait rien se dire, ça fait qu'on s'est regardés sans rien ajouter. Laissez-moi vous dire qu'on n'avait pas l'air ben brillants! J'ai jeté un coup d'œil dans sa cabine par la porte entrouverte. Ça avait l'air du beau yable, là-dedans... Y'avait dû se vider les tripes pendant toute la nuit, certain! Ça sentait le tit-bebé pas propre... Malade de même, y doit arriver des montagnes, pas d'un port de mer!

Tout d'un coup, j'ai pensé qu'y me prenait peut-être pour un waiter (j'avais effectivement mis mon petit pétalon moulant noir avec ma belle chemisette blanche pour faire impression sur les beaux hommes que j'allais croiser — pour pas dire cruiser — pendant cette première journée en mer). Y m'avait peut-être tout simplement commandé des toasts pis du bacon! Pour le détromper, j'me suis planté devant la porte de ma propre cabine, je l'ai ouverte pis chus rentré. Chus ressorti au bout de quelques secondes en espérant que le gars aurait compris. Y'avait fait la même chose pis je l'ai pas revu! Ou ben donc y'avait honte de sa bévue ou ben donc y'a pensé que j'y faisais une passe... Si chus le seul qui parle français sur le bateau, ça va être beau ! Mon anglais est correct mais c'est en France que j'm'en vas, verrat ! À moins que je me sois trompé de bateau. Je me voyais penché sur la balustrade pour essayer de lire le nom du bateau... Hé ! que chus fou !

J'ai retrouvé le chemin de la salle à manger assez facilement, ce matin (chus quand même pas un épais fini !) ; y'avait encore moins de monde qu'hier soir. J'étais même tout seul à ma table. Le capitaine (j'vas l'appeler comme ça, à c't'heure ; de toute façon, j'me comprends, c'est le principal...) m'a fait un signe de la main quand chus rentré. Le cœur m'a monté dans la gorge pis j'me sus mis à marcher tout croche...

Avez-vous déjà vu ça, vous, des œufs pochés posés sur du jambon posé sur des toasts, pis tout ça arrosé d'une espèce de sauce jaune épaisse ? C'est bon en chien mais c'est gras rare !

Je sentais que le capitaine m'observait pendant que je mangeais, ça fait que je faisais un peu la cute : petit doigt en l'air, mains légères et expertes, petit mouvement de la tête quand je sipais mon thé, un peu comme le serin de ma mère quand y buvait son eau... J'me disais que si y'était de la famille y pouvait pas faire autrement que de me reconnaître à mes manières... Les idées les plus folles me glissaient dans la tête pendant que je mâchonnais en faisant semblant de rien : j'me voyais déjà installé comme une guidoune de luxe dans une grande cabine en chêne ou en noyer, le seau à champagne à côté du lit pis le capitaine en petite tenue qui me chuchotait des affaires à me faire damner... On est-tu fou, des fois, hein? Parce qu'en fait, si y'est de la famille comme j'le pense, on va faire ça en dessous d'un canot de sauvetage ou ben donc dans le fond de la cale entre les chiens qui s'égosillent pis la salle des machines ! Pis on se reparlera pas du reste du voyage ! J'espère que je vous choque pas en écrivant tout ça mais c'est presque toujours ça qui se passe entre nous : dans le noir, à la sauvette, avec la culpabilité qui te saute dessus aussitôt que c'est fini... C'est-tu comme ça pour vous autres aussi? Ça doit pas parce que c'est permis. Nous autres... tout ce qui nous reste à espérer c'est que le bon Dieu, si y'existe, voit pas dans le noir.

Comme vous voyez, y'a pas de milieu, avec moi ; c'est le septième ciel ou ben le troisième sous-sol !

Toujours est-il que j'achevais mon thé quand le capitaine s'est approché de ma table à grandes enjambées viriles.

La tasse s'est mise à me shaker dans les mains ; j'ai été obligé de la poser sur la nappe.

Y m'a fait un grand sourire en me disant :

—Are you American?

J'y ai répondu, dans mon plus bel anglais :

—No, I am a French Canadian.

Son sourire s'est encore élargi et y'a switché en français avec un plaisir évident. C'est un Français ! Mon premier vrai ! En deux minutes y'a réussi à me dire ce que ça nous prendrait une vie à conter, nous autres... Y m'a parlé des Canadiens français qu'y'a rencontrés à la fin de la guerre (j'ai pas osé l'interrompre pour y dire que j'étais resté chez nous parce que j'avais les pieds plats); à quel point y'avaient été héroïques au débarquement, que son pays leur en serait éternellement reconnaissant, que la province de Québec était admirable d'être restée française après trois cents ans, que notre accent était donc beau... Vous auriez dû me voir! Un oiseau hypnotisé par un chat!

Y s'est arrêté au beau milieu d'une phrase; j'pense qu'y pensait que je l'écoutais pus... Ça m'a pris trois bonnes secondes avant d'y dire quequ'chose. Pis une chose très étrange s'est produite: quand j'ai parlé, ma voix avait changé! Je sais pas ce qui s'est passé mais... mes « r » ont changé de place dans ma bouche! Je sais pas comment vous expliquer ça... J'essayais pas de parler comme lui, Dieu m'en garde, comme y diraient dans les romans français, mais j'étais pus capable de parler comme d'habitude... Y'a pas eu l'air de s'en rendre compte (que chus niaiseux, y m'avait jamais entendu avant!) pis y'a continué. Mais je l'écoutais pus. Je le fixais comme si j'avais été passionné par ce qu'y disait mais je pensais juste à ce qui venait de se passer. Ce qui m'étonnait le plus c'est que ça s'était fait automatiquement. Sans le vouloir, j'avais changé ma façon de parler juste parce qu'un Français me parlait! Pis quand y'a eu fini son monologue pis qu'y m'a demandé ce que je faisais dans la vie, j'ai répondu, toujours avec ma nouvelle voix et sans réfléchir : « Acteur ! Je vais tourner un film en France... » Y'est devenu encore plus chaleureux pis moi encore plus malheureux. Les œufs m'ont figé dans l'estomac. Je devinais d'avance c'qu'y allait me dire pis j'aurais voulu me boucher les oreilles. Effectivement, y m'a dit c'que je voulais pas entendre : « J'espère que nous aurons le plaisir de vous admirer dans un de vos grands rôles... » ou que-qu'chose du genre.

Catastrophe ! Me v'la pogné pour faire un fou de moi devant la haute gomme d'un transatlantique ! Mais j'me dis qu'y va peut-être tout oublier ça dans une demi-heure ; après tout, c'est sa job d'être fin avec le monde pis de leur faire croire qu'y sont intéressants.

Mais si y'oublie pas... Ah ! pis d'la marde. Depuis le temps que les Français débarquent chez nous en nous contant n'importe quoi pis qu'on les croit sur parole... A beau mentir qui vient de loin. Y'a personne au beau milieu de l'Atlantique qui va venir dire aux passagers de première classe du *Liberté* que chus pas un acteur ! J'leur ferai *Le Songe d'Athalie* que je récitais si souvent debout sur une table du Palace, avec une nappe autour d'la taille pis un mouchoir sur la tête !

De toute façon, si y viennent tous de Bogota, y sauront même pas ce qui se passe !

Je m'étais pas prévu de lecture ; c'est ridicule, y'a rien d'autre à faire, sur un bateau... C'est-à-dire qu'y' a des jeux mais ça m'intéresse pas. Me voyez-vous, avec ma corporence, pousser une rondelle en caoutchouc avec un manche à balai au beau milieu du pont avec tout le monde qui regarde? Ou bien fesser à grands coups sur un moineau en fausses plumes. Franchement ! J'haïs le sport pour tuer, je commencerai pas à en pratiquer en pleine mer, certain !

Les passagers ont commencé à sortir de leurs cabines. Y'a une bonne vingtaine de personnes étendues sur des chaises longues, un livre à la main ; des vieux, pour la plupart. J'ai pas vu beaucoup de jeunes, encore, à bord. Des enfants, oui, mais on dirait qu'y voyagent avec leurs grands-parents plutôt qu'avec leurs parents. Mais peut-être que les vieux pis les enfants ont moins le mal de mer que le monde de mon âge...

Deux hommes, raides comme des barreaux de chaise et rougeauds comme si y'étaient sur le bord d'attraper un coup de sang, ont déjà commandé à boire. Y'ont pas de livres, eux autres. Ç'a l'air que chez les riches aussi c'est les femmes qui lisent... Y fixent tous les deux le large en sirotant leur verre ; y vont-tu rester comme ça pendant toute la semaine? Y sont assis un à côté de l'autre pis y s'adressent jamais la parole. C'est pas avec eux autres que j'vas me faire du fun !

J'ai apporté mon journal. Une chance, le magasin du bord est pas encore ouvert pis j'aurais rien à faire. J'sais pas pourquoi j'ai peur de m'ennuyer comme ça. Faut pas que je m'attende à ce qu'y se passe sans arrêt des choses affriolantes, chus pas dans un film comique, chus dans la vraie vie pis la vraie vie dure plus longtemps qu'une heure et demie ! Faut qu'y'aye des moments creux de temps en temps sinon on virerait vite fou !

Je me suis confortablement installé dans une chaise longue, à côté d'une femme qui lit *Mont-Cinère*, de Julien Green. J'me suis dit qu'elle, au moins, elle doit parler français. On n'a pas encore échangé un mot mais elle me guette depuis que j'ai sorti mon journal pis que je griffonne dedans. J'vas-tu me faire passer pour un écrivain pour passer le temps comme j'me suis fait passer pour un acteur par bravade, tout à l'heure ?

Tout est permis, sur un bateau. On est isolé pendant toute une semaine ; on peut être qui on veut. Surtout en première classe où, de toute façon, on est supposé être quelqu'un.

Un joli marin, très conscient de son petit pétalon sexy, vient de m'offrir quequ'chose qui sonnait comme « plade ». J'aurais dû être prudent, je l'ai pas été ; j'ai fait rire de moi, tant pis pour moi ! J'y ai répondu dans mon plus bel anglais, pour faire impression sur ma voisine : « No, thank you, I don't drink in the morning. » Ç'a ben l'air qu'un « plade » ça se boit pas parce que y'a eu l'air surpris de ma réponse pis ma voisine de chaise longue a pouffé. Si on se parle, tout à l'heure, faut que je m'arrange pour faire semblant que c'était une farce... Quand quelqu'un emploie un mot qu'on connaît pas, on devrait jamais faire semblant qu'on comprend, c'est trop dangereux... Mais que voulez-vous, dans ma gang, c'est moi qui employais des mots que les autres comprenaient pas ! Je suppose qu'on est toujours l'ignorant de quelqu'un d'autre.

On est tellement confortable dans ces chaises-là ! On a l'impression qu'on est en convalescence; vous savez, comme dans les films français quand le docteur dit à l'héroïne d'aller à la mer parce qu'elle tousse comme une perdue... Ces scènes-là me font toujours sourire. Voyez-vous le docteur Sanregret nous conseiller d'aller à la mer chaque fois qu'on a une petite grippe? On serait obligé d'émigrer ! Ça prend quatre jours pour se rendre à Gaspé !

J'sais pas si on peut se tanner de regarder ça, la mer, par exemple. Faut dire que chus pas blasé, c'est la première fois que j'la vois. J'étais jamais allé plus loin que Tadoussac. Pis l'eau était à peine salée.

Toute c'te grande étendue d'eau bleue-là, ça m'hypnotise. J'tombe dans la lune, le cœur mou, les bras posés sur les appuis de la chaise, pis le temps passe sans que j'm'en aperçoive. J'commence à comprendre les hommes qui ont pas apporté de livre. J'pense que je resterais comme ça, sans bouger, jusqu'à ma mort. La paix. Mais pas une paix plate qui ennuie, une paix presque inquiétante. C'est en plein ça : j'me sens en paix pis inquiet en même temps. Comme si j'avais peur que ça finisse trop vite ou que ça finisse pas du tout. C'est très agréable.

Je retourne à mes rêveries. Je vous en conterai peut-être des bouts, tout à l'heure.

Savez-vous quoi? J'pourrais même pas vous dire à quoi j'ai pensé depuis deux heures! J'me sus réveillé comme si j'avais dormi mais chus sûr d'avoir gardé les yeux ouverts pendant tout ce temps-là. J'ai pensé à des millions de choses en même temps mais à rien en particulier. Vous étiez là, c'est sûr, parce que vous êtes la seule personne que je connais qui pourrait apprécier le calme qui s'est installé en moi depuis la nuit passée, mais j'sais pas ce que vous faisiez. Vous faisiez peut-être rien, comme moi. Vous m'avez peut-être regardé regarder la mer en souriant.

Ma voisine qui lit *Mont-Cinère* s'est endormie. Son livre est tombé sur le pont; je l'ai ramassé en faisant attention pour pas la réveiller. Je pense qu'on n'a jamais lu ça, Julien Green, nous autres, hein? Faut dire que nos connaissances pis nos goûts littéraires s'arrêtent pas mal au dix-neuvième siècle... C'est pas vrai, j'écris n'importe quoi, on adore Simenon pis vous, surtout, Georges Duhamel. Pis François Mauriac. En tout cas. J'vas peut-être emprunter *Mont-Cinère* à ma voisine quand elle va l'avoir fini. Remarquez qu'elle est juste rendue à la page 28 pis que si elle dort comme ça toute la semaine elle se rendra pas ben plus loin.

J'vas le commencer pour le fun...

J'm'en suis pas rendu compte quand elle s'est réveillée, ça fait que chus resté un peu saisi quand elle m'a dit :

— Vous aimez Julien Green?

Elle prononçait Grrreen en roulant bien ses « r » ; j'ai tout de suite reconnu l'accent d'Outremont. On en a assez, au magasin, des chiantes d'Outremont qui essayent cent vingt-huit paires de chaussures en roulant leurs « r » pis qui repartent sans rien acheter pis sans dire merci, que je reconnaîtrais c't'accent-là même les oreilles bouchées !

J'ai étiré ma bouche en cul de poule pis j'ai dit :

— Vous êtes d'Outremont?

J'me suis rendu compte que j'avais pris le même accent qu'avec le capitaine. Mes « r » étaient retombés dans le fond de ma gorge comme si j'avais avalé un poil de moustache !

Elle a sursauté.

— Comment le savez-vous? Je n'ai pourtant pas le mot Outremont inscrit dans le front, que je sache !

J'ai pas su quoi y répondre. Peut-être qu'elle le sait pas qu'elle a un accent très typique ! J'pouvais quand même pas y dire qu'elle parlait comme une bonne sœur, même si c'est vrai ! J'ai laissé le silence s'éterniser un peu trop longtemps. Vous me connaissez, dans les moments difficiles, j'viens que chus pus capable de rien faire pis y faut venir me repêcher, sinon j'me laisse couler. C'est elle qui a fini par trouver que ça devenait insupportable (j'ai pensé qu'elle avait peut-être trouvé la réponse à sa question toute seule pis qu'elle préférait passer à autre chose); elle a étiré le bras vers le livre, l'a repris délicatement de mes mains.

—C'est la troisième fois que je lis *Mont-Cinère*. Quel talent! Écrire cela à vingt-trois ans! C'est stupéfiant comme première œuvre!

Elle parlait vite vite, tout énervée, comme si elle avait décrit une game de hockey.

—Vous avez lu son journal?

J'savais même pas qu'y publiait son journal! Me voyez-vous, moi, publier ce que je vous écris là?

Elle a même pas attendu ma réponse.

—Vous savez, j'ai bon espoir de le rencontrer, là-bas...

Elle montrait l'horizon comme si Paris et Julien Green s'étaient trouvés juste après la troisième vague devant nous.

—Il vient d'écrire un nouveau livre, *Si j'étais vous...*, qui sera publié dans quelques semaines. J'y serai! J'en suis convaincue! Et je lui dirai à quel point nous l'admirons, mes amies et moi!

Elle s'était redressée sur sa chaise longue en parlant; j'avais l'impression qu'était sur le bord de faire une crise d'épilepsie.

—Et qui sait, peut-être acceptera-t-il de venir nous visiter dans notre pauvre trou inculte.

Outremont, un trou inculte! Qu'est-ce qu'elle doit penser du reste de Montréal!

Elle a libéré un grand soupir comme si elle avait voulu se débarrasser d'un poison violent qui lui brûlait les intérieurs. Puis elle s'est appuyée sur sa chaise.

—Et vous, qu'en pensez-vous?

Chus resté plutôt prudent; tout ce que je connais de Julien Green, c'est les 37 premières pages de *Mont-Cinère*! La mère pis la fille s'haïssent pour se tuer à grandeur de pages pis y'a rien qui arrive!

—J'en pense énormément de bien. Énormément.

J'ai souligné énormément pour bien faire comprendre que je considérais la discussion close. Pensez-vous!

—Je suppose que vous connaissez bien son œuvre?

J'ai pensé que si elle voulait jouer les exaltées j'étais capable de l'accoter.

—J'ai tout lu de lui, madame! Absolument tout! Tout!

En disant mon dernier «tout» j'ai senti la question suivante venir pis un nœud s'est formé dans mon estomac. Elle s'est penchée vers moi comme une croyante qui examine la statue de Bernadette Soubirous.

—Lequel avez-vous préféré?

J'ai comme eu à penser vite, hein? C'est drôle tout ce qui peut nous passer par la tête en une ou deux secondes... Des titres m'ont sauté à l'esprit sans que j'aye l'impression de les avoir appelés: *Léviathan, La Puissance et la gloire, Orient-Express, Minuit...* mais je savais pus lesquels étaient de Julien Green pis lesquels étaient de Graham Greene, j'étais trop énervé. J'voulais y en spotter mais j'ai lu ni Julien ni Graham ! J'ai même longtemps pensé qu'y'en avait rien qu'un ! C'est vous qui m'avez appris qu'y'en avait deux ! C'est ça, quand la culture vous vient de votre belle-sœur !

J'avoue que j'me suis réfugié dans le plus facile. J'ai pas pris de chance ; j'ai montré *Mont-Cinère* pis j'ai dit avec le plus d'assurance que j'ai pu :

—Celui-là ! C'est le plus beau ! C'est le premier mais c'est le plus beau ! Tout y est !

J'étais tellement content d'avoir trouvé quequ' chose à dire que j'ai dû avoir l'air aussi exalté qu'elle !

Mais elle a froncé les sourcils avec un air de doute pis j'ai pensé : ça y est, j'viens de faire une gaffe. Elle me regardait effectivement avec un drôle d'air.

—Ah ! oui... vous trouvez? Mais c'est une œuvre de jeunesse ! C'est très beau, très très beau, mais les autres sont tellement plus... tellement plus...

Ça m'a soulagé de voir qu'elle aussi ça y'arrive de chercher ses mots pis je l'ai laissée se débrouiller toute seule même si je savais que c'était probablement « mature » qu'elle cherchait.

—Tellement plus accomplies !

Ben 'coudonc. C'est vrai que y'a plus fancy que « mature » ! Elle m'a tendu la main, comme ça, tout d'un coup, comme si elle avait décidé de m'adopter.

—Antoinette Beaugrand. D'Outremont, effectivement. Vous aviez deviné juste. Je voyage avec ma fillette de sept ans, Lucille, ma benjamine. J'ai trois autres filles que j'ai abandonnées aux mains de la gouvernante dans notre maison de la rue Davaar. Mais j'ai amené Lucille parce que je ne me décidais pas à m'en séparer. Nous allons nous tremper toutes les deux dans la grande culture !

Elle prononçait le mot culture comme si ça avait commencé par un K ! J'sais pas trop comment vous décrire ça... Ça donnait comme un éternuement : Kul... tuuuuure.

—J'espère seulement que ma Lucille est assez sensible pour comprendre l'importance de tout ce qu'elle verra, même si elle ne comprend pas tout. Elle est restée dans la cabine. Elle n'est pas comme sa mère, elle n'a pas le pied marin, la pauvre...

J'sais pas pourquoi, quand elle a dit ça, j'ai regardé ses pieds. Déformation professionnelle, probablement. Elle a pas le pied marin, elle a des pieds de marin ! Sont plus grands que les miens, je pense ! Est enflée d'en bas comme d'en haut !

J'avais pas du tout envie de l'entendre chanter les louanges de sa Lucille alors j'ai fait le geste de vouloir me lever. Elle m'a pris par le bras pour me retenir.

—Et vous, quel est votre nom? Je vous ai entendu dire, au commandant, tout à l'heure, que vous étiez acteur mais je ne crois pas vous avoir jamais vu sur une scène... À moins que vous ne soyez de Québec ou de Chicoutimi...

Espionne par-dessus le marché !

C'est vraiment pas ma journée, hein? C'est de ma faute, aussi. Si j'avais loué une cabine avec les nobody comme moi, j'en serais pas là. J'y ai inventé une histoire tellement invraisemblable qu'elle a pas pu faire autrement que la croire : j'y ai dit que je faisais une carrière radiophonique à cause de mon physique un peu spécial qui m'empêchait de monter sur les planches. Aïe, faut-tu être mal pris, hein? J'y ai conté que j'aimais mieux faire les grands rôles à la radio que les utilités (ce mot-là a eu l'air de la convaincre plus que tout le reste de l'histoire) au théâtre. Ben le croirez-vous? Elle m'a demandé dans quoi j'avais joué, à la radio! J'y ai sorti une ribambelle de Théâtre Lux qu'on a écoutés ensemble pis elle a eu l'air de me croire. J'pense qu'elle me prenait pour Gaston Dauriac! En tout cas jusqu'au moment où elle m'a dit avec une petite moue curieuse :

—Rappelez-moi votre nom, ça m'échappe, là...

Essayez donc de vous inventer un nom de théâtre en deux secondes, pour voir! Gilles Dorais! C'est ça que j'ai trouvé! J'volais bas, hein? Si j'avais été une femme j'aurais été capable d'y répondre Jeanne D'arc Aubûcher, j'pense! C'est une drôle de chose, la Kulture, hein? On pense qu'on est ignorant, des fois, pis tout d'un coup, sans prévenir, ça vous remonte comme une gorgée sure.

Pas besoin de vous dire qu'après tout ça j'étais comme content de me sauver!

La cloche vient de sonner. Le carillon, plutôt. C'est l'heure d'aller luncher. Ça aussi c'est un mot que je viens d'apprendre. Pendant que je me sauvais comme un chien honteux d'avoir sali le beau tapis du salon, Antoinette Beaugrand m'a crié :

— On se revoit au lunch ! Vous ferez peut-être la connaissance de ma Lucille !

Pendant une seconde j'ai vu Antoinette Beaugrand avec une boîte à lunch au fond d'un magasin de chaussures pis j'ai bien ri.

J'ai passé une partie du reste de la journée à éviter Antoinette Beaugrand ; je considérais que j'avais assez conté de menteries pour aujourd'hui.

Le lunch était délicieux et j'ai le plaisir de vous annoncer que les passagers commencent à prendre quelques couleurs ; un de mes voisins de table qui était pas là ce matin mais qui s'est forcé pour venir à midi, m'a dit qu'habituellement ceux qui ne paraissent pas le deuxième jour restent toute la semaine enfermés... J'ai toujours pas revu mon gars de Bogota. Pauvre lui...

Le repas a été un petit peu plus animé ; j'ai même entendu quelques rires (un peu pognés mais des rires quand même).

En jetant un regard furtif à la table d'Antoinette Beaugrand (mieux située que la mienne, il va sans dire), j'ai pu me rendre compte que Lucille, la benjamine, est une espèce d'enfant laide et pâle aux tresses tellement serrées qu'on a l'impression que les cheveux vont lui décoller de la tête d'une minute à l'autre. Elle se tient raide comme un barreau de chaise, jette sur tout un regard méprisant, chipote dans son assiette en levant le nez et ne regarde *jamais* sa mère en face. Avant même de faire sa connaissance j'ai envie de faire des remèdes avec !

Comme prévu, le capitaine (commandant, plutôt, selon les dires d'Antoinette Beaugrand qui doit connaître par cœur la fonction de chacun et, surtout, son importance sociale), le commandant, donc, semble avoir oublié mon existence maintenant que sa table recommence à se garnir de rivières de diamants et de cabochons de toutes les couleurs. Je pense que j'aurai pas à repasser le texte du *Songe d'Athalie...*

J'ai mangé mon premier avocat vinaigrette (rassurez-vous, je ne suis pas assez bas, aujourd'hui, pour faire des farces cochonnes là-dessus). Quel délice ! C'est riche, onctueux, frais... Comment ça se fait qu'on connaît pas ça, ces affaires-là, nous autres ? Monsieur Provost nous offre toujours les même maudits fruits pis les mêmes maudits légumes ; c'est-tu lui qui manque d'imagination ou si ces choses-là sont vraiment réservées aux riches ? J'en remangerais, de temps en temps, un avocat, moi, même si chus pas millionnaire ! Pis chus sûr que tout le monde en raffolerait à la maison ! Mais non, passé les p'tits pois, les patates pis les carottes on se sent en pays étranger pis on sait pus quoi faire. Des fois j'me demande si on est pas ignorants par choix, parce que c'est plus facile...

Tout de suite après le repas je suis revenu m'enfermer dans ma cage à rat de peur de voir les Beaugrand mère et fille me coller aux talons. (Antoinette m'a fait un grand signe de la main quand je me suis levé de table mais, une chance, Lucille avait pas fini ses fraises au sucre...)

Et j'ai dormi comme une belle au bois dormant qu'on aurait enfermée dans une boîte de sardines pour mieux la conserver ! Autant la nuit dernière a été agitée, autant les deux heures que j'ai passées dans mon lit cet après-midi ont été calmes et reposantes.

C'est en ressortant, vers quatre heures, que j'ai commencé à jouer à la cachette avec Antoinette Beaugrand de nouveau seule (elle doit attacher sa benjamine au pied de son lit) et sûrement willing pour entamer une discussion passionnée sur le chapitre 24 de *Mont-Cinère*. Je faisais semblant que je la voyais pas mais c'était pas toujours facile. Les deux fois que chus tombé face à face avec elle, j'ai été obligé de me trouver des choses très pressantes à faire (d'abord pipi, mais en mots voilés, soyez sans crainte, puis un livre à acheter). J'ai eu peur qu'elle m'offre de venir le choisir avec moi mais non... Peut-être qu'elle court pas tant que ça après moi et que c'est des idées que je me fais...

Je suis retourné m'écraser sur la chaise longue, en fin d'après-midi. J'ai commencé un Simenon que je connaissais pas : *Signé Picpus*. J'ai retrouvé avec plaisir Maigret, sa pipe, sa mauvaise humeur, sa femme plate, ses éternelles grippes et le petit monde de Paris qui me fascine tant.

J'ai beau prétendre au titre de duchesse et rêver de revenir à Montréal plus snob, plus chiante, plus chic, plus désinvolte et plus insupportable que les

Françaises elles-mêmes (j'espère qu'y'a pas une Française qui va lire ça un jour) c'est quand même le monde de Simenon que j'ai hâte de connaître.

Comme je vous l'ai expliqué avant mon départ, j'ai choisi de partir pour Paris sans me documenter ; tout ce que j'en sais me vient des films en noir et blanc que j'ai vus et des romans en couleurs que j'ai lus. Très naïvement, je l'avoue, je m'attends à croiser Simone Signoret déguisée en Casque d'or ou Arletty dans son personnage de Garance... Les Français, quand y débarquent chez nous, cherchent bien les Indiens et Maria Chapdelaine, pourquoi je partirais pas, moi, à la recherche de Gervaise ou de Lucien de Rubempré ! Paris, pour moi, est un fabuleux trésor folklorique dans lequel je vais pouvoir puiser à deux mains. Je sais que je risque d'être déçu ; j'assume ce risque en me disant que de toute façon je m'arrangerai bien pour avoir du fun, quand même.

La veille de mon départ, Samarcette m'a dit une chose qui m'a beaucoup chicoté : « Réalises-tu que t'es probablement le premier vendeur de chaussures canadien-français qui traverse l'Atlantique à ses frais ? » J'avais pas pensé à ça, mais c'est vrai ! C'est juste les intellectuels ou les riches qui vont parfaire leur éducation en France ; nous autres, les ouvriers, on reste chez nous. Les seuls ouvriers qui ont traversé l'Atlantique, jusqu'ici, c'était pour aller à la guerre. La chair à canon voyage toujours gratuitement. (Mon Dieu, me v'là philosophe !)

Dire que je dois tout ça, le bateau, la mer, la France, à ma pauvre mère qui a fait un seul voyage dans sa vie, de Duhamel à Montréal, et qui s'est saignée à blanc pour me gratter un héritage parce que j'étais son favori... Je sais que Gabriel, votre mari, pis Madeleine, notre benjamine à nous autres, si discrète et si généreuse, m'en veulent pas, mais peut-être qu'un jour je vous raconterai la scène qu'Albertine m'a faite quand elle a appris que je partais en France avec l'argent de notre mère. Le pire c'est que je peux pas la blâmer! Elle aussi son horizon va rester bien étroit. Mais j'étais trop égoïste pour partager... C'est à moi que maman a laissé l'argent et je vais en faire ce que je veux! Tout ça représente une chance de salut, comprenez-vous? Au lieu de séparer mon héritage en petits snacks pour tout le monde j'ai décidé d'essayer de me payer un banquet pour moi tout seul. Et de m'acheter un salut. Si je rate mon coup, y'aura pus d'espoir mais au moins j'aurai des histoires à conter.

Mais je dois pas me laisser avoir par des idées noires... En levant les yeux du Simenon j'ai assisté à un coucher de soleil qui rachetait toutes les mesquineries du monde, même les miennes.

La fille qui m'a vendu mon billet (j'avais pas parlé d'elle depuis hier) m'avait dit qu'y'avait du cinéma sur le bateau mais je l'avais pas trop écoutée ; je pensais que ça serait un peu comme à l'école, que quelqu'un installerait un projecteur au milieu d'une quelconque salle (la salle de jeu ou peut-être même la salle à manger) et passerait des vieux Laurel et Hardy ou des Charlie Chaplin qu'on connaît par cœur. Pas du tout ! Vous devriez leur voir le cinéma, vous ! Le velours rouge, les dorures, pis toute ! C'est petit mais c'est chic en pas pour rire ! On a l'impression qu'on est des producteurs qui assistent à une avant-première... Pis y changent de programme presque tous les jours. Cinq films différents dans la semaine ! Pis pas n'importe quoi : des primeurs !

À Montréal, vous le savez, on s'en plaint assez souvent, les films arrivent toujours avec deux ou trois mois de retard quand c'est pas plus... ben pas ici ! Je vous dis que ça aide pas le complexe d'infériorité d'apprendre que les films arrivent sur les bateaux avant d'arriver dans sa propre ville !

Ce soir, j'ai vu le dernier film d'Irene Dunne : *Life with Father*. J'ai pleuré comme un troupeau de vaches pognées dans un orage. Je comprends pas qu'elle aye pas été en nomination pour un oscar ! Bonne de même, ça se peut pas ! Le cinéma était plein à craquer, presque rien que des femmes, d'ailleurs, pis je vous dis que les mouchoirs se faisaient aller !

Et devinez qui j'ai vu arriver deux minutes avant que ça commence ? Ben oui. Avec Lucille. Une chance, y'avait pas de place à côté de moi. Elles se sont assises deux rangées en avant et j'ai pu me rendre compte qu'en société Antoinette Beaugrand n'est pas tout à fait la même. Elle m'a salué, mais à peine. Encore au souper elle me faisait de grands sourires (j'y pense : on était pourtant en société là aussi...) mais là sa bouche s'est à peine plissée dans ce qui pouvait s'interpréter comme un sourire... Et je me suis rendu compte qu'Antoinette n'avait pas vraiment regardé si y'avait de la place à côté de moi. A-t-elle percé mon origine roturière? Ou a-t-elle tout simplement surpris les œillades meurtrières que je lançais au commandant pendant le repas? Je sais vraiment pas comment les femmes comme elle prennent les folles finies comme moi... Menteur et tapette, de quoi la tuer dret là! Surtout que, au souper, aidé par mon premier verre de vin que j'avais sifflé d'un seul trait, j'avais quelque peu perdu de mon vernis et de ma subtilité.

Parce que mieux vaut vous l'avouer tout de suite, j'ai définitivement décidé que j'avais un béguin pour le commandant. Et j'ai eu l'air de me croire parce qu'en le voyant entrer (y'était un peu en retard, ce soir) dans son petit costume bleu marine, le cœur m'a reviré à l'envers et j'ai tout oublié : la salade César que je venais de finir, le bœuf Wellington qui s'en venait, mes voisins de table encore plus plates que j'avais pensé et Antoinette Beaugrand qui a dû se rendre compte de quelque chose si elle me guettait comme je pense qu'elle le faisait.

Mais après tout c'est peut-être juste une idée que je me fais ; elle avait peut-être juste envie de jaser, ce matin, et faire la polie en me saluant dans la salle à manger... C'est bien moi, ça, de me penser irrésistible, comme ça... En tout cas le commandant, lui, a l'air d'avoir complètement oublié mon existence. Pas un seul petit regard dans ma direction. Je l'aimerai de loin et en silence, comme d'habitude !

(À moins qu'il se soit informé à mon sujet et qu'il ait découvert que non seulement je ne suis pas un acteur mais qu'en plus je passe dix heures par jour à quatre pattes devant du monde qui sentent pas toujours bon des pieds...)

Après avoir bien pleuré pendant deux heures, toujours, je suis venu m'accoter sur le pont, au-dessus du clapotement des vagues. Et je me suis réfugié dans mon propre film. Y'avait de la musique qui jouait dans le grand salon, je voyais des silhouettes se profiler aux fenêtres, deux amoureux s'embrassaient tout près de moi, le bateau bougeait à peine... Si j'avais encore eu des larmes je les aurais versées, mais d'exaltation. Décidément j'ai les sentiments houleux, depuis hier soir. La nuit dernière j'étais au bord du désespoir, ce soir je frise de près l'hystérie collective...

Il faut dire que le scénario que je me suis bâti, après *Life with Father*, est exaltant ! Pendant que je regardais les nuages passer devant la lune j'ai décidé une autre chose : tout au long des jours qui viennent, quoi qu'il arrive, une caméra va se promener un peu partout sur le bateau, des milliers et des milliers de pieds de pellicule vont se tourner, à table, sur les ponts, dans les salons, dans la petite maudite cabine, aussi ; chacun de mes mouvements sera enregistré, même les plus ennuyants, même les plus intimes, et le tout servira au montage du grand chef-d'œuvre immortel que j'ai déjà intitulé en toute simplicité : *The Sea of Desire* et que je me projetterai dans les années à venir quand j'aurai un coup de cafard. En vedette : le commandant dans le rôle du héros, évidemment ; moi-même dans le rôle qu'aurait normalement tenu Ingrid Bergman qui a eu la gentillesse de se désister au dernier moment ; Antoinette Beaugrand dans celui de la méchante conspiratrice (une SS évadée ou une princesse russe blanche en chasse de fortune, j'ai pas encore décidé) ; et Lucille dans celui du nain Piéral qui fourre son nez partout en passant des commentaires désobligeants (ben oui, j'ai volé ça à *L'Éternel Retour*, pis !...).

Et savez-vous pourquoi tout ça ? Tout simplement parce que j'ai de la misère à croire que je suis où je suis et qu'un film imaginaire va m'aider à avaler tout ça. C'est vrai ! Si je joue toute la semaine ce que j'ai à vivre mon état d'exaltation s'usera pas ; si je me contente de le vivre, des idées noires comme celles d'hier soir vont m'assaillir, je vais me remettre à me trouver indigne de ce qui m'arrive et je vais arriver de l'autre côté épuisé et déprimé.

Comprenez-vous, j'ai été habitué à gagner le peu que j'avais : j'ai de la difficulté à accepter le superflu qui m'arrive. Je vais donc me réfugier dans un scénario dont j'aurai le total contrôle ; comme ça, qu'il m'arrive n'importe quoi, je pourrai m'en servir sans me laisser toucher.

Je viens de relire ce que j'ai écrit tout à l'heure. C'est effrayant d'être complexé comme ça, hein? Êtes-vous comme ça vous aussi? Au lieu de profiter de ce qui passe on a envie de se cacher derrière une histoire imaginaire pour se protéger de notre complexe d'infériorité. Si vous étiez là, on pourrait en parler doucement, calmement. Mais à partir de maintenant il faut que j'apprenne à penser tout seul et ce sera pas facile. Je trouve ce que j'écris tellement confus... c'est pas ça qui va m'aider à me comprendre...

Vous vous souvenez de ce que maman disait, des fois : « Mieux vaut être premier dans son patelin que deuxième à Paris. » Ici, sur ce bateau, c'est pas comme le deuxième, que je me sens, mais comme le dernier des derniers. C'est ça, mon problème.

Imaginez-vous quand j'vas arriver à Paris !

Ah ! pis d'la marde avec le scénario niaiseux ! J'ai rien qu'à essayer d'affronter le commandant, Antoinette Beaugrand, sa benjamine, mes voisins de table, ma chance d'être ici et, surtout, essayer d'en *profiter !* On verra bien...

Deuxième nuit épouvantable, mais pour une raison bien différente. J'avais oublié, depuis le temps que je m'en passe, ma réaction funeste à l'ail. Et la salade César d'hier soir en était lourdement garnie. Horreur !

J'ai demandé la mort pendant de longues heures, étendu sur le dos, essayant de contrôler ma respiration comme vous me l'avez si souvent montré à l'époque où je me jetais sur tous les petits morceaux d'ail que vous aviez piqués dans votre rôti de porc frais ou dont vous aviez saupoudré votre sauce à spaghetti. Rien ne voulait passer et je rêvais de vous voir vous pencher sur mon lit trop petit en me tendant une énorme cuillerée à soupe de Fermentol.

Mais non. J'ai oublié de m'apporter de quoi me faire digérer et j'étais trop orgueilleux pour partir à la recherche de quelqu'un susceptible de m'aider. Où aller, sur un bateau, quand rien passe, même pas un verre d'eau chaude? À l'infirmerie, bien sûr, mais j'étais trop gêné pour aller avouer que je m'étais empiffré d'une chose que je n'avais jamais digérée.

Et il y avait le problème de l'haleine. Vous connaissez ma propreté presque maniaque... Il était hors de question que j'aille souffler dans la figure d'une infirmière une haleine pestilentielle, même si c'est son métier d'endurer ce genre de choses. Il y a une propreté intérieure à respecter, autant qu'une propreté extérieure !

Alors, peut-être pour me punir de m'être sali l'haleine, j'ai tout enduré : l'agonie des haut-le-cœur, les boyaux qui donnent l'impression de se nouer et de se dénouer, le mauvais goût dans la bouche...

Je trouve que ce voyage commence bien raide. Si tout se produit avec une telle précipitation pendant les quelques mois que je compte passer outre-mer, je vais revenir à Montréal avec l'air de Jeanne Fusier-Gir plutôt que celui de Suzy Prim !

Les sueurs me coulaient sur le front et dans le cou et je me disais : « Si y faut souffrir à ce point-là pour être belle, j'aime mieux rester moche ! » (Vous remarquerez ici l'emploi du mot « moche », ma première vraie expression française de France ! Si un Canadien français qui se respecte se permettait d'employer ce mot-là dans la conversation, il ferait rire de lui en s'il vous plaît ! En tout cas dans le milieu que je fréquente.) Mais voyez-vous, même dans la maladie je me rapproche de la France...

Je vais abandonner ici la rédaction de ce journal matinal avant d'écrire des sottises trop énormes. J'ai toujours pensé qu'on écrivait son journal pour lui confier ce qu'on avait de plus profond et de plus sensible... une autre illusion perdue !

Plus tard.

Je n'arrive pas à dormir. À la seule pensée que l'heure du premier repas de la journée approche, mes intérieurs se soulèvent et un écœurant goût d'ail me monte à la gorge. Plus jamais ! Fini, l'ail !

J'ai comme l'impression que je vais rester dans ma cellule toute la journée, hein... Moi qui me vantais d'avoir le pied marin, j'avais oublié que j'ai un estomac de papier crêpé !

Je vais essayer de m'occuper. Lire. Mais je vois des taches jaunes quand je fixe trop longtemps le même endroit. J'ai l'impression que ma plume court après une pastille jaune sur les pages blanches de mon journal. Maudite marde ! Chus trop pressé, aussi, j'arrive pas à me détendre ! Un estomac tendu reste figé comme du béton, tout le monde sait ça !

Je me connais, je vais traîner au moins jusqu'à demain une haleine à abattre un troupeau d'Italiens !

Imaginez-vous donc que c'est pas une fille qui fait le ménage dans mon coin reculé de première classe, c'est un mignon jeune hommes aux manières un peu spéciales, si vous voyez ce que je veux dire...

Je m'étais enfin assoupi malgré ma nausée quand j'ai entendu une clef tourner dans la serrure de la porte de ma prison. J'allais crier que j'étais là quand la porte s'est ouverte sur une silhouette des plus agréables et des plus souriantes.

Mais j'ai pas eu le temps de réagir ; avant même que j'aie le réflexe de prendre une pose affriolante dans ma couche princière, mon visiteur du matin a eu comme un sursaut, a fait une grimace involontaire et a refermé la porte doucement en esquissant une courbette d'excuse.

Ça m'a pris un bon quinze secondes avant de réaliser que ça devait pas sentir l'eucalyptus dans ma cage. Une autre occasion ratée. Si je croise de nouveau cet éphèbe, il va se retourner comme devant un plat avarié et il aura parfaitement raison. Ce gars-là remettra probablement pas les pieds ici sans un masque à gaz.

J'ai le tournis. J'ai même plus la force de m'apitoyer sur mon sort. Mais quelle journée plate !

Sautez donc tout de suite à mon journal de demain si vous me trouvez trop ennuyant.

J'ai fait un drôle de rêve. J'étais sur le dos d'une baleine qui me soufflait son jet d'eau condensée en pleine face. Et je me disais : « Y'ont préparé une sauce à spaghetti pour ma fête ! » Ce bout-là est facile à comprendre, j'étais en train de m'étouffer dans mes propres relents d'ail, mais ça se complique... Une table toute garnie faisait son apparition sur le dos de la baleine, une table mise pour au moins vingt personnes. Mais deux personnes seulement étaient attablées : Antoinette Beaugrand et sa benjamine. J'essayais de m'installer devant une assiette de spaghetti mais Antoinette m'enlevait l'assiette en me disant : « C'est pas pour vous, c'est juste pour nous autres... » J'ai fait tout le tour de la table, comme ça, sans jamais pouvoir porter une seule fourchetée de pâtes à ma bouche... Je comprends pas ce que ça veut dire mais j'ai l'impression que je devrais, que c'est très simple à expliquer. Un autre blocage, je suppose.

Les boyaux m'ont débloqué vers le milieu de l'après-midi. Je lisais *Signé Picpus* à petites doses, me reposant après presque chaque page, quand tout à coup, sans prévenir, un grand remue-ménage s'est fait quequ'part dans mes entrailles. Un bruit de lavier qui se débouche, quelque chose de très laid mais de très soulageant, s'est produit dans mon ventre ; je me suis tourné sur le côté gauche comme je le fais toujours dans ces moments-là (parce que, bien sûr, c'est pas la première fois que ça arrive) et tout s'est replacé en quelques minutes.

Et j'ai dormi, d'une traite, jusqu'au soir. Je me suis réveillé, ragaillardi et guilleret. J'ai ouvert la porte de ma cabine en chantonnant. J'ai faim ! Le croyez-vous ? J'ai faim comme un enragé !

On est tous pareils, nous, les gourmands (pour pas dire franchement les cochons) : une indigestion, aussi abominable soit-elle, ne nous guérit de rien ! Aussitôt le malaise passé, nous sommes prêts à recommencer ! La leçon de la nuit dernière n'a pas porté ; seuls comptent en ce moment pour moi la faim qui me tiraille, le trou au creux de l'estomac, le goût incontrôlable de refaire des folies. Et peut-être même les mêmes ! Parce que voulez-vous savoir une autre chose ? Je crois que je remangerais de l'ail ! Vous me croyez ? Oui ? Vous êtes bien bonne parce que moi j'ai de la misère ! Je me revois devant ma salade César et je n'ai absolument pas mal au cœur moi qui, il y a à peine quelques heures, jurais mes grands dieux que je ne retoucherais jamais à un plat où il y aurait un seul petit soupçon de ce poison ! J'en ai presque honte. Mais j'ai tellement faim !

En fin de compte, j'aurai juste perdu une journée. Et je me sens très capable de la rattraper.

Si le souper n'est pas encore terminé, je vais me glisser à ma place en faisant semblant de rien. Si tout le monde est déjà parti au cinéma ou danser, je vais dévaliser la cuisine !

Et tant pis pour l'haleine ! Je me tiendrai le plus loin possible des humains, c'est tout. Et si je rencontre Antoinette Beaugrand, je lui soufflerai au visage que je viens des bas-fonds, ça fera sa journée ! Et même sa semaine !

Je faisais mon fanfaron avant de quitter ma cabine mais aussitôt que j'ai mis le pied sur le pont je me suis surpris à raser les murs, la bouche hermétiquement fermée et le cou rentré dans les épaules.

Le repas achevait ; j'ai à peine salué mes voisins de table d'ailleurs beaucoup trop absorbés dans une passionnante discussion au sujet de Mae West pour faire attention à moi. Le plus intolérable d'entre eux, un énorme Américain, *loud* comme un haut-parleur de porte-avions et subtil comme une tonne de briques au bal des petits souliers, prétendait en gesticulant et en pompant son cigare que Mae West est un homme, au grand dam des trois autres que Mae West rend probablement fous.

Ça fait vingt ans que cette théorie-là court pis y sont trop gênés pour aller vérifier ! Qu'ils la déshabillent pis qu'ils prennent des portraits de ses appas, ils seront fixés une fois pour toutes. De toute façon, si Mae West était un homme, elle s'en vanterait !

Mon voisin de gauche, celui qui avait dû commencer la discussion parce qu'il avait devant lui son portefeuille ouvert sur une photo dédicacée de la cause du litige, une espèce de grand fouet tiré à quatre épingles et que je soupçonnais jusque-là d'être un curé en goguette plutôt qu'un esclave enchaîné de l'immortelle Mae (mais vous me direz que l'un n'empêche pas l'autre), il prétendait, lui, que Mae West est une femme parce qu'elle n'a pas de gorgoton. Tout le monde sait que la pomme d'Adam est l'apanage de l'homme. Les voilà tous les quatre penchés sur la photo à scruter le cou de leur idole (c'était bien la première fois qu'ils regardaient plus haut que sa poitrine !).

Si j'avais pas eu peur de les empester, je leur aurais dit que de toute façon le sexe de Mae West importe peu ; ce qui est important c'est l'effet qu'elle leur fait, que son nom soit George Baker ou Rosalie Levine ! Je vois leurs binettes d'ici ! Se faire prendre au jeu par un travesti doit être pour le mâle américain la plus grande des humiliations ! Pensez donc ! Leur virilité !

J'ai mangé en silence sans relever les énormités que j'ai entendues. Je pense que je vais demander dès demain la permission de changer de table. Chus sûr que c'est eux autres qui m'empêchent de digérer.

C'est drôle, hein, être aux hommes pis les haïr tant que ça ! J'ai toujours eu de la misère à leur parler ; je les trouve plates à mourir, pognés, fendants, égoïstes... Je me demande qu'est-ce qu'on peut bien leur trouver à part ce qui leur pend entre les jambes et qui pend d'ailleurs rarement autant qu'on le souhaiterait. Mais quand ils se mêlent d'être beaux...

Des fois je me dis que c'est la femme en moi que j'aime et l'homme en eux qui m'excite.

Le cigare a clos la discussion d'une façon toute délicate : il a dit que la preuve que Mae West est un homme c'est qu'elle ne le fait pas bander ! Et que *tout* ce qui est féminin le fait bander. Y'a eu comme un silence. Entre gens du monde, sur un paquebot des plus select, l'expression *hard on* doit rarement se faire entendre... Le curé en goguette a ravalé son portefeuille et les autres (les éternels écouteurs, les inévitables oreilles attentives, les épais qui se contentent toujours d'acquiescer parce qu'ils sont pas capables de donner leur avis ou parce qu'ils en ont tout simplement pas) ont plongé leur nez dans leur pouding au riz pompeusement rebaptisé « La rizière aux perles de Corinthe ». Première classe oblige. Et la bullshit règne !

J'achevais ma soupe (« Le velouté Crécy » pour une vulgaire crème de carottes, décidément, y'ont pas fini de m'étonner) quand ces messieurs se sont retirés au salon des cartes pour achever leurs cigares et attaquer leur première fine de la soirée. On me paierait cher pour m'obliger à mettre les pieds là-dedans, moi ! Les imbécillités qui doivent se dire là dans une seule soirée pourraient fournir matière à un dictionnaire de la bêtise, j'en suis sûr !

J'ai donc pu goûter mon repas tranquille, en m'attardant en paix sur les choses que j'aimais le mieux.

Je devais faire pitié ou quequ'chose du genre parce qu'Antoinette Beaugrand m'a fait un air contrit avant de quitter la salle à manger en tirant sa benjamine par la main. Le commandant, pour sa part, était toujours occupé à faire son cute pour les gens importants qui ornaient sa table.

Je suis décidément condamné à finir ce voyage seul...

Vous voyez, deux personnes ont essayé de prendre contact avec moi dès le premier jour mais j'ai dû les décevoir toutes les deux parce qu'elles m'ont sacré là après une seule conversation, comme la dernière des platitudes. Est-ce que j'aurais dû faker, jouer jusqu'au bout les grands acteurs tragiques avec le commandant et chanter les louanges de Julien Green jusqu'à plus soif avec la snob d'Outremont même si je ne sais rien de lui, juste pour les alimenter, leur donner le goût de continuer une conversation dont ils auraient de toute façon été les leurres? Est-ce que c'est toujours à moi de faire mon show, de m'inventer une personnalité, pour que les autres me trouvent intéressant?

J'ai bien peur que la réponse soit oui. Après tout, c'est moi qui suis touriste dans leur monde !

Rendu au dessert, j'étais seul dans la salle à manger. Une sorte de paix faite de pénombre (on avait commencé à éteindre les lampes et le lustre se balançait avec discrétion) et de glissements furtifs (les waiters évoluaient en silence, probablement trop épuisés pour faire les fous), une paix d'une rare qualité s'était installée dans l'immense salle. J'ai fini mon café très lentement, un sourire de satisfaction aux lèvres.

Vous m'avez souvent dit, chère belle-sœur, que vous aimiez mieux prendre vos repas après tout le monde parce que vous aviez la paix pour déguster à votre aise, sans avoir à vous préoccuper de Gabriel ni des enfants. Vous aviez raison. Je viens de découvrir ce grand plaisir et j'essaierai de le développer, de le cultiver.

Mais bonyeu, pas ici ! Chus pas leur mère ! Chus pas venu ici pour les éviter, j'me suis acheté un billet de première classe pour voir comment y sont, pis pour rire d'eux autres si y veulent pas rire avec moi ! C'est évident que je me sens plus à l'aise entouré de waiters que de femmes du monde mais chus pas parti pour m'entourer de ce que j'avais déjà à Montréal ! Dans leur fief d'Outremont, les vraies femmes du monde ne m'accepteraient jamais ; j'ai pris un subterfuge pour m'immiscer auprès d'elles, pour *devenir* l'une d'entre elles, maudite marde, pis me v'là qui rêve de prendre mes repas après tout le monde parce que c'est plus tranquille !

Gros épais! Gros lâche! Fonce donc une fois pour toutes pis laisse donc faire tes maudits complexes!

Je me demande même si l'ail n'était pas un prétexte pour me replier sur moi-même, verrat, au lieu d'affronter ce que je suis venu affronter.

Demain! Demain, j'attaque! Pis watch out! Antoinette Beaugrand a besoin d'astiquer son érudition parce qu'elle va avoir à patiner!

En me relisant je me suis rendu compte que mon style commence à changer... J'aime assez ça. Ça me revient et ça me fait plaisir. Mais faut pas que je me vante trop tôt, d'un coup que je bloque.

Aujourd'hui, je me suis réveillé frais, dispos et d'attaque. J'ai pris une longue douche dans ma tink à eau chaude en chantant ma version personnelle de la habanera, de *Carmen*; je me suis soigneusement rasé, avec blaireau, mousse, coupe-gorge et tout (ma barbe n'est pas très forte mais de temps en temps je dois faire un grand ménage dans mon visage poupin); je me suis ensuite brûlé la face avec une lotion qui sentait le yable mais c'est la seule que j'ai pu trouver avant de quitter New York; et j'ai enfin revêtu mes plus beaux atours printaniers: chemisette de coton blanc, pétalon de toile marin et discrets bijoux: ma bague en or, mes studs qui ont l'air de l'or et ma chaîne qui aimerait avoir l'air de quequ'chose qui a l'air d'être en or. J'ai contemplé de moi ce qui ne dépassait pas du miroir accroché derrière la porte de la penderie ; Gary Cooper est bien loin, mais Stan Laurel aussi alors ça va aller.

Je n'ai évidemment pas de plan d'attaque. J'improviserai ! Je me dis qu'en laissant paraître ma disponibilité quelqu'un finira bien par s'y accrocher les pieds.

Le gars de Bogota est sorti de sa cabine en même temps que moi. Y'a l'air d'aller mieux, lui aussi. Le jour trois de la traversée de l'Atlantique doit être le jour des rétablissements. Nous avons fait le chemin du pont à la salle à manger ensemble, lui devisant dans sa langue et moi disant n'importe quoi dans la mienne.

L'eau est devenue d'un bleu épeurant, coupant, froid. On s'attendrait presque à voir flotter des cubes de glace. Ce n'est pas encore le Gulf Stream, mais on doit y arriver d'un moment à l'autre, paraît-il (du moins selon mes subtils voisins de table qui avaient ce matin switché de Mae West à Joan Crawford). Joan Crawford, soit dit en passant, est trop hommasse pour le pompeux de cigare et trop autoritaire pour le curé en goguette ; je sens qu'ils vont bientôt se rabattre sur une actrice qui a l'air de rien, June Allyson ou Jane Wyman, en disant que c'est là que se trouve la seule version possible de la compagne idéale !

J'ai tout de suite spotté Antoinette et sa Lucille qui grignotaient leurs croissants avec des mines dédaigneuses d'écureuils repus. J'ai patiemment attendu qu'Antoinette regarde dans ma direction et je lui ai fait mon plus beau sourire, celui des soirs de bamboche où il n'est pas question qu'on ne pogne pas. Elle m'a fait une sorte de visage aimable qui pouvait passer pour une salutation ; je n'ai pas insisté et je me suis concentré sur le commandant.

Il a l'air très maussade. Je connais très bien cet air-là pour avoir fréquenté quelque don Juan de quartier (le p'tit maudit Maurice de madame Côté, par exemple, qui ne peut absolument pas accepter qu'on lui résiste) : quelqu'un a dû lui tenir tête, hier soir, et il n'en est pas encore revenu... Il n'a pas tourné une seule fois la tête dans ma direction.

Je crois que je vais faire une croix sur le Kul pour le reste de la traversée et me concentrer sur la Kulture qui est supposée nous en consoler. Il semblerait qu'on ne puisse pas avoir les deux en même temps...

Le papier et la plume maniés avec désinvolture font toujours leur effet ; il est bien difficile de leur résister, j'en ai encore eu la preuve tout à l'heure : je griffonnais mon journal du matin, mollement étendu sur la même chaise longue qu'avant-hier, quand Antoinette et son petit monstre se sont approchées de moi dans leurs déguisements de monde qui savent voyager : pratique *et* seyant.

Lucille traînait avec elle une poupée tellement chic que vous pourriez habiller votre petit dernier pendant un an avec l'argent qu'a dû coûter ce qu'elle portait !

Antoinette Beaugrand s'est arrêtée à ma hauteur, les yeux rivés sur mon cahier.

— Excusez-moi de vous poser une question aussi indiscrète, mais cela me brûle les lèvres depuis l'autre jour...

— Allez-y, madame, il faut toujours calmer ses feux...

(Peut-être un peu raide, comme début, mais c'est sorti tout seul.)

— Vous écrivez votre journal?

Je ne sais pas pourquoi ni comment mais j'ai senti comme une sorte de mépris au cœur de sa curiosité, comme si écrire son journal en public comme je le faisais, avait quelque chose de déplacé et même de vulgaire. Elle doit penser que Julien Green se cache pour écrire le sien, même s'il le publie.

— Non, j'écris un essai...

Elle a franchement sursauté, étonnée et ravie en même temps. Elle s'est installée dans la chaise voisine de la mienne pendant que Lucille se penchait dangereusement au-dessus de l'océan.

— Un essai? Sur quel sujet? Sur qui?

Là, évidemment, je me suis rendu compte de ma gaffe. J'avais encore parlé trop vite. Je connais à peine le mot essai, je ne suis même pas sûr de savoir exactement ce que ça veut dire, imaginez-vous si j'ai patiné pour me construire une réponse ! J'ai pensé vite, j'ai parlé vite et j'ai vite compris que je venais de commettre ma seconde erreur :

— J'essaie de prouver l'influence du théâtre National sur la vie artistique de Montréal...

Le sourire jusque-là engageant d'Antoinette Beaugrand s'est figé sur son visage comme une framboise écrasée.

Je m'étais instinctivement réfugié dans ce que je connaissais le mieux pour ne pas perdre contenance mais ça ne faisait visiblement pas l'affaire de la madame d'Outremont. Après quelques secondes de silence pendant lesquelles j'ai cru l'*entendre* penser, elle a porté la main à son rang de perles.

— Ah bon... C'est... c'est étonnant comme sujet d'essai. Je dois admettre que le théâtre National a quelque importance dans l'est de Montréal mais de là à y voir une influence sur toute la vie artistique de la ville...

J'ai cru qu'elle allait casser son rang de perles tant elle le tortillait. Je me voyais déjà à quatre pattes sur le pont, pourchassant les petites boules qui essayaient de retourner à leurs eaux natales ; j'ai souri.

J'aurais dû y penser ! L'est de Montréal en général et le théâtre National en particulier doivent représenter pour Antoinette Beaugrand quelque chose comme le Congo belge ou le Groenland... un désert culturel des plus navrants ! Tout ce qu'elle doit en connaître, c'est les bureaux des Amis de l'Art, au-dessus des toilettes du parc Lafontaine.

J'aurais pu parler du Mountain Playhouse, du His Majesty's, au pire-aller des Variétés Lyriques ou de l'Arcade qui est quand même dans l'est, mais le théâtre National !

J'ai décidé de profiter de ma bévue pour la faire parler. J'ai posé ma plume dans mon cahier, j'ai doucement refermé mon journal en le lissant du plat de la main.

J'ai attaqué (toujours avec mes bizarres de « r » qui me donnent l'impression de ronronner).

— Je suis d'abord et avant tout acteur, c'est vrai, mais un écrivain lutte en moi pour faire surface. J'ai toujours écrit. De petites choses insignifiantes mais qui me font la main. Des poèmes. Des pensées. Des critiques, même, lorsque de très grands noms internationaux nous visitent et que je ne suis pas satisfait de ce que je lis dans les journaux. Il faut donc que je voie tout, que je lise tout, vous comprenez... (C'est ce qu'on appelle se jeter à l'eau sans bouée de sauvetage !)

Antoinette a fait un petit geste d'acquiescement qui m'a bien soulagé : aussi culturée soit-elle, mon numéro pognait quand même ! Comme quoi d'la bullshit bien faite, c'est toujours efficace !

— Depuis dix ans, j'ai tout vu, à Montréal, madame Beaugrand !

Elle a levé la main comme dans un geste de protestation.

— Moi aussi, nous allons nous entendre !

Je me suis dit que ça serait plus difficile que je l'avais d'abord cru. Il faudrait que ma bullshit soit bien documentée, Antoinette Beaugrand ne me laisserait rien passer qui ne serait pas rigoureusement exact !

J'ai donc récité d'un seul souffle l'impressionnante liste des spectacles auxquels je prétendais avoir assisté : pièces, concerts, récitals, opéras, opérettes, envoye donc ! Une chance que je lis souvent les critiques dans *La Presse !* Tout ça, évidemment, agrémenté de commentaires souvent sévères mais assez drôles (pas trop, ces femmes-là n'aiment pas rire franchement, juste roucouler avec un air entendu), parfois louangeurs mais dits sur un ton sentencieux et docte. (J'ai enfin acheté mon Larousse, en revenant de ma discussion avec Antoinette Beaugrand, et *docte* est le premier mot que j'y puise.)

La pauvre Antoinette buvait littéralement mes paroles pendant que sa Lucille s'ennuyait à côté d'elle. Cette enfant-là a sûrement été élevée à s'ennuyer en public parce qu'elle ne bougeait pas d'un poil pendant que je laissais tomber sur la tête de sa mère ma fausse érudition. Antoinette avait l'air de vouloir s'envoler tellement ce que je lui disais lui plaisait.

J'ai imaginé pendant un court moment Antoinette lévitant doucement au-dessus du pont, pardessus la rambarde, suspendue à quelques dizaines de pieds des flots, avec au-dessous d'elle un troupeau de requins qui la regardaient comme des premiers communiants à qui on tend l'hostie salvatrice... (On a les rêves qu'on peut quand on est en train de faire croire qu'on est cultivé à un membre de la fine fleur de l'élite de sa ville !)

Je parlais de John Gielgud que je prétendais avoir vu tout dernièrement dans *The Importance of Being Earnest*, au His Majesty's, quand une espèce de grand frisson de plaisir s'est mis à me caresser l'échine. C'est drôle, j'ai senti l'effet avant d'en saisir la cause : quand j'ai compris pourquoi je frissonnais comme ça la crise était déjà presque passée.

J'ai tellement rencontré de femmes comme elle, dans les lobbys de théâtre, si vous saviez ! Des femmes de docteurs, des femmes d'avocats ou d'hommes d'affaires, des femmes de juges, bardées de fourrures jusqu'aux dents, méprisantes, agglutinées à leurs maris quand elles avaient réussi à les entraîner pour les montrer à leurs amies (« Vous connaissez mon mari, le juge Tartempion de la cour supérieure », « Mon mari, maître Petit-Bonhomme, madame docteur Suchandsuch »), ou regroupées en essaim compact quand elles se retrouvaient entre elles, échangeant à voix haute des sottises sur les spectacles ou des remarques *toujours* désobligeantes sur la plèbe qui les entourait, surtout en matinée où le public est parfois trop mêlé à leur goût (elles haïssent à la fois les étudiants, les femmes seules, les hommes en couple — moi et Samarcette on en a essuyé des regards ironiques ! — les gens trop pauvrement habillés, les enfants, qui ne devraient pas avoir le droit d'entrer au théâtre avant seize ans, sauf au concert, évidemment, les vieillards qui devraient avoir la décence de rester chez eux — sauf leurs vieillards à elles, éduqués et discrets...). Elles regardent tout de très haut, là où on ne voit plus rien parce qu'on est trop loin ; elles jugent tout sur un ton sans réplique ; elles possèdent la vérité et la proclament. Des oies dans un poulailler.

Et voilà que j'en avais une devant moi qui buvait littéralement mes paroles ! Une adepte de Julien Green, presque à genoux devant moi parce que je pondais au fil de mon imagination une invraisemblable soupe de fausses connaissances et d'avis suspects. Moi, un vendeur de souliers qu'elle avait probablement fait chier à plusieurs reprises et qu'elle ne reconnaissait pas parce qu'elle ne lui avait jamais vu que le dessus de la tête ! Je sais très bien que c'était une vengeance facile mais la jouissance était tellement grande, si vous saviez ! Je découvrais le grand plaisir de tromper quelqu'un qui est convaincu de sa supériorité.

Mais mettez-vous à sa place : elle avait devant elle à la fois un acteur et un écrivain dans la même personne ! Peu importait qu'elle n'eût jamais entendu parler de moi, j'étais là devant elle en chair et en os *et je lui parlais*. Moins chic, elle aurait eu la bave à la bouche et la broue dans le toupet !

Je la dominais ! Quelle joie ! Moi qui avais décidé de la faire parler je me surprenais à monologuer comme si quelqu'un m'avait crinqué au point de briser mon ressort.

Tout ça a duré une bonne demi-heure. Un grand moment. On aurait mis ça dans un film que personne n'aurait pu le croire. Antoinette se contentait d'acquiescer quand elle était d'accord avec moi ou de froncer les sourcils quand elle pensait le contraire de ce que je disais et je sentais le plaisir qu'elle avait à se faire chier sur la tête de la bullshit de faux initié. Et j'ai compris une chose très importante : autant elle était supérieure et méprisante dans les lobbys de théâtre, autant elle devait se faire petite et humble en coulisse (parce que ces dames fréquentent la coulisse et le font savoir aux entractes). Je la voyais graviter autour des chefs d'orchestre invités aux concerts symphoniques ou des acteurs français en tournée et je me disais : « On est toujours le nobody de quelqu'un d'autre ! » Quand cette femme-là va mettre le pied en France, berceau de la Kulture, elle va sûrement avoir une crise cardiaque ! Elle se faisait toute petite devant moi qui ne suis rien mais qui sais parler, alors imaginez-vous à Paris !

Mais sans s'en rendre compte elle a pété ma balloune (ou alors elle est beaucoup plus intelligente qu'elle ne le paraît). Elle m'a coupé le sifflet, à un moment donné, pour me dire sur un ton très doux :

— Tout ça est passionnant mais je ne m'explique toujours pas votre choix du théâtre National pour votre essai !

J'étais à court d'idée, à court de salive et les cordes vocales me chauffaient (j'exagère à peine).

J'ai commencé à lui concocter quelque chose de tellement compliqué, de tellement confus que je me demandais comment j'allais faire pour me rendre jusqu'au bout. Je commençais une phrase sans savoir oùsque j'allais, je patinais, je revenais en arrière, je bafouillais ; je devais avoir l'air d'un maudit fou.

Puis une idée épouvantable m'a traversé l'esprit. En m'écoutant parler, je me suis rendu compte que j'aurais été incapable de dire à Antoinette Beaugrand que je trouvais tout simplement les gens du théâtre National géniaux ! Que madame Pétrie et madame Ouellette étaient pour moi l'apothéose du talent ! Que j'admirais non seulement ce qu'elles faisaient, mais leur courage, aussi ! Et que je les aimais.

Plus tôt, j'avais voulu rire d'Antoinette Beaugrand, mais là je voulais lui *plaire*. La convaincre que je faisais partie de sa caste pour qu'elle m'accepte. J'étais prêt à renier mon admiration pour mes deux idoles, la transformer en critique condescendante et paternaliste, pour la simple et unique raison qu'une madame chic d'Outremont daignait m'écouter ! Au lieu de faire valoir mon sujet d'essai imaginaire, je l'excusais en en soulignant consciemment l'insignifiance. C'était à mon tour de me sacrer à plat ventre devant elle pour quêter son approbation. Quelle horreur !

Mon petit jeu était à double tranchant et je me sentais coupaillé de partout pendant que la situation basculait par ma propre faute.

Je m'entendais pour la première fois de ma vie, moi qui ai toujours été si franc, si direct, dire le contraire de ce que je pensais de peur de me faire mal juger. Ce jeu de tromperie commencé avec enthousiasme s'achevait dans une pitoyable trahison. Tant et aussi longtemps que j'avais inventé, j'avais eu du fun mais maintenant que je m'entendais mentir je me méprisais profondément.

J'ai été sauvé non pas par la cloche mais par l'arrivée inopinée du commandant qui faisait sa tournée de l'après-midi en saluant à droite et à gauche comme le roi d'Angleterre. Je l'aurais embrassé, le cher homme ! Le héros à la rescousse de la *damsel in distress*. Il s'est arrêté devant nous, s'est penché sur ces dames (Lucille agissait avec lui comme si elle avait eu 103 ans), a embrassé la main d'Antoinette et s'est tourné vers moi.

Je devais être rouge et luisant comme une écrevisse qui sort de son bouillon.

— Ah ! notre grand acteur qui fait sa cour à sa compatriote...

Comme s'il savait pas c'que je suis, pis que je savais pas ce qu'il est !

Antoinette a roucoulé une protestation genre « Voyons donc, commandant » en se tortillant sur sa chaise longue comme si elle avait eu le ver solitaire, mais le commandant l'a coupée avec une petite pointe d'agressivité :

— Capitaine, madame. Pas commandant. On dit capitaine. Capitaine Simonin, pour vous servir.

Il aurait giflé Antoinette que l'effet aurait été moins grand. La reprendre en public ! Et pas devant n'importe quel public : un écrivain-acteur ! Elle a changé de couleur trois fois en deux secondes et a balbutié des excuses que personne a pu comprendre tellement elles sortaient tout croches.

Moi, je rayonnais. Elle aussi peut se tromper ! La grande bourgeoise d'Outremont qui est censée tout savoir, les manières, l'étiquette, la nomenclature des titres, avait passé trois jours à appeler un capitaine *commandant* gros comme le bras ! Honte !

Droit comme un piquet de clôture fraîchement planté, le capitaine Simonin s'est éloigné pour aller saluer une vieillarde en chaise roulante qui mange toujours dans sa cabine mais qui passe ses après-midi au grand vent, un livre qu'elle ne lit jamais à la main.

Un silence épais comme de la mélasse s'est installé entre Antoinette et moi. Je voulais surtout pas le briser, je le savourais trop.

Antoinette retriturait son rang de perles en regardant vers le large où elle semblait vouloir se perdre.

Moi, je me disais que tout ça est bien enfantin, au fond. Si elle en avait ri ç'aurait été bien moins grave, mais on n'apprend pas à rire à l'incarnation de la Kulture.

Je viens de vérifier la différence entre capitaine et commandant, dans le Larousse. Franchement !

Je me suis promis que si Antoinette faisait encore une seule fois mention de mon essai, je lui servirais le plus bel éloge du *Music-hall* qu'elle doit tant mépriser, juste pour l'achever ! Mais ça changerait rien, le mal est déjà fait. Et je me trouve bien trou de cul. Parce qu'au fond je sais que je vais recommencer à la première occasion. Judas.

Est-ce qu'il faut tout trahir, comme ça, pour s'élever du plancher du vendeur de chaussures?

Le silence a fini par être interrompu par l'adorable Lucille qui a dit sur un ton aussi naturel qu'un enfant qui a passé sept ans à se faire martyriser par madame Audet: «Mamon, est-ceuh queuh jeuh peux avoir mon peutit quatre heuuures?»

Son petit quatre heures? Je me demandais bien ce que ça pouvait être, surtout qu'il était exactement quatre heures! Puis j'ai pensé que c'était peut-être tout simplement sa collation. Son petit quatre heures! Franchement! Elle appelle-tu son souper son petit six heures moins vingt? Mais c'te monde-là doivent pas manger avant sept heures, c'est comme rien.

Antoinette a émergé de sa dépression pour me glisser un au revoir plutôt froid. Elle va finir par attraper une grippe si elle continue à me fréquenter: elle arrête pas de passer du chaud au froid! Là, elle devait avoir peur que je coure partout sur le bateau comme une poule avec la tête coupée pour dire à tout le monde, surtout aux autres membres de son espèce, qu'elle s'était trompée de mot! Tout ça doit être tellement important pour elle!

Lucille, de son côté, m'a même pas regardé. Une chance parce que j'y aurais fait douze nœuds dans les couettes pis je l'aurais accrochée après le cou de sa mère!

L'après-midi s'est soldé par un compte de deux à un pour moi : une super bullshit et une trahison pour le gros Édouard ; une humiliation pour la chic Antoinette.

Savez-vous une chose? Je viens de me souvenir que moi j'ai tout de suite appelé le capitaine par son vrai titre en montant sur le bateau et que c'est Antoinette Beaugrand elle-même qui m'a induit en erreur... C'est bien pour dire, hein ! Mais il ne faudrait pas que ces choses-là deviennent capitales pour moi aussi.

En rentrant dans ma cellule, j'ai trouvé une invitation, un verre de champagne tiède et une petite assiette de fruits exotiques.

J'ai goûté à tous les fruits avant d'ouvrir l'invitation. Je voulais tester ma patience. J'ai jamais vu un kiwi disparaître aussi vite ! J'en avais déjà vu, dans l'ouest de la ville, mais j'y avais jamais goûté. C'est un drôle de fruit, le kiwi. Ça goûte toutes sortes d'affaires en même temps mais surtout la banane, comme une banane qui aurait du jus... (rougissez pas, là, j'ai écrit ça en toute innocence !).

En mâchant les morceaux de pamplemousse, d'orange et d'ananas (pas en boîte, le croyez-vous?), je pensais à l'unique orange que ma mère nous donnait à Noël, quand on était petits, pis qu'on gardait des fois pendant une semaine avant de la manger parce qu'on savait qu'on n'en verrait pas d'autre avant l'année suivante... Quelle misère ! Quand on pense qu'encore aujourd'hui, chez nous, une orange c'est la fin du monde... Ça fait que je me sentais coupable en goûtant aux figues, aux raisins bleus, aux dattes... Les éternelles pommes du mois d'octobre sont bien loin.

J'ai vidé mon verre de champagne d'un seul trait en envoyant la tête par en arrière comme les actrices dans les vues. Ingrid Bergman. Ou Danielle Darrieux. C'est vraiment pas bon, le champagne tiède. Je dis ça comme si j'en avais bu toute ma vie... C'est peut-être juste de la champagnette que je buvais, à Montréal, quand je voulais fêter quelque chose, mais au moins y sortait de la glacière !

J'ai fini par ouvrir l'enveloppe (par la déchirer, en fait, tellement j'avais hâte de voir ce qu'y'avait dedans). C'est le bal de la mi-voyage, ce soir. Déjà ! Ça va se faire dans la grande salle de bal où je n'ai pas encore mis les pieds. Mais y'avait quelque chose de curieux d'écrit en bas de l'invitation : cravate noire ou costume national.

Cravate noire, je comprends ce que ça veut dire et je m'en suis acheté une pour ce genre d'occasion (j'ai pas une grande culture mais je sais que le monde riche aime se déguiser en pingouin sur les bateaux) mais costume national... Je me voyais avec une bougrine en chat sauvage, une ceinture fléchée autour de la taille, une tuque rouge sur la tête, des raquettes aux pieds, et j'avais tendance à pas trouver ça très chic... J'sais pas si la chemise à carreaux et les pantalons de bûcheron pourraient être considérés comme un costume national... J'ai plutôt l'impression que les passagers vont choisir la cravate noire. Y'a pas grand monde parmi eux autres qui doivent avoir envie de se rappeler d'où ils viennent. Si j'avais le guts de le faire, je porterais juste ça, la cravate noire, rien d'autre, pour voir ce qu'ils diraient, toute la gang... Je ferais ma grande entrée dans la salle de bal en disant : « Je suis désolé, j'ai oublié mon costume national, alors j'ai décidé de porter la cravate noire... »

Le champagne chaud m'a donné mal à la tête, ça commence bien !

Le repas a été très animé : tout le monde parlait du bal de ce soir. Le capitaine nous a même promis un *big band* que la compagnie a engagé juste pour ce soir et pour le bal de la veille de notre arrivée en France. Je me demande ce que ces musiciens-là font le reste du temps. J'espère qu'y passent pas leur vie à traverser l'Atlantique en travaillant deux soirs sur six ! C'est pas fatigant mais ça doit être plate quequ'chose de rare ! Mon Dieu ! Mon gars de Bogota est peut-être trompettiste !

Évidemment, mes délicats et raffinés voisins de table ont passé leur temps à parler des femmes qui vont se pomponner, ce soir, pour leur plaire. *Pour leur plaire !* Faut-tu être présomptueux ! Ils pointaient du doigt celles qu'ils avaient hâte de voir et celles qui, à leur avis, devraient rester enfermées dans leurs cabines à faire du crochet. Ou pire.

Devinez dans quelle catégorie se trouvait ma grande chum Antoinette Beaugrand? Me v'là que je me mets à être méchant gratuitement comme eux autres, à c't'heure! La virilité s'attrape-tu comme une maladie, 'coudonc? Effectivement, ce qu'ils disaient d'elle était tellement épais que j'ai failli prendre sa défense! J'espère juste que les femmes disent la même chose de leur côté. Ces hommes-là sont supposés aimer les femmes! Pis y sont supposés être civilisés et supérieurs! Comme quoi l'argent ça achète tout sauf le vernis. Je dis ça pis j'ai ni l'un ni l'autre, moi: pauvre comme Job pis habitant comme mon oncle Donat qui a mis du lait pis du sucre dans son consommé quand je l'ai emmené chez Geracimo, l'année passée...

On a mangé une drôle d'affaire, pour souper. Ça s'appelait une sole de Douvres grenobloise. De la sole je connaissais ça mais avec du citron pis des câpres... c'était sur en titi! J'ai tout mangé en faisant la grimace. J'ai pensé à Gabriel qui se met à frissonner quand y voit une tarte au citron dans la glacière... y serait ben mort là!

Le souper a fini plus de bonne heure que d'habitude. Ça paraissait que les femmes avaient hâte d'aller se changer. Les hommes de ma table, par contre, ont décidé de rester habillés comme ils l'étaient mais je leur ai rappelé la cravate noire. Y'ont beaucoup ri. Y'ont dit qu'y'aimeraient ben ça voir le gars qui les empêcherait d'entrer au bal parce qu'y'ont pas la cravate noire... L'argent achète l'arrogance, aussi. Moi, je prendrai pas de chance:

ma cravate noire va être bien en vue et mon invitation aussi. Chus peut-être un nobody mais je le sais !

En parlant de nobody, chus revenu à ma cabine en compagnie du gars de Bogota qui reste pour moi un total mystère. Tout ce que j'espère, pour être plus éclairé sur ses origines, c'est qu'y mette son costume national pour aller au bal.

En tout cas, lui, y'a pas l'air d'avoir trouvé de compatriotes ; y reste tout seul dans son coin, y mange sans parler à personne pis y fixe les fenêtres de la salle à manger quand y'a fini. Y doit même pas être capable de lire le menu. Ça doit faire drôle de pas savoir ce que tu manges...

En tout cas, j'y ai conté toutes sortes d'affaires pendant qu'on marchait à travers les méandres de corridors, pour qu'y se sente moins tu-seul. Pis lui aussi. On devait avoir l'air de deux beaux nonos. Au moins, y'a pus l'air de me prendre pour un waiter ou un sadique qui veut y sauter dessus...

J'ai mis mon plus beau suit ; j'ai l'air à peu près présentable. En tout cas, si je peux en juger par le peu de moi que j'aperçois dans le miroir de ma spacieuse cabine. Le pantalon tombe bien, les manches sont pas trop courtes (ce qui m'arrive hélas trop souvent : on dirait que les tailleurs pensent que les obèses ont tous des petits bras !), la cravate est bel et bien noire et la fleur en soie que j'ai piquée à ma boutonnière me donne un petit air coquin que j'aime assez... Avec trois cents livres de moins j'aurais de quoi être fier de moi (hi ! hi ! hi !).

Le trac vient de me prendre. Mon premier bal de première classe ! J'ai pensé à Madeleine Renaud dans *Carnet de bal*... Je me voyais virevoltant dans les bras des plus grands acteurs français... sauf Louis Jouvet que je trouve laid, prétentieux et faux. Je le soupçonne d'ailleurs de pas sentir bon, j'sais pas pourquoi. Mais si je danse, ce soir, ça va plutôt être au bras d'Antoinette Beaugrand, la seule personne que je connais à bord, qui va se tenir droite comme un barreau de chaise.

Ou alors je ferai tapisserie en soupirant dans mon coin comme les filles laides. Mais la duchesse de Langeais, en moi, vient de se révolter à l'idée de disparaître dans les fleurs du tapis. La duchesse de Langeais va s'arranger pour avoir du fun !

Good Luck !

Essayez donc d'avoir du fun avec du monde pogné de même ! L'argent, ça oblige-tu à être plate, 'coudonc? J'ai déjà vu des enterrements plus gais que ça, moi !

Dans les films, ce genre de réception-là, c'est toujours ben beau... Du beau monde dans du beau linge qui prennent des pauses en buvant du beau champagne dans des belles coupes... Ça nous fait rêver, on est tout croche, on se dit que ces gens-là doivent vivre des moments exaltants... Pensez-vous !

Au début, oui. Quand chus rentré là-dedans, le cœur m'a fait deux, trois tours dans la poitrine, chus resté figé pendant quequ'minutes tellement j'étais impressionné. C'est toujours pareil, ces affaires-là, c'est impressionnant au premier abord pis quand on y regarde de plus près...

Le monde était tellement chic, là-dedans, que j'avais l'impression d'avoir l'air de Little Orphan Annie dans mon petit complet ordinaire. Les hommes étaient presque tous en smoking pis les femmes s'étaient accroché toutes leurs richesses après elles.

Je me suis décidé à m'asseoir dans un coin quand même pas trop retiré. Je trouvais que ça évoluait un peu trop lentement sur le plancher de danse mais j'me suis dit que j'avais dû arriver pendant le quart d'heure de *plains*. Pis ça me permettait de mieux observer les toilettes. Les robes étaient d'une grande discrétion, les décolletés plutôt sages, sauf dans le dos, les coiffures franchement déprimantes (Rita Hayworth aurait eu l'air d'une moppe au milieu des mises en plis qui régnaient là) mais les bijoux... Vous pouvez pas vous imaginer. Si le bateau avait coulé, pas une de ces femmes-là aurait réussi à flotter, je pense ! Les diamants, les émeraudes, les rubis, les topazes... et l'or ! À la tonne, l'or ! Y'a une femme qui était assise près du plancher de danse, là, ben elle avait des bracelets d'or qui partaient du poignet pis qui y montaient presque jusqu'au coude ! J'étais pas spécialement proche d'elle pis chaque fois qu'elle faisait un geste pour prendre sa coupe de champagne je l'entendais tintinnabuler, c'est pas des farces !

Au bout de vingt minutes, par exemple, j'ai commencé à trouver que l'orchestre (très bon, soit dit en passant) prenait pas mal de temps à se réchauffer. Ben y s'est pas réchauffé de la soirée ! Tout le monde est resté élégant, froid, civilisé, ennuyant.

Nous autres quand on donne un party, y'a rien qu'on fait pas pour que nos invités ayent du fun, vous le savez aussi bien que moi : les ballounes, les serpentins, les records de musique swignante, les chansons à répondre, les jeux de société, les tours, les imitations, envoye donc !

Eux autres, ça languissait en esquissant des petits pas de tango gênés, ça se tenait pas trop collés quand ça dansait le plain, ça pensait révolutionner les règles de l'équilibre quand ça s'essayait maladroitement dans une rumba trop lente... Franchement ! Aux tables, ça riait pas trop fort, ça fumait en prenant des pauses, ça buvait sec mais discrètement...

Au bout d'une heure et d'une demi-douzaine de coupes de champagne, vrai et froid, celui-là, j'avais envie de me lever pis d'aller leur chanter *C'est en revenant de Rigaud* pour les dégeler !

J'avais chaud, j'avais des fourmis dans les jambes, j'avais le goût que quequ'chose se passe. J'avais l'impression d'être prisonnier d'un musée de cire, verrat ! Y'a pas une seule personne là-dedans que j'aurais pu imaginer en train de faire ses besoins. Ç'a dû toute se faire opérer, c'te monde-là ; ça doit pas chier, ni péter, ni suer, ni sentir mauvais de la bouche ; ça doit être complètement aseptisé.

C'est chic mais c'est plate en chien !

Dans un film (j'en reviens toujours à ça mais c'est là que j'ai le plus vu de monde riche), dans un film, on a les stars au premier plan qui parlent fort pis les figurants, derrière, qui font des mimiques pour pas trop faire de bruit... Dans les vraies croisières on a juste les figurants qui font des mimiques pis c'est ben déprimant !

N'importe quelle actrice d'Hollywood crèverait d'ennui au bout d'un quart d'heure parmi ce monde-là !

Même mes voisins de table étaient ennuyants à force d'être discrets, c'est vous dire ! Le gars au cigare se contentait de reluquer les femmes sans rien oser dire pis le faux curé prenait un air absent... En fin de compte, c'est peut-être des nobodys comme moi que ce genre de platitude-là impressionne.

Chus sorti de là de bonne heure et ben déprimé. Une autre balloune de pétée. J'essayais pourtant de me dire : « T'es parmi le grand monde, c'est ça que tu veux devenir... te promener couvert de bijoux avec des hommes qui virevoltent autour de toi... »

J'avais juste envie de me retrouver au Palace avec Samarcette qui fait ses pirouettes sur la scène pis la duchesse qui assassine *Les Cloches de Corneville!* C'est-tu héréditaire, le fun, 'coudonc?

À moins que le champagne rende plate pis que la bière rende drôle...

Je me suis appuyé contre la rambarde pour contempler un peu le ciel avant d'aller me coucher. Même la lune avait l'air de jouer dans une vue plate.

Aujourd'hui, j'ai fait une incursion chez les pauvres. J'ai quitté sur la pointe des pieds le grand pont des premières où les promeneurs habituels commençaient leur manège habituel (tournée des courbettes devant les chaises longues, promenade sur le pont arrière, immuable et interminable discussion sur la couleur du temps, fuite en douce des hommes vers les salles de jeu et des femmes vers les boutiques qu'elles connaissaient maintenant par cœur et qu'elles dévalisent méthodiquement, jusque dans les racoins des vitrines), pour me diriger vers la deuxième classe que j'espérais plus drôle, plus animée, plus... peuple; plus moi, quoi.

Et qu'est-ce que j'ai trouvé, croyez-vous? Du monde qui rêvent de monter en première et qui jouent à y être!

Les quelques personnes qui m'ont vu déboucher sur le pont ont roulé des yeux blancs à faire peur à une mère d'enfant épileptique. Quel était donc ce malade, pourtant béni des dieux, qui descendait de sa tour de saint ivoire pour venir se mêler au commun? Moi qui espérais avoir l'air d'une princesse qui s'encanaille dans les bas quartiers, j'avais l'impression d'être une élue qui refuse son ciel et qu'on conspue parce qu'on la trouve niaiseuse !

C'est vrai que depuis qu'on est parti de New York j'ai souvent entendu parler de passagers de la deuxième classe qui essayaient de se faufiler en première, j'en ai même vu, déguisés et tout, se faire virer à la porte du party, hier soir, mais je m'aperçois que le contraire doit être plutôt rare : les glorieux savent garder leur place tandis que les nobodys s'entretuent pour s'élever.

Mais moi, vous le savez, j'ai une tête de cochon ; j'ai décidé de rester tout l'après-midi et de faire le tour complet, sans guide.

Première surprise : on dirait qu'il y a moins de passagers en deuxième classe qu'en première, comme si les gens qui vont en Europe ont presque systématiquement assez d'argent pour voyager luxueusement. Mais peut-être que je me trompe, peut-être que les voyageurs de deuxième classe restent plus dans leurs cabines...

Si on décidait d'aller en Europe en gang, nous autres, y seraient ben obligés d'inventer une classe rien que pour nous autres, certain !

Est-ce que c'est une idée que je me fais ou si ça se peut, aussi, que les bateaux soient plus pleins en route vers l'Amérique qu'au retour vers l'Europe?

C'est vrai, je rencontre de plus en plus d'étrangers dans les rues de Montréal mais j'ai jamais entendu dire qu'un des nôtres avait émigré en Europe, sauf des acteurs comme Jean-Louis Roux et des intellectuels comme Pierre Elliott Trudeau qui, de toute façon, vont revenir.

Allez pas penser que j'ai quequ'chose contre les étrangers, là, y me dérangent pas pantoute ; c'est juste une constatation que je fais. Je me demande d'ailleurs ce que les Européens diraient si on décidait d'émigrer en masse chez eux... Les Français finiraient-tu par nous appeler les maudits Canadiens ? J'avais jamais pensé à ça : quand on va chez eux, nous autres, c'est en visite ; quand y viennent chez nous, c'est pour rester !

En tout cas. J'ai vite fait le tour du pont de la deuxième classe. La même maudite affaire qu'en haut mais en plus trivial. Les femmes prennent les mêmes poses mais avec moins de naturel ; les hommes fument les mêmes cigares mais sont un peu plus verts. Le fun a pas l'air de courir les corridors ici non plus. Moi qui rêvais presque d'orgies et de bacchanales !

Je me demande même si j'aurais pas plus haï ces faux prétentieux que les vrais dont je peux au moins rire en toute liberté. Car c'est ce que je vais faire pour les deux petites journées qu'il me reste à passer sur ce rafiot : rire de tout le monde sans vergogne. Fini, la culpabilité, les questionnements, les inquiétudes, les pudeurs. Si je les ai pas, c'est eux autres qui vont m'avoir ! Pis si je me fais prendre à mentir, je rirai encore plus fort, c'est tout ! De toute façon, l'humiliation d'avoir été trompés sera plus forte chez eux que celle de me faire prendre chez moi !

Au fait, j'ai oublié de vous conter ça pis j'm'en allais souper : j'ai trouvé la réplique exacte d'Antoinette Beaugrand et de sa benjamine Lucille, sur le pont de la deuxième classe ! Ben oui ! Je croyais rêver en entendant parler la mère ! Je me suis même installé tout près pour pouvoir entrer en contact avec elles. Elles viennent, tenez-vous bien, de Saint-Lambert ! Des compatriotes, enfin, mais aussi chiantes que les autres ! Qu'est-ce que des gens de Saint-Lambert peuvent bien aller faire en Europe, me direz-vous... Madame du Tremblay (si elle s'appelle *du* Tremblay, elle, les trois quarts des Canadiens français sont nobles !) et sa fille Élisabeth (née le même jour que la future reine d'Angleterre, la pauvre) s'en vont elles aussi prendre un bain de Kulture ! Avec le même K. Outremont et Saint-Lambert peuvent-elles être à la recherche des mêmes sources ?

J'ai pensé à quelque chose qui m'a beaucoup amusé : quand on voyage en deuxième classe, est-ce qu'on a le droit de visiter les mêmes choses que ceux qui voyagent en première ou si on doit se contenter des caves, des sous-sols et des souterrains, en Europe ? Eh ! que j'aime ça, être méchant !

Je voyais Antoinette Beaugrand et sa benjamine entrer à Notre-Dame de Paris et se diriger vers le maître-autel pendant que la du Tremblay et sa fille étaient obligées de bifurquer vers l'escalier des catacombes...

On est-tu fou, hein, des fois, quand on fait semblant d'écouter parler quelqu'un? Parce que pour parler, la du Tremblay, elle parlait! Après une demi-heure de monologue je savais tout sur elle : la fortune exacte en dollars et cents de son mari, l'âge de tous ses enfants, leurs pointures de souliers et l'état de leur dentition, le nom du curé de sa paroisse (nous autres aussi on en a un, *monseigneur*, pis on vire pas fous pour autant!), le pedigree de son chien et celui de sa bonne (qu'elle appelle d'ailleurs son *personnelll* en prononçant le «l» comme si y'en avait trente-deux), ses loisirs, ses problèmes familiaux (c'est juste si elle m'a pas dit à quel point son mari était vulgaire mais je l'ai deviné tout seul) et, surtout, sa grande admiration pour la France et les Français. Et leur accent qu'elle essayait, elle aussi, d'imiter (en vain, bien sûr).

Pareille à l'autre, je vous dis, mais en moins raffiné. Disons Nana de Varennes à côté de Marthe Thierry, si vous voulez.

Élisabeth, elle, quand même un peu plus âgée que son alter ego Lucille, avait l'air d'avoir très honte de sa mère et sursautait chaque fois que celle-ci disait une bêtise. Est-il besoin d'ajouter qu'elle avait l'air d'avoir la danse de Saint-Guy... Elle m'a touché, cependant, parce qu'elle a un très beau visage. Et un regard à vous couper le souffle. J'ai jamais vu d'aussi beaux yeux ! Elle a l'air intelligente et va probablement beaucoup souffrir de ce voyage, la pauvre. À moins qu'elle fasse la sourde.

Quand madame *du* m'a demandé mon nom et ce que je faisais dans la vie, savez-vous ce que je lui ai répondu? Que je m'appelais du Simard et que je faisais du ciment! Eh! que je m'aime, dans ce temps-là!

En quittant la deuxième classe à moitié vide et totalement plate j'ai eu comme un soulagement.

J'ai décidé de ne plus me poser de questions mais y'en a une qui me trotte dans la tête depuis que je suis revenu dans ma cabine : si je fais pas partie de la première classe ni de la deuxième, où est-ce que je me situe donc, pour l'amour du bon Dieu?

Je trouve mon dictionnaire de plus en plus utile et de plus en plus excitant. Il m'aide beaucoup. J'ai même l'intention de me procurer une grammaire française si y'en ont, au magasin. Je ferai pas de style, non, ayez pas peur, mais je me creuserai moins la tête à me demander quoi s'accorde avec quoi, quoi prend deux «l» ou juste un ou si «on» est considéré comme représentant une gang de monde ou juste une personne...

Troisième conversation sur les chaises longues.

Cette fois-là, la marde a pogné. Et à cause d'une tierce personne.

J'avais déjà remarqué, à la table du commandant, une espèce de rombière charnue et suffisante qui parlait haut perché et qui ne jetait presque jamais un regard en direction des autres tables. La princesse Clavet-Daudun. Princière, elle l'était jusqu'au trognon, en effet, mais avec un fond de parvenue qui transparaissait à sa façon de vérifier si tout ce qu'elle disait portait : à la fin de chacune de ses phrases, elle se penchait vers son interlocuteur et laissait s'échapper un «Hhm?» des plus déplacés qu'elle n'avait certainement pas appris d'un précepteur au fond d'un hôtel particulier. C'était un «Hhm?» de vendeuse de gants de kid et non celui d'une acheteuse.

Sinon, le personnage était parfait. Et parfaitement antipathique. Elle voyageait seule, s'en vantait à tout propos et le noyait dans le champagne qui lui allumait au fond des prunelles deux petites flammes qui ne présageaient rien de bon. Quand la princesse Clavet-Daudun se fâchait, son entourage devait trembler.

Toujours est-il que j'ai retrouvé cette soi-disant aristocrate installée dans *ma* chaise longue et devisant d'une façon plutôt animée avec Antoinette Beaugrand visiblement pâmée d'orgueil et de gratitude. On a beau venir d'Outremont, une vraie princesse en impose toujours !

Comme j'avais envie de jaser et que je ne voulais pas finir l'après-midi avec les joueurs de cartes et les buveurs de scotch, je me suis carrément arrêté devant ces dames et les ai saluées avec politesse.

Antoinette Beaugrand a paru très fière de présenter un écrivain de son pays à sa nouvelle amie qui, me fit-elle comprendre à demi-mot, était d'elle-même venue s'installer sur la chaise longue pour discuter avec elle de notre pays qui l'avait beaucoup déçue.

—La princesse Clavet-Daudun a reconnu mon accent, elle aussi, imaginez-vous donc! Je vais finir par croire que j'en ai vraiment un! J'en suis d'ailleurs un peu gênée et m'en suis excusée mais la princesse m'a vite rassurée...

Ladite princesse l'a coupée en lui tapotant l'avant-bras. (Était-ce là un geste noble? En tout cas...)

—En effet, cet accent typique de la province de Québec me ravit! Hhm?

Quand elle parlait, on avait l'impression que quelqu'un avait par mégarde laissé la porte d'un poulailler ouverte, quelque part pas loin, et qu'une dinde s'était échappée.

Et je me suis entendu dire avec mon propre nouvel accent qui sort je ne sais d'où:

—Vous savez, madame la princesse, tout le monde ne parle pas comme madame Beaugrand, chez nous... L'accent change selon les quartiers...

La princesse a paru surprise ; Antoinette m'a carrément fusillé du regard. J'ai continué, sans m'occuper d'elle :

— Vous êtes donc passée par Montréal?

— Oui, j'y ai passé trois jours. Et je me suis fort ennuyée. Cette ville est un désert culturel ! Hhm? Excusez-moi de vous le dire aussi brusquement, mais je vous comprends tous les deux de l'avoir quittée. Hhm?

Madame Beaugrand a produit une espèce de petit gémissement d'approbation que je serais volontiers allé étrangler dans sa gorge.

Et c'est là que la marde a commencé à pogner.

On peut tout me faire : rire de mon physique, s'apitoyer sur mon ignorance, se moquer de mes aspirations, de mon accent, de ma façon de vivre et de penser, mais attaquer ma ville, ça, je le prends pas ! Je l'ai sacrée là parce qu'elle était trop petite, c'est vrai, mais je veux qu'on la laisse intacte pour quand je vais revenir ! Je veux pas qu'on en dise du mal même si c'est vrai que c'est un désert culturel ! J'ai pris une grande respiration avant de parler, sinon j'aurais explosé pis y'auraient été obligés de nettoyer le pont jusqu'à ce qu'on arrive au Havre !

— Et qu'est-ce que vous avez fait, pendant ces trois jours, pour tant vous ennuyer?

La princesse a haussé les épaules en esquissant un petit sourire condescendant.

— J'étais justement chez des amis de madame Beaugrand, dans Outremont-en-haut...

J'ai failli l'interrompre, mais ç'aurait été trop facile.

— ...des gens très gentils, d'ailleurs, qui m'ont trimbalée à travers la ville que j'ai trouvée fort jolie, malgré tout. Hhm? Mais le tourisme, ça va pour le jour... et de toute façon les visites guidées n'ont jamais été ma spécialité... Le soir, du moins dans la vie que je mène, à Paris, on sort! Hhm? Je ne sais pas, moi, le ballet, l'opéra, quelque chose... Eh! bien, laissez-moi vous dire que ce que j'ai vu à Montréal m'a a-hu-rie!

Je bouillonnais et ça devait paraître.

Antoinette Beaugrand, elle, naturellement, acquiesçait à tout! Elle n'allait quand même pas contredire son passeport pour Paris!

J'ai couru après, je l'ai eu : la princesse Clavet-Daudun m'a parlé des zin-zins insupportables de nos concerts symphoniques, de l'amateurisme a-hu-ris-sant (elle aime décidément beaucoup ce mot-là) de notre théâtre (elle a assisté à une représentation de *L'École des femmes*, au Gesù, et en parlait comme d'une véritable horreur alors que moi ça m'a plutôt plu), de la totale désolation de notre musée des Beaux-Arts qui ne contient pas, à son avis, une seule toile valable, mais des centaines de croûtes innommables et des vieilleries dont personne d'autre au monde ne voudrait. Rien, absolument rien, ne trouvait grâce à ses yeux. Et Antoinette Beaugrand, pourtant membre des Amis de l'Art, des concerts symphoniques et abonnée à tous les théâtres de Montréal, continuait d'être d'accord comme la dernière des trous de cuses.

Et une seule petite question, que j'ai pourtant posée en toute innocence, je vous le jure, a mis le feu aux poudres :

— Pendant ces trois jours, avez-vous traversé dans l'est de Montréal, à part d'aller entendre de la musique au Plateau?

Antoinette Beaugrand a carrément sursauté, comme si quelqu'un était venu lui planter une aiguille à tricoter dans le gras de la cuisse à travers sa chaise longue. Et ce qui est sorti de sa bouche était tellement précipité que ça m'a pris quelques secondes avant de le comprendre. La princesse Clavet-Daudun, elle, s'est contentée d'arrondir les yeux comme si sa nouvelle amie s'était tout à coup mise à parler papou.

— Cest sûrement pas là qu'elle aurait trouvé de l'art ! Commencez pas avec ça, vous !

J'ai continué avec beaucoup de calme, ce qui a eu l'air de la rendre encore plus furieuse. J'ai demandé à la princesse :

— Vous avez vu des spectacles typiquement canadiens? Vous connaissez Gratien Gélinas? La Poune et madame Pétrie?

J'ai cru qu'Antoinette Beaugrand allait passer. Elle avait tellement honte qu'elle n'arrivait plus du tout à s'exprimer.

La princesse sentait que quelque chose de grave se déroulait devant ses yeux mais n'y comprenait absolument rien.

—Je crois en effet qu'on m'a parlé d'un monsieur Gélinasss mais mes amis, les Perrier, semblaient le trouver plutôt vulgaire. Hhm?

J'y aurais sauté dans la face ! Mais je me suis dit que c'était pas de sa faute, que c'étaient ses amis, les Perrier, qui y'avaient mis ça dans la tête. J'ai juste pu prononcer quelques mots, pourtant bien faibles à côté de ce que je pensais :

—Ça dépend de ce qu'on entend par vulgarité...

Madame Beaugrand avait eu le temps de reprendre ses esprits. Après tout, son éducation l'avait préparée à toute éventualité (ou presque).

—Ne l'écoutez pas, princesse, je connais très bien les Perrier, ce sont des connaissances de longue date, et ils ont tout à fait raison ! Que le vulgaire reste avec le vulgaire, nous, nous aimons le Beau !

Puis elle s'est tournée vers moi comme si j'étais un morceau de viande avariée.

—Cet homme, malgré qu'il soit acteur, a parfois des idées bien saugrenues sur le théâtre !

La princesse s'était un peu raidie.

—Un acteur? Vous me l'aviez pourtant présenté comme un écrivain... J'ai justement évité de parler de la littérature à cause de son œuvre que je n'ai pas le plaisir de connaître, mais si vous m'aviez dit qu'il était acteur je n'aurais pas assassiné votre théâtre comme je l'ai fait...

C'est assez drôle, une Française qui perd contenance... au lieu de prendre son trou, ça parle, ça parle, comme pour enterrer sa gaffe sous une avalanche de mots.

Mais moi, là, j'en pouvais pus. Enough is enough, comme on dit en français. Je me suis levé d'un seul bond et j'ai crié à madame Beaugrand :

—Maudite niaiseuse ! J'ai jamais été acteur ni écrivain de ma ciboire de vie ! Vous creyez n'importe quoi d'abord qu'on vous le dit avec un accent qui vient d'ailleurs ! Qui c'est qui vous dit que c'te princesse-là est pas vendeuse de parfums aux Galeries Lafayette, hein? Moé-même, chus vendeur de chaussures ! Vous venez de passer cinq jours avec un vendeur de chaussures, grande épaisse !

Là, j'me suis retourné vers la supposée princesse.

—Pis vous, là, si vous voulez le savoir, le vrai accent de Montréal, c'est celui que vous entendez là, okay? Elle, tout ce qu'est capable de faire, c'est d'essayer de vous copier ! Pis moé aussi, dans un sens, pis j'en ai ben honte ! J'veux pas que vous pensiez que tout le monde parle comme elle, on est pas toutes des pognés, chez nous ! C'est elle, l'actrice ! C'est pas surprenant que vous vous soyez ennuyée avec du monde pareil ! Si jamais vous repassez par Montréal, venez donc faire un tour dans mon boutte, j'vas vous montrer c'qu'y'a de vrai dans c'te ville-là, moé ! J'vas vous montrer notre vrai cœur au lieu de notre fausse tête !

En m'éloignant, j'ai entendu le rire strident de la princesse Clavet-Daudun. « Quel acteur ! Mais quel acteur ! Il peut changer d'accent, comme ça, à volonté? Mais quel acteur ! Êtes-vous capable d'en faire autant, madame Beaugrand? » J'ai aussi entendu le hoquet de honte d'Antoinette à qui je venais de porter le coup de grâce.

Et je me suis répété une fois de plus qu'on est toujours le folklore de quelqu'un d'autre.

J'ai fait rire la princesse Clavet-Daudun avec mon vrai accent, tout ce qu'il me reste à espérer c'est que les Français me fassent rire avec le leur. Mais le problème c'est que j'y suis habitué alors qu'eux ne le sont pas au mien !

Maudite marde !

C'est quand même drôle, la bonne société.

Quand je suis entré à la salle à manger, ce soir, j'étais encore bouleversé (moi qui avais pourtant décidé hier de ne plus me laisser toucher par rien) mais tout semblait être redevenu normal pour les deux autres : la princesse gesticulait à la table du capitaine et madame Beaugrand tançait sa benjamine dont le corsage arborait une jolie tache de soupe verte. La princesse m'a fait un geste de la main et le commandant un beau sourire tout plein de dents saines et bien plantées. La princesse Clavet-Daudun serait-elle un peu entremetteuse ? Madame Beaugrand, elle, a plongé le nez encore plus creux dans le corsage de sa fille pour ne pas me voir.

Les Français sont donc maintenant mes alliés et ma compatriote, mon ennemie jurée ! C'est pas ce qu'on appelle se tenir les coudes ! Mais mes coudes sont sûrement trop sales pour ceux d'Antoinette. Ainsi va le monde, en tout cas celui qui se dit grand.

Mes voisins de table ont été franchement insupportables. Il est temps qu'on arrive en France, leur grossièreté me ferait faire des folies que je ne regretterais pas, après !

Au dessert (quelque chose qui ressemblait vaguement à un banana split, mais en plus chic, et qui portait le nom tout simple de « barquette de fruits exotiques à la fraîcheur de menthe »), alors que les maudits cigares commençaient encore à faire leur apparition, le capitaine a demandé la parole.

Il a d'abord et comme d'habitude vanté notre savoir-vivre et notre civisme, comme si on avait fait quelque chose de spécial alors qu'on reste écrasé depuis cinq jours à s'empiffrer et à flâner d'un bout à l'autre d'un pont trop bien entretenu pour être vraiment intéressant ; puis il a annoncé avec animation qu'une autre invitation nous attendait dans nos cabines, mais pour demain soir, celle-là, et qu'elle demandait quelques explications.

Saviez-vous ça, vous, que le dernier soir, sur ces bateaux-là, y donnent un grand bal masqué ? Moi, non ! Hélas ! Sinon, j'aurais apporté un déguisement à achever la pauvre Antoinette ! J'écoutais le capitaine Simonin annoncer que des costumes pouvaient être loués à bord et, défaitiste comme toujours, je me disais qu'ils n'auraient sûrement pas ma taille ni, surtout, rien à mon goût ! J'ai pas envie d'arriver là attifé en pacha ou en lapin de Pâques !

Moi qui aime tant ça, les partys déguisés ! Chus vraiment pas chanceux. Je sais pas au juste ce que je vais faire mais y'est pas question que j'aille pas à ce party-là.

À côté de moi, le faux curé a demandé au pompeux de cigares : « Did you bring a costume ? » et l'autre a répondu : « Yeah... I always wear the same... It's all so boooring ! » J'espère sincèrement ne jamais devenir blasé, c'est trop déprimant pour les autres. Lui, ça l'ennuie pis y fait le tour du monde avec une valise pleine de déguisements pis moi chus énervé comme une jeune fille qui fait ses débuts pis chus tout nu comme un ver !

Mais chus pas trop inquiet, je me fie à ma grande capacité d'improvisation...

Avant de quitter la salle à manger, la princesse Clavet-Daudun est venue me saluer elle-même en personne. Antoinette Beaugrand a dû s'étrangler sur sa dernière gorgée de café. J'ai moi-même un peu rougi parce que j'étais en train d'achever la barquette de mon voisin de gauche. La princesse était très animée et, chose curieuse, elle a réussi à dire quelque chose de gentil sur Montréal. Comme quoi les trous de cul sont pas toujours dans les mêmes canneçons, hein ? Franchement ! Si en plus de me trouver folklorique elle se met à me prendre pour un épais ! Je suis peut-être un gros naïf mais y'a quand même des limites !

En tout cas, elle m'a invité à jouer aux cartes avec elle et quelques connaissances (elle a bien appuyé sur le mot connaissances pour pas que je pense que c'est des amis à elle), tout à l'heure, dans la salle de jeu. J'espère qu'elle connaît la bataille parce que moi je connais à peu près rien d'autre ! Et j'espère surtout qu'Antoinette sera pas là. Mais ça me surprendrait pas que l'entremetteuse Clavet-Daudun soit doublée d'une brasseuse de marde, ce monde-là doivent avoir rien d'autre à faire qu'attiser des drames, de toute façon.

Moi qui voulais aller voir *Possessed*, avec Joan Crawford, j'vas peut-être être obligé de jouer dedans !

J'ai bien peur de vous décevoir. J'aurais aimé vous brosser un tableau hilarant de ma soirée, vous décrire des personnages hauts en couleur, caricatures dévastatrices d'une élite blasée jusqu'à l'absurde et pourrie jusqu'au trognon, transmettre par écrit leur façon de parler, leurs gestes, leurs tics, leurs odeurs. Mais non. J'ai passé une partie de la soirée devant quelque chose qui ressemblait à un aquarium et les poissons que j'y ai surpris étaient tellement ennuyants qu'ils en devenaient impossibles à caricaturer.

Je me suis rasé de frais (mon rasoir crisse dangereusement depuis quelque temps et j'ai toujours peur de me trancher la jugulaire, alors ça me prend trois fois plus d'attention et de temps), je me suis bien pomponné (j'sentais bonne, pis forte, pis longtemps !), j'ai enfilé ma plus belle chemise et mon habit neuve (comme aurait dit ma pauvre mère qui mettait tout au féminin, même moi). J'étais de toute beauté de voir ça. Un vrai petit homme. Ennuyant comme la pluie mais correct.

Je pourrais maintenant me retrouver à travers les dédales de corridors les yeux fermés, j'ai donc très facilement trouvé la salle de jeu.

Le bateau tanguait un peu plus que d'habitude ; on avait annoncé une tempête de vent qui commençait à peine à se faire les ongles sur la carcasse du *Liberté*. Deux ou trois de mes fins cheveux se sont déplacés ; j'essayais de les retenir avec la main.

La mer houlait sur le flanc du bateau (cherchez pas le verbe houler dans le dictionnaire, je viens de l'inventer parce que j'en avais besoin) et montait sur les ponts en vagues de bruine qui mouillaient tout. Je suis donc arrivé à destination déjà passablement humide. J'étais sûr que mes vêtements se mettraient à fumer aussitôt que j'entrerais dans la pièce et j'imaginais la princesse Clavet-Daudun cachant son fou rire derrière un éventail ou un mouchoir.

Juste avant de pousser la porte de la salle de jeu une bouffée de cigare m'a figé sur place : mon subtil voisin de table se trouvait-il parmi les invités de la princesse ? La Clavet frayait-elle avec la plèbe de la première classe, s'encanaillant dans les remugles de cigares d'Américains en partance pour le *gay Paree?* Étais-je le seul nobody de la soirée ou la cerise sur un sundae déjà bien garni?

Une grande baie vitrée, sur ma gauche, dessinait un carré de lumière sur le pont luisant de pluie.

J'ai décidé de vérifier à qui j'avais affaire avant de m'embarquer dans une partie de cartes dont j'ignorais les enjeux et les enchères.

Une chance, parce que la fée ennui s'était penchée sur ce party-là quequ'chose de rare!

J'sais pas pourquoi mais j'avais plus ou moins l'impression que cette partie de cartes servirait de prétexte à une fête huppée et mondaine où l'on siperait du champagne glacé en riant haut et en échangeant des potins élitistes autant que méchants, comme dans un film français réunissant, j'sais pas, moi, Madeleine Renaud en comtesse, Louis Jouvet en enfant de chienne, Raymond Rouleau en crook, Annie Ducaux en guidoune de luxe et Madeleine Robinson en piquante brunette.

Que nenni!

Quatre tables à quatre places trônaient sous un lustre presque trop gros pour la grandeur de la pièce. Seize personnages presque immobiles, sérieux comme des papes faisant des bulles, mangeaient leurs jeux des yeux et annonçaient lentement, en articulant bien, comme si leur vie en dépendait. Un cinquième personnage attendait à chaque table, raide sur sa chaise ou faussement décontracté, sauf à celle la plus éloignée de la porte, sûrement la moins importante, ma place. J'avais dû être invité comme vingtième, en catastrophe, parce que quelqu'un était tombé malade d'ennui.

Je me suis soudain senti très dame de compagnie. Et très humilié.

Une fumée bleuâtre enveloppait tout ce beau monde, plus épaisse au-dessus de la table de la princesse qui tirait avec une évidente volupté sur un cigarillo mince comme un lacet de bottine cirée.

La fenêtre par laquelle j'observais tout ça, à cause de sa forme rectangulaire, donnait à la scène un air d'aquarium trop éclairé, surtout que la bruine dégoulinait sur la vitre en coulisses rapides qui déformaient ma vision.

Je suis longtemps resté planté devant la baie vitrée à regarder les gros poissons endimanchés gober de temps en temps leur air ou échanger des chips multicolores en se composant des visages neutres. Pas un son ne me parvenait de la salle de jeu. Et la tempête de vent continuait dans mon dos.

Je regardais un film et j'entendais la bande sonore d'un autre.

Et rien de ce que je voyais ne me faisait envie. Si ces gens-là s'amusaient, ils le cachaient bien. Nous autres, quand on joue aux cartes, au moins, la police vient nous faire taire !

Ce qui m'amuse, moi, sent autre chose et sonne autrement.

À un moment donné, la princesse s'est levée. J'ai cru comprendre qu'elle venait de mourir et que le falot blondasse, à sa gauche, la remplacerait. Elle a jeté un regard vers la table où il manquait un joueur, a semblé enregistrer mon absence et a tourné la tête vers la porte. Je me suis éloigné brusquement de la fenêtre de peur qu'elle me voie le nez collé à la vitre comme un chien qui veut se faire adopter dans la vitrine d'un pet shop.

J'ai pris une grande respiration et le poids que j'avais sur le cœur s'est allégé : on devrait toujours vérifier dans quoi on s'embarque avant d'y mettre le pied (c'est ce que j'aurais dû me dire avant de tendre mon chèque à la fille qui m'a vendu mon soi-disant billet de première classe, mais enfin...).

Vous avez dû sentir quelque chose, à ce moment-là, parce que je vous ai tellement appelée au secours que j'en tremblais !

J'ai fini par aboutir au cinéma, trempé, tremblant et au bord de me sacrer à l'eau. Joan Crawford et Clarke Gable m'ont à peine soulagé de mon sort. J'ai pleuré comme un veau sur la maudite folle qui se sacrifie pour la carrière de son homme tout en me disant qu'à sa place, Clark Gable ou pas Clark Gable, j'aurais tout envoyé chier et continué mon chemin sans regarder en arrière !

Y'est temps qu'on touche à l'autre rive, là, sinon y vont trouver un gros homme pendu au lustre de la salle à manger pis chic comme y sont y vont être obligés de faire semblant qu'y me voient pas me balancer pendant les dernières vingt-quatre heures du voyage !

Au plus fort de la tempête, vers quatre heures et demie du matin, j'ai demandé la mort. Encore une fois.

Je sais pas si j'arriverai à vous décrire ce que j'ai ressenti, c'est encore trop confus dans ma tête.

Quand je me suis réveillé, je pensais que je tombais en bas de mon lit. J'ai essayé de me raccrocher mais je me suis rendu compte que c'est dans l'autre sens que je tombais, c'est-à-dire que je tombais sur le mur du fond au lieu de sur le plancher ! J'avais quasiment les pieds dans le hublot ! J'ai tout de suite pensé que le bateau se couchait sur le flanc et la frousse m'a pogné. Mais le bateau s'est redressé presque aussitôt pis chus retombé dans mon lit comme une vieille poche de patates.

On entendait des craquements comme si le bateau se fendait en deux, des mugissements de vent, des bourrasques de pluie, des battements de portes. Mais aucune voix. J'me suis dit que j'étais peut-être le seul survivant (vous savez comme chus dramatique, des fois) et j'ai essayé de me relever. Pensez-vous ! Bardasse d'un bord, bardasse de l'autre, j'ai fini par m'écraser à genoux à côté de la douche, le cœur à l'envers, la sueur au front, la colique au bord des lèvres (excusez-moi, mais c'est sorti tout seul et je vous avais prévenue que j'exercerais aucune censure...).

C'est là que j'ai demandé la mort.

J'aimais mieux mourir dret là d'une syncope que de savoir que je risquais de m'enfoncer dans la mer glacée (au diable le Gulf Stream, chus sûr que c'est froid pareil !) pour finir collé au plafond d'une cellule de bateau trop petite pour moi.

Je savais, au fond, que j'exagérais le danger mais l'imagination est bien difficile à contrôler dans ces moments-là.

J'ai fini par attraper ma lampe de chevet (c'était d'ailleurs étonnant que l'électricité fonctionne encore) mais ça m'a pas beaucoup calmé : voir la cabine tanguer d'un côté sur l'autre me donnait encore plus la nausée.

Je me suis couché en chien de fusil sur le plancher en me disant que je risquais moins de tomber, comme ça, et j'ai prié.

Ben oui.

Au cas.

Vous êtes croyante, je le suis peu ; on a souvent et beaucoup parlé de ça. Je me souviens vous avoir déjà dit que même à l'article de la mort j'aurais pas le front d'appeler à l'aide après la vie que j'aurais menée... pis vous voyez... Mais j'Y demandais pas de me pardonner pis de me recevoir comme si de rien n'était dans Son Beau Grand Paradis, par exemple, ah ! non, j'ai trop d'orgueil pour ça. J'Y demandais carrément de m'oublier ! De me laisser disparaître dans le cosmos comme une mousse de pissenlit dans l'herbe du parc Lafontaine. Les anges gorgeous aux ailes en plumes de paon m'intéressent pas plus que le yable en personne avec ses ailes de tôle ! Je voulais disparaître, un point c'est tout.

Ben savez-vous quoi? Je me suis endormi sans m'en apercevoir, probablement bercé par la tempête qui se calmait. J'ai pas rêvé, j'étais comme dans le coma.

Se réveiller au petit matin sur le plancher d'une cabine de transatlantique, entouré des vestiges de ses propres troubles gastriques est une chose que je ne souhaite à personne.

Je me suis levé tant bien que mal, j'ai ouvert la porte pour tout aérer ça.

Le soleil se levait innocemment, la mer clapotait, calme et amicale, les vagues moutonnaient et ça sentait divinement bon.

J'aurais pensé avoir rêvé si j'avais pas eu à tout cleaner derrière moi.

Au petit-déjeuner (je commence à parler comme eux autres) la joie régnait. On parlait de la tempête comme d'une partie de plaisir, en riant des lampes de chevet brisées, des valises qui s'ouvrent toutes seules, des bruits de maison hantée. À croire que personne sauf moi n'avait eu peur.

Ça se peut. Chus peut-être le premier en première classe à traverser la grande eau pour la première fois. Chus premier en toute, sauf dans les bonnes affaires !

Une consolation : quand j'ai vu le gars de Bogota entrer dans la salle à manger j'ai compris que j'avais un semblable. Il était du même vert que moi et nous avons échangé un regard de compassion.

Mes deux chums de femmes me parlent pus. Antoinette Beaugrand parce que la princesse Clavet-Daudun m'a invité hier soir, l'autre parce que j'ai pas été à sa maudite partie de cartes plate.

'Coudonc. Au moins chus sûr de pouvoir passer une dernière journée à bord tranquille ! De toute façon, je leur prépare un chien de ma chienne pour ce soir. J'ai passé à travers toute la gamme des émotions depuis que nous avons quitté New York, eux autres vont le faire le temps de mon numéro...

Si leurs bals masqués sont habituellement mortels, comme je crois le deviner, y vont se rappeler de celui-là, c'est moi qui vous le dis !

Maman me disait souvent : « Quand t'es dans une situation oùsque tu sais pas quoi faire, fais n'importe quoi, improvise, mais fais quequ'chose ! » En regardant les passagers assaillir le magasin qui loue des costumes je me suis dit qu'elle avait bien raison : je vais m'arranger avec c'qu'y a déjà dans la cabine plutôt que d'essayer de me dégoter quelque chose parmi ces vieilles affaires laides-là. J'aimerais mieux porter juste le petit rideau du hublot plutôt que de revêtir ces horreurs oùsque tout le monde a sué depuis des générations.

J'ai déjà ma petite idée, de toute façon.

Vous me connaissez, senteux comme un chien en chaleur, je me suis quand même approché de la boutique pour voir ce qui s'y passait. Un groupe compact de madames super chic et de messieurs super distants tâtaient les étoffes des costumes avec des airs dégoûtés. Je les comprends, ça doit sentir le chniwichniwou là-dedans! On entendait fuser des remarques désobligeantes dans au moins douze langues. Des nobodys comme moi, mais riches, qui savaient pas qu'y fallait se déguiser le dernier soir...

Comme je le prévoyais (même ce monde-là sont rarement originaux), les robes style Pompadour ou Joséphine de Beauharnois (maman dixit), les habits Louis XIV et les tuniques romaines ont été les premiers à disparaître. («Déguisons-nous mais restons royaux!») Si l'habit fait pas le moine ça empêche pas le moine de se déguiser! Les derniers servis (oui, j'ai attendu tout ce temps-là, je m'amusais comme un petit fou) sont repartis, piteux, avec un Pierrot sous le bras ou un Arlequin défraîchi. Mon curé en goguette, lui, s'est faufilé le long du mur avec une tunique grecque. Tiens, tiens, tiens...

Ni Antoinette ni la princesse ne se sont présentées. Sont-elles au-dessus de tout ça ou emportent-elles avec elles leurs attifements de parade comme le pompeux de cigares? Ça m'étonnerait plutôt qu'Antoinette Beaugrand se promène avec un déguisement dans sa valise. Avec le sens de l'humour qu'on lui connaît, celui d'une tasse de thé froid, la dernière fois qu'elle s'est déguisée, ça devait être à son mariage ! Pis elle le savait pas ! Pour ce qui est de l'autre, elle serait du genre à s'accrocher discrètement un camélia à la taille en pensant que ça fait toute la différence entre une vraie femme du monde et une guidoune.

Ce bal masqué-là s'annonce bien triste.

Une chance que la duchesse de Langeais est là pour mettre un peu de marde là-dedans !

Après-midi calme mais bouleversant.

J'ai terminé *Signé Picpus*. Si c'est pas ces personnages-là que je rencontre à Paris, moi, je fais une crise !

Une drôle d'idée vient d'ailleurs de me traverser l'esprit. Vous allez rire. Je me suis demandé pour la première fois de quoi peuvent bien avoir l'air les vendeurs de chaussures, en France. C'est drôle, hein, que j'y aye pas pensé avant... Les princesses, les stars, les mannequins, oui, bien sûr, j'en rêve depuis toujours, mais les vendeurs de chaussures comme moi qui servent tout ce beau monde, de quoi y'ont l'air?

Mais je suppose qu'on va surtout pas à l'étranger pour retrouver ce qu'on vient de quitter... Mais je commence sérieusement à me demander comment je vais faire pour pénétrer dans le grand monde, moi qui ai autant d'éducation qu'un veau qui a jamais quitté sa moman !

Je suppose que je devrai me contenter de les regarder, comme je l'ai toujours fait chez nous. À Montréal, quand tu veux voir des vedettes, tu vas te planter devant Radio-Canada, CKAC ou CHLP pis t'as des sueurs froides quand tu vois Roger Garceau sortir au bras de Denyse Saint-Pierre ou Yvette Brind'Amour trottiner entre Marjolaine Hébert et Huguette Oligny... mais à Paris, oùsque tu vas? Michèle Morgan trottine-tu entre Suzy Prim et Ginette Leclerc en sortant des studios? Pis Roger Pigaut s'affiche-tu avec Suzy Delair sans avoir peur qu'une rumeur circule? Pis où? Où !

J'aurais pu y penser avant, non !

J'en étais là de mes pensées (comme y diraient dans un roman d'Henry Bordeaux) quand j'ai entendu une petite voix gênée me dire :

—Est-ce que je peux m'asseoir à côté de vous? C'est la place de ma mère.

La benjamine ! Toute seule et toute rose dans sa robe d'un gris souris digne d'une vieille fille de 99 ans.

J'ai été étonné d'abord de la voir puis de me rendre compte qu'elle avait pus l'accent qu'elle emprunte en présence de sa mère.

—Certainement. Assoyez-vous. Vous savez, les chaises longues sont à tout le monde...

Elle avait un *Semaine de Suzette* à la main qu'elle a déposé sur ses genoux sans l'ouvrir.

—Votre mère va venir vous rejoindre?

Petit soupir. Peut-être d'exaspération.

—Non. Elle est souffrante.

J'ai failli dire «Tant mieux!» mais je me suis retenu à temps.

—Et de quoi souffre-t-elle?

(Elle avait perdu son accent pointu, mais pas moi! Je grasseyais toujours autant, même devant une enfant... Franchement!)

—La migraine. Elle a trop lu.

Lire au point de se donner la migraine! Julien Green et ses confrères savent-ils l'effet qu'ils ont sur les dames d'Outremont?

Je l'ai regardée plus attentivement. Et ça m'a tout de suite sauté aux yeux: elle était tellement tendue, fébrile, qu'elle en tremblait. Elle avait de la misère à retenir les larmes qui lui remplissaient les yeux.

Avait-elle été battue pour être bouleversée comme ça? Non, humiliée, plutôt.

Je sais pas pourquoi, j'ai été attiré par la présence du *Semaine de Suzette* sur ses genoux. Il me semble qu'elle est un peu vieille pour lire ça, non? Et j'ai cru deviner un monde d'enfance prolongée, d'adolescence retardée à coups de catins froufroutantes et de pitoyables toutous. J'espère au moins que la danse lui sert d'exutoire.

Une telle détresse se dégageait d'elle que j'en étais mal à l'aise. J'aurais voulu l'aider mais quoi dire à une enfant d'un autre monde qui vous appelle même pas franchement à l'aide? Chez nous, tu prends l'enfant dans tes bras, tu le berces, tu y donnes un bec, tu le brusques un peu pour le faire rire... mais là j'avais l'impression que si je touchais à un cheveu de sa tête on crierait au viol et qu'elle serait autant punie que moi.

Je me suis rendu compte que je pouvais rien pour elle ; j'aurais pu crier au meurtre.

Mon Dieu que c'est difficile à décrire, tout ça ! Ça doit être ça, l'impuissance.

J'ai tourné la tête vers le large. J'avais l'impression que je la trahissais. Les mêmes maudites vagues faisaient les mêmes maudits sparages. Ce qui est beau peut aussi devenir monotone.

Au bout de quelques minutes, elle a dit doucement :

— Est-ce que ça vous dérange si je pleure?

Et j'ai compris que j'étais utile à quelque chose, après tout.

Lucille Beaugrand s'est déchargée de son trop plein d'exaspération et de frustration sans me dire un seul mot, en longs sanglots entrecoupés de reniflements très peu première classe mais déchirants.

C'est drôle, hein, j'ai l'impression de l'avoir parfaitement comprise, mais j'en serai jamais certain.

Quand je vais la croiser, ce soir, ou demain pendant le débarquement, elle va probablement me dire : « Au reuvoir, monsieur ! » sans même me faire un signe complice, comme si j'existais à peine, alors qu'elle me doit, ça j'en suis sûr, un grand moment de soulagement.

Ce que j'écris est pas très clair, excusez-moi. J'essayerai d'y revenir. Je suis trop troublé pour le moment.

Lequel de ces deux rôles cette petite fille-là va-t-elle jouer dans vingt ans? Celui de l'élève de madame Audet qui parle faux parce que c'est vulgaire d'être naturel ou celui de la fille frondeuse qui est toute seule à être naturelle dans un monde faux?

Mon voyage prend vraiment une drôle de tournure. J'étais pourtant parti pour avoir du fun!

En tout cas, je vais essayer d'en avoir, ce soir.

Quand j'ai eu fini de m'habiller la cabine était complètement virée à l'envers mais j'étais pas mal beau à voir.

J'avais sur le dos à peu près tout ce qui était détachable dans la cabine.

J'ai commencé par défaire mon lit et me draper dans mes draps, un peu à la romaine, avec une épaule à l'air; j'ai ensuite décroché la corde du rideau du hublot pour souligner la taille que j'ai pas et je me suis flanqué le rideau lui-même sur la tête pour me faire un casque genre Néfertiti des pauvres. J'ai fait tenir ça avec trois quarts de livre de bobby pins; j'avais le cuir chevelu ensanglanté mais ça tenait.

Je me suis regardé dans le miroir. Tout ça manquait de caractère. Alors je me suis lancé dans la cabine comme une panthère sur une innocente biche par une nuit de pleine lune et j'ai décortiqué tout ce qui était décorticable pour m'improviser des accessoires.

Je me suis sacré le dessus de lit sur l'épaule déjà couverte pour donner l'illusion d'un manteau de cour (une horreur orange, blanc et noir ; à fleurs ; grosses ; tout ça taché par une ribambelle de cochons de première classe pas très méticuleux). Puis j'ai, tenez-vous bien, vous me croirez pas, dévissé les poignées des robinets du mini lavier pour m'en faire des boucles d'oreilles (après avoir coupé l'eau, évidemment), que j'ai fait pendre à l'aide de bouts de corde que j'enroulais derrière mes oreilles. En guise de bracelet j'ai fait bouillonner un rouleau de papier de toilette autour de mon poignet en le retenant avec un élastique et en en frisottant le bord pour lui donner une forme de fleur ; pour ce qui est du collier j'ai tout simplement détaché la chaîne des toilettes que j'ai attachée de façon à ce que la poignée de cuivre me pende sur la poitrine partiellement découverte. De toute beauté de voir ça.

J'étais pieds nus parce que j'avais rien trouvé à me mettre. Je pouvais quand même pas achever cette merveille de costume avec mes petits suyers vernis ! On a du goût !

Je me suis à nouveau approché du miroir. Je faisais royalement dur.

J'ai sorti ma trousse à maquillage. Je sais que j'aurais dû commencer par ça mais quand on improvise on n'est pas toujours logique. Je me suis fait un visage qui ressemblait à celui d'une actrice du cinéma muet ; charbonneux et angulaire. Avec la face que j'ai faut travailler fort pour se dessiner des cheekbones et faire pointer un menton inexistant parce que perdu dans le lard. Tout était donc très appuyé, presque clownesque. Comme je l'ai souvent dit à Samarcette que je trouve trop discret en société : « Quand t'es pas sûr de toi dans un party, fais le bouffon, le monde vont penser que t'as de l'imagination. »

De retour devant le miroir j'ai trouvé que tout ça manquait encore de couleur. Les seules que je portais tombaient de mon épaule gauche et ressemblaient à un tapis de table sur lequel on aurait écrasé quelques milliards de mouches grasses. Savez-vous ce que j'ai fait ? J'avais acheté, pour écrire cette œuvre édifiante qui vous est adressée, trois couleurs d'encre Waterman : *Royal Blue, South Sea Blue* et *Pitch Black*. J'ai vérifié si y'en restait assez dans ma plume et je me suis garroché le reste des trois bouteilles un peu partout.

Quand on crée, on perd la notion des choses. Je devais créer quequ'chose de rare parce que j'ai pas pantoute pensé aux dégâts que je risquais de provoquer. Quand je suis revenu une dernière fois devant le miroir on aurait dit qu'une fabrique d'encre de chine avait explosé dans la cabine. Y'en avait *vraiment* partout. Faut dire que c'est tellement petit là-dedans que quand je prends ma douche je trouve de l'eau jusque sous mon oreiller !

Très droit dans mon costume Néfertito-romain, j'ai attendu que ça sèche. Ou à peu près. Moman avait hâte de faire son entrée au bal.

Quand est venu le temps de partir j'ai réalisé que j'avais l'air de n'importe quoi sauf d'une femme et ça m'a fait un drôle d'effet. Mais c'était pas le temps des grandes considérations philosophiques et je me suis garroché en brinquebalant dans le corridor.

J'ai arrêté ben des partys dans ma vie mais jamais comme celui-là !

D'abord parce que sans le savoir j'avais commis une irréparable gaffe en ne portant pas de masque, ensuite parce que le travestissement n'a pas l'air d'être très prisé dans le grand monde : toutes les madames présentes étaient sagement déguisées en madames et tous les messieurs en messieurs. Et ils allaient presque tous par paires : la gitane avait son gitan, la marquise son marquis, la guenon son singe, le Pierrot sa Colombine et la Mae West son W.C. Fields.

Quand j'ai fait mon entrée, le party battait déjà son plein (j'aime mieux me faire attendre qu'attendre les autres, même quand chus pas attendu !) et un tango trop rapide à mon goût était en cours. Mais les couples avaient commencé à se mêler et ça donnait des assortiments assez étonnants : Mae West se pâmait dans les bras d'un orang-outang des plus empressés, une jeune mariée d'un certain âge gigotait autour d'un vieillard courbé déguisé en Pinocchio, Blanche-Neige (celle de Walt Disney en bleu, jaune, rouge et noir) succombait visiblement pour vrai aux avances d'un cuisinier bedonnant affublé d'un pitoyable masque de jeune homme aux pommettes trop rouges et aux yeux troués.

Parce que tout ce monde-là portait le masque. Je savais pas, moi, qu'il fallait interpréter l'invitation au pied de la lettre et j'arborais sans honte mon beau visage nu au faciès de brute épaisse (vous vous souvenez quand maman me disait que j'avais un faciès de brute épaisse avec mes yeux rapprochés en signe de folie quand elle était fâchée contre moi?). Pas besoin de vous dire qu'un froid s'est répandu autour de moi quand je suis entré, royal et hautain, dans la salle de bal décorée en boule de Noël pour sapin de millionnaire. En plus de mon costume qui semblait quelque peu étonner, mon visage seulement maquillé avait l'air de choquer comme s'il avait été indécent. Les visages se tournaient vers moi puis les têtes des femmes se penchaient sur les oreilles des hommes. Des rires ont fusé, quelques-uns moqueurs, d'autres surpris.

J'ai pris le parti de faire comme si de rien n'était et j'ai salué à la ronde, comme la femme de George VI. J'ai été me planter devant un des nombreux bars et j'ai claironné un : « Champagne, garçon ! » qui a presque fait sursauter le barman.

Mais sous mes dehors flegmatiques j'avais la patate qui me débattait !

Moi, quand on parle de déguisement, je me réjouis comme une petite fille et j'essaie par tous les moyens possibles d'être drôle. Il me semble que le mot déguisement recèle une évidente part de comique et que lorsqu'on se déguise c'est surtout pas pour être sérieux ! Ni pour passer incognito ! J'veux qu'on le sache que la grosse chanteuse d'opéra ou la pissante danseuse de ballet qui passe son temps à rentrer dans le mur en essayant de virevolter, c'est moi ! À quoi ça sert de se déguiser si c'est pour passer inaperçu !

Une fois de plus je m'étais trompé.

Tout le monde était sérieux comme un pape et portait son déguisement comme un costume de cour. Les singes autant que les sang-bleu. Et moi, j'avais l'air de l'idiot du village qui a pas compris le message au complet. J'ai sifflé une seconde coupe de champagne pour me donner une contenance et le courage d'affronter cette soirée qui s'annonçait longue et, oui, une fois de plus, fort ennuyante.

Une bergère, court vêtue, la canne à la main, la perruque bien frisée et tout mais en qui même un arriéré mental enfermé dans sa camisole de force depuis vingt-huit ans aurait reconnu Antoinette Beaugrand malgré le masque juvénile, tant elle était restée raide et manquait de naturel, s'est approchée de moi et m'a demandé sur un ton presque scandalisé : « Je veux bien croire que vous êtes un acteur mais en quoi êtes-vous déguisé, pour l'amour du bon Dieu ? »

J'ai déposé ma coupe vide sur le bar et j'ai répondu à la cantonade : « En bécosses de première classe, madame Beaugrand ! »

Et c'est là que j'ai décidé de lâcher mon fou !

Ça, pour l'avoir lâché, je l'ai lâché !

J'ai pogné la première marquise qui passait, pis envoye donc la Madelon !

Vous me connaissez, quand il s'agit de danser, chus pas arrêtable ! J'aime ça ! Et chus pas mal bon ! Quand j'avais choisi une cavalière, j'allais me planter au milieu de la piste, là où j'étais sûr que tout le monde me voyait, et j'attaquais de front la valse, le tango, ou la polka, survolté et conquérant.

Quelques femmes ont refusé de danser avec moi parce que je portais la robe mais celles qui ont accepté l'ont pas regretté. Je les faisais virevolter plus énergiquement que les guenilles qui m'avaient précédé ; j'les pliais jusqu'à terre ; j'les pitchais dans les airs. J'avais le bon pas, le bon rythme, le bon souffle et les autres danseurs avaient l'air des amateurs à côté de moi !

Au bout de dix ou douze danses j'ai trouvé *la* partenaire : une accorte boulotte qui revenait chez elle après un séjour d'un an chez sa sœur dans le Connecticut et qui s'ennuyait ferme des bals du samedi soir de son quartier, le quatorzième arrondissement, à Paris. Elle a vite fait tomber son masque parce qu'elle avait trop chaud et on a dansé ensemble pour le reste de la soirée sous le regard ébahi des autres passagers dont la principale préoccupation était devenue d'essayer de nous éviter dans nos glissements, figures et arabesques. Ma cavalière connaissait tous les secrets des danses sud-américaines et quand elle voyait que j'avais de la difficulté à la suivre, elle prenait la relève et me conduisait sans que ça paraisse.

Entre deux danses, pendant une séance d'épongeage, je lui ai demandé pourquoi je ne l'avais pas vue de la semaine ; elle m'a avoué qu'elle avait fait la traversée en deuxième classe et qu'elle avait réussi à se faufiler grâce à son somptueux costume japonais, un vrai, héritage d'une autre sœur qui voyageait beaucoup. Elle avait cependant quelque peu modifié ce *vrai* costume japonais : la jupe était fendue jusqu'à la cuisse pour faciliter les mouvements et le corsage avait visiblement été revu et corrigé pour mettre son buste en valeur.

Elle dansait vraiment très bien mais sentait vraiment très fort.

Au bout d'une couple d'heures de transports effrénés j'ai fini par demander grâce et Étiennette m'a poussé vers les tables qui commençaient à se garnir de danseurs essoufflés et de buveurs ivres morts.

C'est là que j'ai remarqué une chose assez étonnante : dans les racoins de la salle de bal, là où la lumière était comme par hasard très tamisée, des choses bizarres se passaient. Pendant que nous nous exténuions, Étiennette et moi, les couples s'étaient défaits, d'autres s'étaient formés en se retirant vers les aires plus discrètes. J'ai pas besoin de vous faire de dessin mais laissez-moi vous dire que les déguisements allaient pus pantoute ensemble ! Mae West avait oublié W.C. Fields et Pierrot avait depuis longtemps semé sa Colombine. Des couples hétéroclites et même parfois franchement weird jouaient au frotti-frotta dans la demi-pénombre et de petites plaintes sans équivoque nous parvenaient par saccades. Mais tout ça se faisait avec un savoir-vivre et même une propreté presque choquants.

Et j'ai compris la raison des masques. Tant qu'ils peuvent faire semblant de ne pas se reconnaître, tout leur est permis. L'autre soir, au premier bal, ils s'étaient contentés de perpétuer leurs petites habitudes respectables mais ce soir, grâce à ce faux anonymat, ils pouvaient se laisser aller à leurs bas instincts. Tout en gardant cependant une certaine distinction. Quand même, on sait vivre !

Quand tout cela serait terminé, aux petites lueurs du matin, chacun retrouverait sa chacune et tout rentrerait dans l'ordre grâce à cette merveilleuse chose qui s'appelle probablement l'amnésie collective. Un beau tableau pompier intitulé : *Le Masque sauvant l'honneur.*

J'en ai vu des orgies, moi, des vraies, avec des culs qui se brassent dans tous les sens et des petites morts bruyantes, mais aucune ne m'a choqué comme celle-là, pourtant bien proprette et, surtout, très habillée. Je tombe de nue en nue depuis cinq jours ; Dieu sait où je vais aboutir !

Étiennette m'a appris que c'était là l'origine des bals masqués et des carnavals : se permettre déguisé et sous le couvert d'une fête ce qu'on a honte de faire au grand jour. Et j'ai senti à son regard embué qu'elle n'aurait pas détesté que nous nous joignions tous les deux à ces agapes amoureuses aux accents langoureux de l'orchestre désormais condamné à jouer de la musique presque cochonne. Pauvre elle. C'était pourtant pas mon costume qui pouvait lui suggérer ça...

J'ai cherché le capitaine du regard. Il était installé à la table d'honneur (encore !), devisant calmement avec la princesse Clavet-Daudun et, bien sûr, Antoinette Beaugrand. Il n'avait même pas l'air de leur faire la cour. Ils conversaient, tous les trois, comme si de rien n'était. Sourds et aveugles à ce qui se passait autour d'eux.

Alors, j'ai décidé de porter mon grand coup. J'ai planté Étiennette là et je me suis dirigé vers le trio infernal en entonnant à voix très haute *Le Songe d'Athalie* que je connais par cœur depuis que j'ai vu Sarah Bernhardt le beugler au carré Dominion par une journée de grand vent quand j'étais adolescent.

Des remous se sont formés parmi les partouzeux ; des bouches mouillées se tournaient vers moi, des hoquets étaient interrompus, des spasmes refoulés. Antoinette Beaugrand avait cessé de triturer son rang de perles pendant quelques secondes pour recommencer de plus belle en me reconnaissant. J'avançais très lentement vers la table d'honneur, les bras levés comme une mauvaise tragédienne, la voix étirée et disgracieusement modulée, nasillarde, déplaisante, le corps cambré. Une somnambule obèse.

Il est très difficile de continuer une orgie, aussi aseptisée soit-elle, sur la musique de Racine ; je fus donc écouté avec une impatience que j'aurais pu palper tant elle était épaisse. Une méchante joie me barbouillait le cœur. Je dis méchante parce qu'en fin de compte je n'avais aucune raison de faire ce que je faisais. Mais j'en jouissais d'une façon étonnante. Ne suis-je, moi aussi, qu'un envieux qui préfère faire chier plutôt que de passer inaperçu dans un monde où il n'a pas de place ? Probablement. Mais on s'en suce le cul.

Parce qu'en plus de la satisfaction de déranger tout le monde j'ai eu une autre récompense, beaucoup plus vive, beaucoup plus significative : j'ai cru surprendre au coin de l'œil du capitaine un petit signe complice qui m'a ravi.

On m'applaudit poliment quand j'eus fini mes gargouillements et mes lamentations mais le fun était tombé et le party se mit à se languir. Les beaux costumes avaient été quelque peu malmenés et tout avait l'air du lendemain de la veille.

La princesse Clavet-Daudun a eu le front de me féliciter alors que nous savions tous les deux que j'avais été atroce et ma compatriote fit semblant de ne pas se rendre compte de ma présence.

Et le capitaine a eu un geste qui a fini d'achever les deux madames : il s'est levé, s'est penché vers moi et m'a fait un baisemain en disant : « Une grande Athalie mérite toujours qu'on s'incline devant lui. »

Plutôt que de savourer discrètement ma victoire (c'est vraiment pas mon genre) je me suis précipité vers la scène, je me suis emparé du micro et j'ai entonné avec la voix la plus vulgaire que je pouvais cette subtile chanson à répondre que le défunt mari d'Albertine nous imposait à chaque réunion de famille *C'est en revenant de Rigaud*, ne lésinant surtout pas sur les renâclements, les bruits de bouches, les imitations de pets et de rots gras.

La duchesse de Langeais avait fait place à Édouard et j'ai réalisé qu'à partir de ce moment-là les deux seraient irrémédiablement liés, pour le meilleur et pour le pire, mariage d'amour s'il en fut, passion inaltérable, bonheur garanti ou argent remis.

Quand j'ai eu fini de faire mes bruits, j'ai repris mon air digne et j'ai beuglé avant de sortir au milieu d'un silence gêné : « *Un peu moins de respect, et plus de confiance. Tous ces présents, messieurs, irritent mon dépit : Je vois mes honneurs croître, et tomber mon crédit.* »

Que voulez-vous, je suis un vendeur de chaussures érudit !

J'ai passé une bonne partie de la nuit à lutter contre la culpabilité. On n'a pas été habitués à poser des gestes braves, nous autres, et quand on le fait on le regrette presque aussitôt, à cause de l'opinion des autres : qu'est-ce que les voisins vont dire, qu'est-ce que la parenté va penser... à croire qu'on vit pour ce que les autres pensent de nous !

Pourtant je pense sincèrement que ce que j'ai fait hier est brave parce que j'ai dérangé une gang de monde pognés, j'ai mis un peu de vie dans un enterrement déguisé en croisière, j'ai choqué, j'ai gêné, j'ai offensé des constipés... mais je sais très bien, aussi, que tout à l'heure, au moment du débarquement, j'aurai le rouge aux joues et les yeux rivés sur le bout de mes souliers.

Chaque fois qu'une vague de culpabilité me submergeait, j'essayais de lutter ; je me disais que c'était ridicule d'avoir honte d'avoir eu du fun, parce que j'en ai eu, et beaucoup, plutôt que de me faire chier dans un coin à boire du champagne tiède en regardant virevolter sur la piste les couples les plus ennuyants de la création depuis Adam et Ève. Mais mon malaise persistait parce que quelque chose, au fond de moi, me disait que j'avais eu tort parce que j'avais été le seul à avoir du fun ! Faut-tu être mal fait ! C'est ben nous autres, ça, hein ? Contente-toi de servir de tapis pis laisse-toi piétiner !

Je suis trop convaincu que les autres passagers de la première classe me sont supérieurs pour vraiment jouir d'eux quand je les dérange ou que je m'en moque. Je suis comme un enfant qui pique une crise parce qu'il sait qu'il a tort : je braille, je morve, je donne des coups de pied où je peux et tout de suite après j'ai envie de demander pardon. Il faut absolument que je m'endurcisse sinon je passerai pas au travers. Je suis sûr que tout le monde a très bien dormi, cette nuit, sauf moi !

Une fois de plus j'ai pas les mots pour exprimer tout ce que je ressens et, en plus, je me dis que si je les avais ça voudrait dire que j'aurais plus d'éducation que j'en ai, que je ferais partie d'une autre caste et que je n'aurais absolument pas les mêmes problèmes ! Ou bien t'es ignorant et t'arrives pas à exprimer tes malaises ou bien t'es éduqué et tes malaises ne sont pas les mêmes ! Est-ce que ça veut dire que nos malaises, à nous, ne sont pas exprimables ? Pourtant, il me semble que ce que j'ai écrit jusqu'ici est relativement clair...

Eh ! maudit, si vous étiez là !

Savez-vous c'est quoi, l'enfer ? C'est d'être un parvenu qui a conscience qu'il est un parvenu et qui a juste envie de retourner dans son trou parce qu'il sait qu'il ne sera jamais accepté par la classe qu'il convoite.

Et le ciel, c'est probablement d'être un parvenu sans conscience.

La France. J'ai enfin vu les côtes de la France.

On nous les annonçait depuis une bonne heure mais un banc de brume nous les cachait. Je m'étirais le cou, je me tenais sur le bout des pieds ; si je ne m'étais pas retenu j'aurais grimpé sur la rambarde pour être le premier à crier terre ! J'étais excité, j'avais chaud, j'avais froid...

Puis, tout d'un coup, j'ai aperçu des cheminées. J'ai d'abord pensé que c'était un autre bateau mais des maisons, des usines, des quais sont sortis de la brume, le soleil s'est jeté là-dessus en beaux rayons dorés et j'ai réalisé que la France, *la France*, était en train de m'apparaître !

J'ai crié : « Horray ! » comme si je venais de compter un but au hockey, moi qui haïs le hockey pour tuer ! Je tapais dans mes mains et je sautillais sur place. J'avais pas compté un but mais j'en avais atteint un !

Et une très belle chose s'est produite : je savais que je venais une fois de plus d'agir en nobody mais ça me faisait rien ! J'étais le seul au milieu des passagers à extérioriser mon excitation et j'en étais fier plutôt que d'en avoir honte ! Et je sentais que je ne me sentirais pas coupable !

Quand j'ai poussé mon deuxième cri, un brave, celui-là, un par exprès, un de délivrance, Antoinette Beaugrand m'a regardé et j'ai surpris de la jalousie dans son regard ! J'ai eu envie de lui dire : « Crie donc avec moi, maudite niaiseuse, si t'en as envie, ça fait tellement de bien ! » Et j'ai poussé un troisième horray en la regardant, elle. Mais elle a détourné la tête. Tant pis pour elle.

Lucille, elle, si fragile, hier, si pitoyable, avait réintégré son personnage de petite dinde éduquée : elle a grimpé sur le premier barreau de la rambarde et a dit sur son ton de première de classe de diction : « Queu c'est beau, mamon, queu c'est beau ! Reugarde les jeulies mésons ! », alors qu'on voyait pas encore de maisons. Qu'a' mange de la marde, elle aussi !

On est entrés au Havre sous un soleil éclatant. Les tug boats sont venus nous chercher et nous ont tirés très lentement vers le port. J'étais énervé comme une jeune mariée avant d'entrer à l'église : j'avais hâte et peur en même temps. Du monde, dans le port, nous envoyait la main. Des parents, des amis qui étaient venus chercher des passagers. Je vous ai imaginée, vous qui trouvez qu'ils parlent tellement drôlement, déguisée en Française et j'ai ri !

Dans quelques minutes je vais mettre le pied sur le sol français. Je vous dirai, en arrivant à l'hôtel où je vais passer la nuit, ce que j'aurai ressenti.

Les moteurs viennent d'arrêter. Le bateau ne bouge plus. Je pense que j'ai mal au cœur.

Intercalaire

Schéhérazade II

« T'as même pas dormi ! Tu m'étonnes ! » Cuirette parut franchement insulté. « Quand tu me lis des articles plates du *People*, en anglais, ou ben les potins de la commère de *Échos-Vedettes*, j'm'endors parce que ça m'ennuie mais ça, c'est intéressant ! » Hosanna s'étira comme un chat qui est resté immobile dix-huit heures d'affilée, frissonnant de la tête aux pieds, la bouche ouverte dans un bâillement qu'il n'essayait même pas de camoufler. « Y'est quelle heure, là ? » « Quatre heures et vingt. » Hosanna déposa le manuscrit sur la table à café où trônait toujours le maudit David en plâtre amputé d'un bras depuis la fameuse nuit où Cuirette avait avoué avoir attrapé un « petit quelque chose » pendant une orgie chez Jennifer Jones. « Aïe, j'travaille, moi, demain ! Maman va être au salon à neuf heures... » Cuirette se grattait la bedaine comme il le faisait toujours quand il était fatigué. « Tu la coifferas demain après-midi, ta mère... tu risqueras moins de la manquer comme la dernière fois... » Dans la salle de bains, Hosanna avalait déjà ses deux valiums avant de se brosser les dents. « J'ai d'autres clientes, Cuirette ! Si j'avais rien que ma

mère j's'rais sur le bien-être social, comme toi !
Passé trente ans, cas désespéré !» Cuirette, imper-
méable aux fléchettes émoussées de son chum,
feuilletait le journal d'Édouard. « Quand c'est que
tu vas me lire le reste? j'ai hâte !» Il entendit quelques gargarismes sur l'air de *Sur la mer calmée*, de
Madame Butterfly, puis : « Demain soir, mon chéri,
comme l'autre folle qui avait peur de se faire tuer,
elle aussi !» Un petit rire niais. « T'es tellement
inoffensif, Cuirette, que ça me fait rire de penser
que tu pourrais être dangereux !» Cuirette se déshabillait avec lenteur, laissant tomber ses chaussures
sur le plancher de bois franc et faisant cliqueter la
boucle de métal de sa ceinture de cuir. Hosanna
disait souvent : « Quand le métal retentit c'est que
le beu se déshabille !» Cuirette se curait le nez pla-
cidement. « Penses-tu que c'est vrai, tout ce que la
duchesse conte, là-dedans?» Hosanna revenait
dans le salon-chambre à coucher dans un affriolant
déshabillé de nylon vert amande, vestige de l'époque où il se prenait encore pour Elizabeth Taylor.
« Ben sûr que tout est pas vrai, gros épais ! Tu sais
comment c'qu'a'l'était, la duchesse ! Tu y contais
un fait divers pis a'l' en faisait une catastrophe
mondiale ! Est peut-être restée enfermée dans sa
cabine pendant cinq jours parce qu'était trop
malade !» Ils déplaçaient la table à café avec de
petits gestes automatiques. Puis Cuirette ouvrit le
hide-a-bed en sacrant, comme d'habitude. Hosanna
soupira en faisant la moue. « J'm'endors pus, chus
trop fatigué. » Cuirette sauta dans le lit, s'ébroua

dans les draps comme s'il avait plongé dans un lac trop froid. Il reprit le journal de la duchesse. « Si tu veux, j'vas te lire la deuxième partie, moi... J'ai regardé, c'est plus court... » Hosanna s'était allumé une présumée dernière cigarette. « Tu sais lire? » Quelques secondes plus tard, il hurlait: « Chatouille-moi pas ! Chatouille-moi pas ! Tu sais que ça me rend au bord de l'apoplexie pis que j'peux en mourir ! » La deuxième partie du journal d'Édouard ne fut donc pas lue cette nuit-là, les séances de chatouillage de Cuirette et de Hosanna ayant toujours mené à quelque chose de plus sérieux et de trop épuisant pour qu'ils puissent ensuite se concentrer dans la lecture de quoi que ce soit.

La traversée de la France

Et maintenant que mon train file à vive allure vers Paris, la vérité sur mon arrivée au Havre.

J'attendais une ville blanche battue par les flots, des voiliers, des maisons moyenâgeuses au toit de chaume, des femmes, poings sur les hanches, qui vendent des poissons encore frétillants et des hommes gueulards, cigarette au bec et le pain français sous le bras.

Good luck.

On a beau entendre parler de la guerre, lire les journaux, voir des films ou écouter les récits de ceux qui y étaient, rien ne peut autant en souligner l'horreur qu'une ville détruite, comme rayée de la carte.

Le Havre est un chantier.

À mesure que le bateau s'approchait de la ville puis se mettait à longer la digue qui retient l'océan, le spectacle qui se dépliait devant nous, tellement précis dans le soleil d'après-midi, nous enlevait presque toute envie de débarquer. La guerre est finie depuis deux ans mais cette ville, elle, est toujours morte. Non, c'est faux : les chantiers dont elle est couverte semblent vouloir crier, à grands coups de pelles mécaniques, de grues, de drills et de marteaux, que la vie est toujours possible, même après le pire des cataclysmes.

Je vous dis que le folklore a vite revolé ! Une fois descendu du bateau, passé les douanes qui sentaient l'humidité et la poussière, le triste tableau des quais, même bondés de personnages bruyants, pleurant et gesticulant, s'embrassant et se tâtant, déjà, m'a déprimé au plus haut point. Je ne saurais décrire exactement ce que je ressentais. Je n'attendais ni le tapis rouge ni la fanfare mais quelque chose manquait. J'avais pourtant autour de moi une fête des retrouvailles ; j'entendais des exclamations de joie, des sanglots, des noms qu'on lance comme des cris de soulagement. Mais ce que j'avais deviné du haut de mon pont de première classe et qui encerclait ces quais momentanément joyeux, cette ville qui s'épuisait à renaître, m'empêchait de jouir de mon arrivée comme j'aurais dû. Il me manquait l'assurance de trouver la France comme je l'avais imaginée.

La culpabilité de ne pas avoir été là, il y a trois ans, pour repousser l'horreur qui régnait depuis trop longtemps ? À quoi bon. La nature m'a doté de pieds plats, j'ai moi-même cultivé un embonpoint presque indécent depuis ma tendre jeunesse et je suis un paria dont personne n'aurait voulu de toute façon. Les fausses duchesses ne vivent pas les vrais débarquements.

Un hurlement dans le haut-parleur, un bruit de papier qu'on froisse, une voix de femme : « Les passagers en transit pour Paris sont priés de se rendre au bassin Vauban. »

La princesse Clavet-Daudun est passée à côté de moi, suivie d'un porteur poussant un chariot où s'entassaient à peu près cent quatre-vingt-deux valises. « Vous venez, très cher, il ne faut pas rater le train ! » Très cher ? Le train ? Je me suis mis à marcher à petits pas, à côté d'elle, ma lourde valise me battant les jambes. « Comment ça, le train ? Pourquoi, le train ? » La princesse ralentit un peu son allure. « Il ne faut pas rester une seule nuit dans ce trou ! Cette ville est d'un déprimant ! De toute façon, le prix du train Le Havre-Paris est compris dans votre billet ! » J'ai posé ma valise dans une flaque d'huile. J'ai sorti mon billet. La princesse a continué son chemin, évoluant quand même avec grâce au milieu de la foule en liesse.

La date et l'heure du train étaient bel et bien inscrites sur mon billet : Dimanche 1er juin 1947 à 17 h. 17 h ? « Dites-moi pas que j'vas être obligé de m'habituer à c'te sorte d'heure-là ! Ça fait combien, 17 heures ? 7 heures du soir ? Y'est juste 3 heures, j'ai quatre grandes heures à attendre... Ben non, ça fait pas 7 heures du soir... Si 12 heures c'est midi... cinq heures de plus ça fait... 5 heures ! J'ai l'impression que j'vas passer mon voyage à compter, hein ? »

Je n'ai donc vu du Havre que ses chantiers, du pont du *Liberté* et de la fenêtre de mon compartiment de train.

Au bassin Vauban, dix hommes se sont jetés sur moi pour porter ma valise. En d'autres circonstances je m'en serais fait une gloire mais là je savais qu'ils faisaient ça pour gagner un peu d'argent et ça me gênait. Je surprenais aussi dans leur regard de l'agressivité et même quelque chose qui ressemblait à du mépris, comme s'ils avaient voulu rire de moi en portant ma valise. J'essayais de leur faire comprendre que je suis un homme robuste mais ils parlaient plus fort que moi, me bousculaient, insistaient... J'ai fini par abandonner ma pauvre valise (une espèce de monstre en métal bleu) aux mains d'un petit noiraud pas très propre qui s'est presque mis à courir devant moi. Je me suis vu sillonnant la France sans vêtements de rechange parce qu'on m'avait volé ma valise et j'ai collé aux semelles de mon porteur.

La gare était tout près du bassin Vauban mais le bassin Vauban était très loin du bateau... Je n'aurais jamais pu transporter ma valise de métal sur une aussi longue distance mais le petit maigre l'a fait, lui, sans la déposer une seule fois.

Aussitôt sorti du port, le bruit de la ville est tombé sur moi et m'a comme assommé. Des gens hurlaient après des taxis, des porteurs s'engueulaient avec leurs clients, ça sentait le gaz d'échappement, des autobus passaient à toute vitesse... J'ai presque eu le vertige. Mais il fallait que je coure derrière mon porteur qui ne se tournait jamais pour vérifier si je le suivais.

Au pied des marches de pierre, une limousine blanche attendait. Je me suis dit ça y est, la Clavet-Daudun va m'envoyer des becs... mais savez-vous qui j'ai vu s'y engouffrer après m'avoir gentiment salué de la main? Mon gars de Bogota! Dans une Packard blanche, moi qui le prenais pour un tout nu comme moi! C'était peut-être une star qui voyageait incognito! Dites-moi pas que j'aurais côtoyé un grand acteur de cinéma pendant des jours sans le reconnaître! C'était peut-être Tyrone Power qui faisait semblant qu'il parlait ni anglais ni français! Ou Gary Cooper! Non, ça devait être quequ'planteur de bananes, quequ'faiseur de cigares ou quequ'SS rentrant en Europe en catimini! N'empêche qu'y'était pas mieux logé que moi!

Toujours sur les talons de mon porteur j'ai traversé une grande avenue qui s'appelle boulevard de Strasbourg. Je n'ai absolument rien compris aux feux de circulation et j'ai failli me faire écraser deux fois, tout en me faisant copieusement insulter.

Au coin du boulevard et du Cours Chevalier de la Barre, j'ai entrevu ma première vraie vision de la France : un énorme café à la marquise bien rouge où une foule paisible sirotait un breuvage. Je me suis arrêté un instant pour bien regarder. C'est ça que j'étais venu chercher. Ça m'a un peu rassuré. Et je n'ai pas beaucoup regardé autour de moi jusqu'à ce que nous arrivions à la gare de la SNCF.

J'ai longtemps cherché dans le dictionnaire le mot qui convenait pour décrire le free for all qui nous attendait à la gare. Je viens de le trouver. Pandémonium. Saviez-vous ça, vous, que Pandémonium est supposée être la capitale de l'enfer? Ça doit être peuplé rare, c'te p'tite ville-là! Mais je m'éloigne de mon sujet.

Vous êtes venue, il y a à peine dix jours, me reconduire à la gare Windsor, à Montréal, et vous vous souvenez comme on trouvait qu'il y avait du monde ; on se serait cru chez Eaton en plein mois de décembre. Ben laissez-moi vous dire que c'était le désert de Gobi à côté de la gare du Havre ! Les trains ont l'air d'être beaucoup plus importants dans la vie des Français que dans la nôtre. Une foule bruyante et pas très polie se bousculait sur les quais, des gens couraient en tous sens comme des poules avec la tête coupée, une autre voix de femme annonçait les départs et les arrivées, des coups de sifflets retentissaient à tout bout de champ... Je commençais à être pas mal énervé parce que je n'arrivais pas à comprendre le tableau des départs quand mon porteur s'est arrêté net. « Vous allez à Paris? » Je lui ai répondu avec un accent qui s'approchait le plus possible du sien : « Ceurtaineument ! » et je lui ai montré mon billet... « Ah !

monsieur voyage en première ! Monsieur est un bourgeois ! » Ça faisait drôle de me faire dire ça, chez nous chus un tout nu ! « Monsieur ne se mêle pas à la canaille ! » Si seulement il savait que c'est ma spécialité ! Il a filé tout droit vers le quai A et s'est arrêté devant le wagon de première classe, au beau milieu du train, plus chic que les autres, évidemment, et astiqué comme un sou neuf. Le porteur n'a même pas enlevé le mégot de sa bouche pour me lancer : « Cinquante francs ! » comme si ç'avait été un ordre.

Et c'est alors que j'ai réalisé que je n'avais pas d'argent français !

La misère que j'ai eue à changer mon argent canadien, vous n'avez pas idée ! Dans les kiosques de la gare on me regardait comme si je venais de l'imprimer moi-même ; à la banque on chuchotait dans les coins en montrant le portrait de George VI comme si ç'avait été un extra-terrestre. Quelqu'un est venu me demander si j'étais anglais et je lui ai montré le mot Canada, écrit en gros sur le billet de banque. Y savent-tu lire, 'coudonc ? Ils sont habitués à voir des livres anglaises à cause des Anglais qui traversent la Manche mais leur argent est différent du nôtre... Ils ont plongé dans des gros livres, ont fini pas trouver combien mon argent valait et savez-vous quoi ? J'ai fini par apprendre que je suis millionnaire ! Moi ! Les deux mille dollars que j'ai cachés un peu partout dans ma valise et sur mon beau corps d'albâtre valent un peu plus qu'un million de francs ! Ce qui veut dire que dans les films d'Andrex où toute la ville de Marseille s'entretuait pour un million de francs, ils faisaient ça pour deux petits malheureux milliers de dollars canadiens ! On pouvait bien pas les prendre au sérieux, vous et moi, avec leurs chemises noires et leurs cravates blanches ! Remarquez que deux mille piasses c'est ben de l'argent mais pas assez pour exterminer une ville au grand complet à coups de *pétards* et de poings américains !

J'ai fait changer cent dollars, ce qui m'a donné la somme astronomique de cinquante mille francs et des poussières... Je me suis soudain senti très riche et j'ai tendu cent francs au porteur qui m'avait suivi partout avec ma valise et qui commençait visiblement à faiblir, le pauvre. On est reparti à la course vers le train même si on avait une heure et demie d'avance. Le porteur suait à grosses gouttes et je pouvais entendre sa respiration de gros fumeur. Il doit tousser à fendre l'âme en se levant le matin, lui. Et les bras ont dû lui allonger de deux pouces cet après-midi !

De retour à mon compartiment j'ai trouvé Antoinette Beaugrand et sa benjamine attablées devant ce qu'elles appelaient un « petit en-cas » en faisant claquer les consonnes comme si elles avaient suçé des bonbons surs.

Je ne le dirai jamais assez que c'est du drôle de monde : après le scandale d'hier soir et mes « horrays » de tout à l'heure je me serais attendu à de l'agressivité, au moins, sinon franchement à de l'animosité de leur part, mais non, à peine si elles ont levé les yeux au ciel en me voyant monter à bord. À bord ? Ma semaine en bateau m'aurait-elle brouillé le vocabulaire ? Toujours est-il qu'elles sont assises en face de moi pendant que j'écris ces feuillets. Elles lisent avec une belle concentration, la benjamine une revue pour la jeunesse qui s'appelle *Fripounet et Marisette* et Antoinette — vous avez deviné — du divin Julien. Mais pas *Mont-Cinière. Léviathan.* Ça doit être ou bien très triste ou bien très osé parce qu'elle a les yeux bien ronds !

Notre train est des plus typiques : vieux, brinquebalant, bruyant et très drôle parce qu'on a accès au compartiment directement par les quais : on ouvre la porte, on monte deux marches, un peu comme dans un tramway, et on est tout de suite devant les bancs de vieux velours brun usés et très durs mais assez confortables. J'avais envie de faire comme les actrices françaises et d'envoyer mon mouchoir par la portière. Un monsieur très sérieux avec un uniforme et une casquette est venu poinçonner nos billets et regarder nos papiers en blaguant sur l'accent si drôle des Canadiens français. Antoinette a blanchi. Moi, j'ai rougi. J'ai eu envie de lui dire que son accent était aussi drôle pour nous mais il n'aurait peut-être pas compris. À partir de maintenant je dois accepter le fait que je suis en minorité, ici, et que c'est moi qui ai un accent. Ça va être difficile parce qu'on riait tellement, sur la rue Mont-Royal, quand on entendait quelqu'un qui avait l'accent français... Mais je parle de tout ça comme si c'était du passé, comme si vous n'existiez plus alors que c'est à vous, pour vous, que j'écris. C'est dur pour moi d'imaginer que tout continue comme avant, là-bas, pendant que je suis ici. Des fois j'ai l'impression que le monde a voyagé avec moi, comme si y'avait juste l'endroit où je suis qui existait. C'est pas de la prétention, c'est un manque d'habitude. Je suis tellement toujours avec le même monde depuis que je suis né que j'ai l'impression qu'y'existent pus depuis que je les ai quittés. Mais ce doit être la même chose pour tous ceux qui voyagent pour la première fois. Pouvez-vous vous imaginer, vous, que je suis en train, en France, entre Le Havre et Paris et que les vaches que je croise sont même pas de la même grosseur que les nôtres?

Certaines des villes que nous traversons, même certains villages, ont été touchés par la guerre. Je n'ai pas le temps de détailler ce que je vois, nous allons trop vite, mais des images de fermes détruites ou de pans de mur écroulés surgissent souvent entre deux bouquets d'arbres, juste assez longtemps pour me mettre mal à l'aise. On dirait que la bombe vient d'éclater, que la poussière a à peine eu le temps de retomber et je m'attends à tout bout de champ à voir surgir une ambulance de la Croix-Rouge. Je me penche souvent vers la fenêtre en tournant la tête pour suivre une image qui m'intéresse particulièrement et ça semble énerver Antoinette qui soupire d'exaspération. Je bouge trop à son goût. Elle a dû dire à sa fille de se tenir tranquille et c'est moi qui m'agite comme un enfant qui n'a jamais pris le train.

Des noms bizarres et même franchement drôles défilent aux marquises des petites gares que nous traversons dans un bruit assourdissant et aux passages à niveau où presque jamais personne ne nous regarde passer : Eprétot, Houquetot, Nointot, Beuzeville-la-Grande, Bolbec, Bolleville, Foucart, Yvetot, Pavilly. Les saints se font rares, par ici, c'est pas comme chez nous !

La nature, aussi, semble très différente : les feuilles ont poussé partout alors que chez nous elles sont encore toutes jeunes et toutes frêles au début de juin. Peu d'érables, peu de sapins, mais plein de platanes, taillés ou non, des chênes à profusion et de grands hêtres qui semblent fouetter le ciel à notre passage.

Les maisons, partout, dans les petites villes comme dans les villages perdus, ont le même toit d'ardoise usé par les intempéries et brûlé par le soleil. Quand l'agglomération est éloignée et que les cicatrices laissées par la guerre ne sont pas trop apparentes, c'est beau à couper le souffle. Je me sens déphasé, comme si je rêvais que j'étais dans un train en France. Une impression d'irréalité qui me dérange. Je ne sais pas si les Français sont aussi étonnés de nos toits plats et de nos forêts de sapins à moitié morts.

Les deux Beaugrand ne regardent que peu ces merveilles qui disparaissent aussi vite qu'elles sont apparues ; le paysage bucolique et le chemin vicinal ne doivent pas faire partie de leur Kulture. À moins qu'ils ne soient peints sur une toile et pas encore séchés.

On vient d'annoncer Rouen, notre premier arrêt depuis Le Havre. Je sens comme un petit creux à l'estomac (je mangerais bien deux ou trois hot dogs steamés avec des patates frites mais je pense que je devrais mettre une croix là-dessus pour un bout de temps) et je butinerais volontiers dans les cartes postales. Rouen doit bien être célèbre pour quelque chose, jamais je croirai !

Plus tard.

Je suis tellement essoufflé que j'ai le cœur dans la bouche ! Je dois être cramoisi et avoir l'air d'un homard qui essaie de sortir de son bouillon. Et j'ai chaud ! J'espère au moins que je sens pas... Y'a rien que j'haïs plus au monde que les gens qui sentent la transpiration. Mais je suis désormais seul dans mon compartiment alors ça n'a pas d'importance.

Je le savais-tu, moi, que les trains arrêtent juste deux ou trois minutes, dans les gares, en France ? Je pensais que j'en avais pour un petit quart d'heure ou une grande demi-heure ! J'ai bien entendu la même maudite voix de femme (j'vous dis qu'a' voyage vite, elle !) dire quelque chose mais dans le grincement des roues de métal j'ai rien compris, sauf le mot minutes...

J'ai même pas eu le temps de me rendre au stand à sandwich, maudit verrat !

Les gares sont drôlement faites, ici. T'as deux ou trois quais parallèles à la station mais t'as pas le droit de traverser les voies, alors t'es obligé de descendre dans un tunnel pour atteindre la gare. J'ai donc suivi les voyageurs qui débarquaient à Rouen. J'ai même aidé une petite vieille tellement courbée en deux qu'elle a jamais dû voir la couleur du ciel et qui m'a tellement remercié de porter sa valise que j'ai eu envie de la frapper. Tout ça m'a retardé, évidemment. Arrivé sur le quai principal je vois une annonce qui disait : restaurant. J'abandonne ma petite vieille qui me remercie, me félicite, me remercie, me bénit, me remercie, et je me dirige vers le restaurant en me pourléchant à l'avance les babines à l'idée de déguster mon premier sandwich au pain français. Le pain a tellement l'air important pour ce monde-là, dans les films, que je me suis toujours dit que ça doit être le boute du boute.

Je poussais la porte de fer grillagée quand j'entends la même maudite voix qui dit sur un ton neutre : « Le train à destination de Paris part sur la voie C dans trente secondes. Les voyageurs sont priés de refermer leurs portières. » Le sang m'est descendu du visage avec une telle vitesse que je pensais que mes pieds avaient enflé ! J'ai perdu de précieuses secondes à me demander si j'avais bien compris, puis j'ai entendu les portières du train claquer.

Je me suis retourné vers le train. Lucille Beaugrand me faisait de grands bobyes par la fenêtre ouverte, un sourire ironique aux lèvres. Le chef de gare a crié « En voiture ! », comme dans les vues ; le train a disparu dans la boucane et votre humble serviteur a cru son dernier moment venu. J'avais à peine quelques centaines de francs sur moi, pas un seul papier, et je voyais déjà mon petit million filant sans moi vers Paris où un quelconque nobody le trouverait et le dépenserait avec des guidounes. J'ai même entraperçu à la frange de ma conscience Antoinette Beaugrand elle-même essayant un petit tailleur tout simple et sans prix chez Balmain ou chez Dior et mon énergie m'est revenue d'un coup.

Au yable le tunnel ! Comment j'ai fait ça, je pourrais pas vous l'expliquer mais chus arrivé à côté du train juste comme il commençait à s'ébranler. (Si un train s'était adonné à passer à ce moment-là sur la voie A ou B, votre beau-frère adoré tapisserait actuellement le gravier d'une jolie couleur rosâtre.) Le chef de gare m'a fait de grands gestes en criant qu'il était trop tard mais j'ai saisi la poignée d'une portière à deux mains et j'ai tiré avec l'énergie du désespoir. Tout ça en courant, moi qui ai toujours considéré la course comme une maladie d'enfant d'âge ingrat qui a un trop-plein d'énergie à dépenser et à qui on a défendu de se masturber sous peine de devenir complètement sourd. J'ai atterri aux pieds de six personnes effrayées dont deux hurlaient à pleins poumons, me prenant probablement pour un assassin de grand chemin.

Je me suis excusé, du moins je le pense, et suis parti à la recherche de mon compartiment, chose beaucoup moins facile qu'on le croirait. Comme je vous l'ai écrit plus tôt, le compartiment de première classe se trouve au milieu du train et je ne savais pas du tout où j'avais monté. J'ai parcouru des corridors encombrés de valises, de cages à lapins et à poules et de chanceux qui mordaient dans de beaux sandwichs qui leur craquaient sous la dent. Maudite marde!

Je suis revenu à mon compartiment penaud et soufflant. Antoinette et Lucille cachaient leur joie derrière leurs lectures qu'elles tenaient beaucoup trop près de leurs yeux pour y voir quoi que ce soit. Je me suis assis, je me suis épongé et je leur ai dit, comme si de rien n'était: «J'espère que la senteur vous dérangera pas trop, j'ai chié dans mes culottes!» Deux minutes plus tard j'étais seul dans le compartiment. Antoinette doit être en train de renvoyer dans quequ'coins des toilettes de première classe ! Hé, que je m'aime, malgré tout ! J'ai étendu les pieds sur le fauteuil d'en face pour vous relater mon aventure.

Croyez-vous que tout ça est vraiment arrivé? De toute façon, c'est pas grave, d'abord que je vous ai fait sourire...

J'ai faim. J'ai soif. J'ai chaud. Et je n'ose plus sortir de mon compartiment de peur que l'irréparable ne m'arrive.

Le train a fait une longue courbe vers la droite, tout à l'heure, et j'ai entrevu la locomotive qui crachait sa boucane presque noire. Quelques voyageurs, dans le premier wagon, envoyaient la main à ceux du dernier. Je me suis mis à la fenêtre, moi aussi. J'étais exactement au centre de l'arc de cercle que formait le train. J'ai eu l'impression que nous faisions le tour d'un monde imaginaire au cœur duquel se tapit Paris, ce monstre dont je ne sais rien et dont j'ai la naïve prétention de faire la conquête.

Plus je m'approche du but, plus je me trouve niaiseux. Pourquoi Paris s'occuperait-elle de moi, elle ne se rendra probablement même pas compte de ma présence. Je peux toujours me dire que j'en tirerai ce que je pourrai mais la miette qu'elle me laissera à grignoter, je le sais bien, sera ridicule à côté du festin qu'elle réserve aux autres, les vrais, ceux qui y sont préparés, qui en sont dignes. Oui, les Beaugrand et leurs pareils. J'ai beau rire d'eux, je les envie. They belong. Pas moi.

Ça y est, mes complexes qui me reprennent.

Au lieu de savourer chaque instant qui s'écoule en en appréciant la délicieuse absurdité, je me laisse aller à la mélancolie. Encore. C'est que la peur qui me tenaille depuis que j'ai réalisé que Paris n'est plus qu'à quelques dizaines de kilomètres est incontrôlable. Tout ce que j'ai pour faire mon entrée c'est une adresse et une lettre d'introduction pour une concierge de la rue Doudeauville. Un tout petit appartement, sous-loué par personnes interposées, m'attend au cœur de Montmartre et pourtant je donnerais volontiers mon petit million pour être attablé au Palace avec mes chums de femmes, au milieu de ma célèbre imitation de Germaine Giroux dans *Madame Sans-Gêne*. Je voudrais renverser la vapeur du monde, dérégler la grande horlogerie qui nous mène toujours vers l'avenir, et revenir en arrière, d'un seul coup, pour me cacher aux tréfonds de Montréal comme un chat sous une galerie. En me jurant que je n'en ressortirai jamais plus.

Quelle pensée idiote ! Maudit gros épais ! Revenir à quoi ! Une vingtaine d'années passées accroupi aux pieds des nantis de la rue Sainte-Catherine et de ceux qui voudraient le devenir? Tout ça suivi d'une merveilleuse vieillesse végétative dans un bar de la Main à ressasser les mêmes risibles souvenirs en massacrant les éternels airs d'opérettes infantiles? Éclater en sanglots au beau milieu de *J'ai fait trois fois le tour du monde* parce que je ne serais jamais allé plus loin que les chutes du Niagara ou le rocher Percé?

Aidez-moi. S'il vous plaît !

Je viens de voir passer un énorme panneau bleu sur lequel cinq lettres blanches criaient à tue-tête : PARIS.

Le train a commencé à ralentir. Des maisons étroites, hautes et grises défilent au-dessus de nous. Une femme agite un torchon à sa fenêtre. Ma première parisienne n'aura pas été Gaby Morlay roucoulant sur les Champs-Élysées au bras de Pierre Fresnay ou Michèle Morgan promenant sa langueur le long des quais de la Seine. Je me console en me disant que cette ménagère aurait plus de chance d'être l'héroïne d'un roman de Simenon.

Nous pénétrons lentement dans un immense hangar de métal. Ça doit être la gare Saint-Lazare. Je tremble de partout. Je dois avoir l'air d'un bol de Jello trop mou.

Posez une main sur mon bras, l'autre sur mon épaule ; chuchotez-moi un mot d'encouragement et poussez, doucement mais fermement.

Merci.

Je referme ce cahier et je vous donne rendez-vous au 36, rue Doudeauville, dans le XVIIIe arrondissement. Je n'ai aucune idée où ça peut se trouver mais on m'a dit que c'était un quartier sympathique à côté de certains autres. Quand je rouvrirai ce cahier je serai installé ou complètement perdu.

Intercalaire

Schéhérazade III

« On continue-tu, ou ben donc si t'aimes mieux dormir? Le jour se lève... » Cuirette tapota son oreiller, but une gorgée de bière, se gratta le bas-ventre. « On continue... Ça fait même pas une heure que tu lis... Pis j'ai hâte de savoir c'qui va arriver à Paris! » Hosanna rechaussa ses demi-lunettes qu'il ne portait que pour lire et qui lui donnaient un air de vieille bibliothécaire, au grand amusement de Cuirette qui avait toujours eu une aversion marquée pour les bibliothèques. « J'sais pas si j'vas pouvoir me rendre jusqu'au bout, par exemple... Ça prend ben toi, ça, me demander de lire à quatre heures du matin, après une nuit dans les clubs... » « T'avais rien qu'à refuser! » « J'arais été obligé d'endurer ta lecture, à toé! J'aimais mieux me sacrifier! » Cuirette se redressa dans le lit. « Aïe, 'coudonc, me cherches-tu, toé? » Hosanna le regarda par-dessus ses lunettes. « Non, j'essaierais plutôt de te perdre, ça fait assez longtemps que j't'ai trouvé! » Ils réalisèrent tous les deux en même temps que c'était là une des boutades favorites de la duchesse, une réplique qu'elle avait lancée devant tout le monde à Samarcette, la veille d'une de leurs nombreuses ruptures, et qu'elle leur avait tellement resservie, par la suite, qu'ils la disaient tous en chœur, les derniers temps, les travestis, les waiters, les clients, en applaudissant à tout rompre, après, comme à la fin d'un morceau de bravoure, au théâtre. Hosanna rouvrit le cahier bleu en soupirant. « Retournons aux sources... Tiens, y'a une vieille lettre pliée en quatre... » Cuirette s'en empara, la tint à bout de bras. « C'est moé qui le lis, ça ! Jamais je croirai que tu me laisseras pas lire une lettre ! » Hosanna leva les yeux au ciel. « Essaye de mettre un peu plus d'âme que quand tu me lis la rubrique de Jacques Beauchamps, dans le *Journal de Montréal...* »

Lettre de la grosse femme
à son beau-frère Édouard

Montréal, le 27 mai 1947

Mon bel Édouard,

Je viens de lire dans le journal qu'on peut maintenant envoyer des lettres par avion et qu'elles ne prennent que trois ou quatre jours à se rendre à destination. J'ai pensé que ça te ferait plaisir de trouver une lettre de Montréal dans ta boîte à malle quand tu arriverais à Paris, que ça t'aiderait à surmonter ton dépaysement si jamais tu te sens dépaysé ; mais tel que je te connais, avec ta grande facilité à te sentir partout chez toi, Paris a besoin de se lever de bonne heure si elle veut t'impressionner !

L'autre jour, quand on est allés te reconduire à la gare Windsor, je n'ai pas tellement eu le temps de te parler. L'émotion, la foule, aussi, qui faisait tant de tapage, comme une volière en folie, et Albertine, surtout, avec sa crise de larmes qui ressemblait plus à de l'hystérie qu'à une peine ressentie à cause d'un départ, nous ont empêchés de nous dire ce que nous éprouvions vraiment. Te voir partir m'a bouleversée parce que j'avais l'impression de perdre un allié, un complice.

Tu me manques déjà beaucoup, même si on se voyait de moins en moins avant ton départ. Le seul fait de savoir que tu n'es pas quelque part, à Montréal, en train de te tourner en ridicule et de rire ou de faire rire tes clients ou tes amis, fait comme un trou dans ma vie. Je n'ai jamais vraiment ressenti tes absences parce qu'elles étaient ponctuées de visites éclair, de coups de téléphone inattendus, de petits mots amusants (j'avais tellement ri la fois que tu m'avais envoyé une carte postale de la rue Dorion comme si tu étais en vacances à l'autre bout du monde), mais ton absence actuelle me pèse parce que c'est la première *vraie!* Je sais que je n'aurai pas de tes nouvelles avant un bon bout de temps et je ne peux pas m'empêcher d'être inquiète. Parce que je sais aussi que cette aventure que tu as décidée si vite, sans même très bien y réfléchir, est la décision la plus importante de ta vie.

J'essaie souvent d'imaginer où tu es, ce que tu fais ou vois mais, tu me connais, j'ai beaucoup de difficulté à inventer. Je peux facilement broder autour de ce que je connais ou de ce que je lis ou vois au cinéma ; je peux m'imaginer, moi, dans des endroits de rêve ou au milieu d'aventures impossibles, mais je n'arrive pas à transporter quelqu'un que je connais dans un vrai voyage, sur un vrai bateau, avec l'océan tout autour et des millions d'étoiles qui scintillent ; j'ai tendance à voir Harry Baur, dans ton rôle, ou Albert Duquesne.

J'attends donc de tes nouvelles à la fois avec excitation et inquiétude. Oui, je suis inquiète. J'ai peur que tout n'aille pas comme tu le voudrais et que Paris soit plus difficile d'accès que tu le penses. Alors, dans les moments creux, dans les jours de découragement comme dans les heures d'exaltation, pense à moi, que nous sommes deux à voyager, que je t'ai prêté mes yeux et que je veux *tout* savoir ! Regarde, hume, touche, écoute, goûte, enregistre tout, emmagasine chaque émotion, stocke tes réflexions et tes critiques, qu'elles soient négatives ou positives ; à ton retour tu m'en feras un récit épique que nous étirerons le plus possible et que nous réinventerons quand il sera terminé.

Ici, tout stagne. Le récit que je pourrais te faire de nos aventures quotidiennes serait loin d'être épique, crois-moi. Nos deux familles s'endurent comme elles le peuvent et les étincelles que ça produit n'engendrent rien d'intéressant depuis bien longtemps. Non pas que je n'aime pas mon mari, mes enfants, ma belle-sœur et les siens, ils sont toute ma vie, mais il m'arrive de jeter sur eux un regard un peu trop froid à mon goût ; je ne comprends pas ce que ça veut dire et je ne veux pas trop y réfléchir. Ton départ, peut-être, le fait de savoir que quelqu'un de la famille s'est vraiment sorti de la rue Fabre pour partir à l'aventure, la vraie, et que ce n'est pas moi, me rend nostalgique. Pas jalouse. Nostalgique.

Cette fin de mai est pourtant splendide ; on dirait un début de septembre (tu sais combien j'aime le mois de septembre) avec l'odeur du lilas et du muguet, en plus. Dans la cour à côté, là où personne n'habite mais où Marcel passe ses journées, le lilas n'a jamais été aussi beau et le muguet a mangé toute la pelouse.

Mais la maison est tellement drabe que même les livres n'arrivent plus à me délivrer de mes moments de dépression. Le cinéma non plus. De toute façon, aller au cinéma sans toi est bien ennuyant.

Une chose, cependant, inquiétante et même épeurante, me trouble de plus en plus : Marcel. Nous en avons parlé avant que tu partes et nous avons décidé de le laisser faire à sa guise parce que de toute façon son éducation regarde sa mère plus que nous, mais le fossé entre Albertine et Marcel se creuse tellement de jour en jour que j'ai peur que ça finisse mal.

Je ne sais pas si c'est par bravade ou parce qu'il glisse lentement vers la folie, mais Marcel passe des heures installé à la table de la salle à manger à promener ses mains partout sur le bord comme s'il jouait du piano. Il prend des airs pâmés comme s'il entendait quelque chose de divin ; il éclate même parfois en sanglots en criant à son chat imaginaire que la musique est sa seule consolation. Sa mère le regarde sans rien dire mais je sens sa tension monter et je sais que le jour où elle explosera le pauvre Marcel sera bien à plaindre. Mon dernier fils, aussi, semble hypnotisé par les agissements de son cousin. Mais j'ai l'impression qu'au contraire de sa tante il *voudrait* entendre ce que joue Marcel et ça m'exaspère. J'ai essayé de lui en parler. Ça n'a pas donné grand-chose. Il m'a seulement répondu qu'il aimait regarder Marcel parce qu'il est différent.

Tu comprends, la salle à manger est au cœur de la maison, il est impossible de la contourner et tout le monde qui passe par là, Gabriel, Richard, Philippe, Albertine, Thérèse, est bouleversé par ce spectacle auquel personne ne peut rien. Ça jette dans la maison un malaise difficilement supportable et l'humeur de tout le monde s'en ressent.

Gabriel a enfin parlé de déménager. Mais avons-nous le droit d'abandonner Albertine et ses deux enfants à l'enfer qui les guette si nous les quittons? Par contre, la survie de notre nid à nous est peut-être en jeu !

Comme tu vois, la vie ici n'est pas des plus réjouissantes. Apprécie la tienne, jouis-en à fond, parce que même les pires déconvenues que tu auras à surmonter auront la grande qualité de la *nouveauté !*

Ne le répète à personne mais je crois que je serais prête à souffrir des souffrances pires que toutes celles que j'ai connues si on me disait qu'elles seront complètement différentes et *nouvelles*. Mes bobos sont toujours les mêmes et ça m'exaspère.

Salue bien la tour Eiffel de ma part. Embrasse Notre-Dame de Paris. Serre bien fort ce Montmartre que tu vas habiter et que j'imagine un peu comme

un décor de cinéma sillonné de vedettes et de figurants costumés.

Si tu rencontres Pierre Fresnay, jette-toi à ses
pieds de ma part. Et je te défends d'y toucher !

Je t'embrasse,
Ta belle-sœur affectionnée.

P.S. Si tu trouves du *Tulipe noire*, de Chénard, achè-
tes-en une bouteille, c'est sûrement moins cher
qu'ici.

La traversée de Paris

Seule consolation dans l'hystérie de mon arrivée, cette lettre de vous qui m'attendait chez la concierge et que j'ai lue assis sur ma valise de métal dans l'entrée pourtant sombre du maudit 36 de la maudite rue Doudeauville.

À ma descente du train, j'avais soif, j'avais faim... et j'avais envie. Excusez-moi de vous parler de mes besoins naturels, comme ça, mais celui-là était des plus pressants et a pris une importance que ce genre de choses-là connaît rarement chez nous.

Je me suis dit que j'irais manger un petit quelque chose avant de prendre le taxi qui me mènerait à Montmartre, et que j'en profiterais pour me soulager. Je vois un énorme restaurant, le Café de la Gare, bondé et bruyant (il était huit heures du soir), et j'entre après avoir un peu regardé le menu auquel je ne comprenais presque rien (il ne faut pas oublier que l'argent français reste pour moi un parfait mystère, même si je sais qu'il suffit de tout diviser par cinq cents).

J'avais tellement envie que je frétillais sur ma chaise. Un beau garçon en tablier blanc sexy est venu me demander ce que je désirais. Comme je voulais faire vite j'ai pris ce qu'il y avait de moins cher : une assiette anglaise. Faut venir en France, le pays de la gastronomie, pour manger une assiette anglaise comme premier repas ! En tout cas. Il me demande ce que je veux pour boire, je lui réponds un café parce que je me doute que le coke doit se faire rare dans le boute. Et là, avant qu'il parte, je me penche un peu vers lui et je murmure :

— Les toilettes, s'il vous plaît...

Il me regarde avec des yeux ronds.

— Plaît-il ?

Je crois deviner qu'il ne m'a pas compris et je répète en essayant de sonner le plus possible comme lui :

— Lé toilééétes, s'il vu plé.

Il sursaute, comme si je venais de l'insulter.

— Ah ! monsieur veut dire les v.c. ! Fallait le dire tout de suite ! C'est au sous-sol, monsieur ! Droit devant vous !

Les V.C.? Avez-vous déjà entendu ça, vous? J'espère au moins que ça veut pas dire « Va chier ! » Mais j'ai été encore plus étonné en me dirigeant vers l'escalier qui mène au sous-sol : c'est pas V.C., c'est W.C. ! (Je viens de vérifier dans mon dictionnaire... Water Closet ! Encore de l'anglais !)

Mais, comme ils disent dans les romans d'aventures, notre héros n'était pas au bout de ses peines. En bas de l'escalier en pas de vis, attendait une madame assise sur une chaise droite derrière une assiette où traînaient quequ'cennes noires... Je me suis dit que les quêteux de France sont bien chanceux de pouvoir exercer leur métier au chaud (même si c'est une chaleur un peu douteuse) et je suis entré dans les toilettes des hommes. Y'avait une série d'urinoirs presque tous occupés (les toilettes d'ici ont l'air aussi bien fréquentées que les nôtres... j'y reviendrai) et une quinzaine de cabines aux portes de bois quelque peu malmenées, comme si certains clients avaient eu à se battre pour y entrer ou en ressortir. Je pose ma valise par terre et je tire sur une porte. Là, je reste figé sur place. Le bol de toilette avait été arraché ! Y'avait juste un trou dans le plancher ! Je me dis : « Les toilettes de Paris ont l'air pas mal plus toffes que les nôtres... J'sais pas si j'vas revenir... » J'en ouvre une deuxième ; même chose. Vous me croirez pas, mais je les ai toutes passées avant de comprendre qu'elle sont faites comme ça ! Là, le cœur m'a bondi dans la poitrine. Je me voyais pogné pendant des mois à chier en petit bonhomme, moi qui ai de la misère à plier les jambes... Mais peut-être que c'est comme ça juste dans les gares... Jamais je croirai que la France au grand complet chie debout !

Que voulez-vous, faut ce qu'y faut... Je me suis déshabillé (je ne voulais pas faire dans mon pantalon ou risquer qu'y traîne là-dedans...), je me suis un peu penché en me tenant de chaque côté...

Vous vous souvenez, il y a à peine quelques semaines, quand on se racontait d'avance mon arrivée à Paris, sur le balcon de la rue Fabre, comme c'était beau, comme c'était poétique ? Il faisait soleil, les oiseaux chantaient, ça sentait bon le printemps, c'est juste si les Parisiens ne chantaient pas en chœur *Sous les ponts de Paris* en envoyant des becs comme dans les mauvaises productions du Monument National...

Good luck !

Parce que quand j'ai eu fini et que j'ai cherché le papier de toilette j'ai compris pourquoi madame Pétrie, en apprenant que je partais pour la France, m'avait dit tout bas en me tapotant le bras : «Laisse-moi te dire juste une chose, mon p'tit gars... Apporte-toi du papier de toilette parce qu'y sont pas forts là-dessus, là-bas. »

J'ai été obligé de sacrifier mon beau caleçon neuf tout blanc que j'ai payé si cher chez Morgan.

Pis c'est pas fini ! J'ai-tu pas eu le malheur de tirer sur la chaîne avant d'ôter mes pieds de sur les deux petits rectangles de porcelaine... Eh ! oui, les deux jambes mouillées jusqu'aux mollets... Une chance que je m'étais déshabillé parce que je serais sorti de là avec le pantalon crotté jusqu'aux genoux et morfondu comme un bébé de deux ans qui vient de faire dans sa culotte par erreur...

Essayez donc de mettre vos bas avec les pieds mouillés ! Pis vos souliers !

Chus sorti de là tellement en furie que j'ai pas pu m'empêcher de crier aux gars (probablement les mêmes) qui se regardaient le zizi, aux urinoirs : «Allez donc vous pogner le cul ailleurs, ça sent le yable, icitte ! » Mais y'ont dû me prendre pour un Turc ou un Yougoslave.

J'allais remonter l'escalier quand la madame assise derrière la petite table me crie : « Service ! » avec une voix tellement du nez qu'elle doit pas avoir besoin de sa bouche pour parler. Je me suis tourné vers elle et j'ai tout compris (si je comprends tout trop tard, comme ça, ça va être un joyeux voyage !) : c'est une madame que tu payes parce qu'elle guette les toilettes et qu'elle *vend du papier de toilette !* J'ai eu assez honte ! Elle a dû penser que je m'étais essuyé avec mes doigts !

Arrivé à ma table, j'ai trouvé quequ'p'tites rondelles de salami et quequ'bouts de baloney à côté d'un tas de patates naines, jaunes et huileuses. Le cœur m'a levé et je me suis dit qu'y'avait un boute à toute ! Chus sorti du restaurant sans toucher à rien et sans payer ! J'aimais mieux endurer ma faim que de manger ça !

Je me suis dirigé vers la sortie où on annonçait des taxis, furieux, humilié et flottant dans ma culotte.

Et tout d'un coup, passé une belle voûte de pierre que j'ai à peine remarquée dans ma mauvaise humeur, Paris m'a sauté à la gorge.

Paris ! enfin !

Si vous saviez !

La vie, le mouvement, la lumière, les couleurs ! Je me serais assis là pendant des heures comme si ç'avait été un spectacle ! Ma faim, ma fureur, ma fatigue, tout s'est envolé d'un coup et j'ai été obligé de me retenir pour pas me mettre à brailler comme un veau.

Les femmes, la plupart nu-tête mais quelques-unes très bien chapeautées, les voyageuses, probablement, marchaient avec une désinvolture qu'on ne voit jamais, chez nous, le sac sous le bras, souvent souriantes et, à mes yeux, en tout cas, très élégantes. Les hommes eux, aussi beaux mais nettement plus ternes, avaient des airs affairés et marchaient rapidement sous leurs chapeaux de feutre gris ou beige. Des autobus passaient à toute vitesse, des klaxons plus clairs que les nôtres rebondissaient sur les murs de pierre, le rouge des marquises des cafés et le blanc des annonces au néon resplendissaient sous un ciel d'un bleu que je n'avais jamais vu, presque blanc, transparent mais palpable et tellement présent que j'en étais étonné. La place Gabriel-Péri n'est pas si grande mais on y voyait un grand pan de ciel et ma tête était attirée vers le haut.

J'étais debout, ma valise à la main, immobile en haut des marches de pierre et je remplissais nos yeux de cette première belle vision de Paris en espérant que là-bas, au beau milieu de la nuit, parce qu'il était trois heures du matin pour vous, vous vous réveilleriez en pleurant de joie.

J'aurais voulu arrêter un de ces hommes affairés qui me croisaient, une de ces femmes pressées, et leur dire en battant des mains : « Regardez, c'est moi, chus là ! Je viens d'arriver de ben loin, de l'autre bout du monde, pis chus tellement content d'être là ! Avez-vous vu la couleur du ciel ? Avez-vous vu comme tout est beau, ici ? Comme tout va ensemble, comme dans un décor ? » Mais ils auraient probablement ri de moi : ils sont nés là-dedans ; ils ne doivent plus rien voir.

Au diable les taxis, j'ai décidé de marcher un peu, malgré ma valise de plus en plus pesante. Je devais avoir l'air spécialement niaiseux parce que y'avait du monde qui me montrait du doigt en souriant ironiquement. Ils me prenaient sûrement pour un provincial en guoguette dans la capitale. Ce que je suis, en fait. Je vous dis que la duchesse de Langeais était loin, là ! Y'avait juste le petit Édouard, les yeux ronds et le sourire bête, qui déambulait dans la rue de Rome sans vérifier le trafic, pâmé, ému, au bord de l'évanouissement. Les passants devaient penser que j'avais une vision !

Une impression d'irréalité m'a pris au beau milieu de la rue de Rome ; je me suis senti spectateur, tout d'un coup, comme au cinéma ; j'ai presque senti le pop corn et le coke. Je ne sais pas comment vous décrire ça... Ce n'est pas moi qui marchais, c'est le décor qui avançait tout seul, de chaque côté de moi, et qui disparaissait dans mon dos. J'avais l'impression que ce qui m'entourait était fragile et qu'il suffirait d'un coup de vent pour que tout se détruise et disparaisse à jamais. Je retenais mon souffle, de peur d'être la cause d'un cataclysme.

Mais, au coin de la rue de Provence, j'ai été brusquement ramené à la réalité : une madame, toute proprette, presque endimanchée, m'a tiré par la manche en me disant un : « Tu viens, mon gros loup ? » qui m'a tellement surpris que je me suis mis à marcher plus vite.

Ma première guidoune française ! Tout de suite en débarquant du train ! Ça doit être normal, autour d'une gare... Mais à tue-tête, comme ça, dans la rue... chez nous, elle se ferait lapider ! Puis je me suis rendu compte que la rue de Provence en était pleine. Accotées contre le mur ou faisant les cent pas, souvent belles, parfois très défraîchies, mais toutes à leur affaire : on m'a sifflé, envoyé des becs, apostrophé ; on m'a roucoulé dans l'oreille et passé la main dans le cou... J'étais rose de gêne et de plaisir. Un contact, enfin !

Mais au bout d'un quart d'heure, au coin de la rue de Mogador, une crampe m'a pogné dans le gras du bras droit et je me suis dit que je n'étais pas obligé de faire le tour de la ville le premier soir, la valise à la main et trop fatigué pour vraiment réaliser ce qui m'arrivait.

Le ciel avait un peu foncé mais il faisait encore très clair. J'ai vu la première étoile apparaître. Mon vœu a été tellement intense que chus sûr que les passants autour de moi l'ont entendu ! J'ai posé ma valise. De l'eau sortait d'un canal et coulait à gros bouillon. Encore une chose différente de chez nous. Les canaux marchent à l'envers.

J'étais devant un café pas trop achalandé. Je me suis installé à une petite table ronde posée directement sur le trottoir et j'ai commandé deux sandwiches, un aux rillettes (c'est leurs cretons à eux autres) et un au jambon-fromage. C'était bon en s'il vous plaît! La mie était molle, la croûte bien croustillante... J'ai mangé tellement vite que j'en étais essoufflé, après. Eh! que ça fait donc du bien de manger, des fois! Je ne sais pas si c'était une farce, mais le garçon m'a dit en revenant chercher mon assiette : « Profitez-en bien, c'est peut-être vos derniers ! » Il me prenait peut-être pour un désespéré tellement j'avais mangé vite ! J'ai bu un café qui goûtait le jus de pipe mais qui m'a repompé le système.

Quand je me suis relevé il faisait tout à fait nuit. Rien qu'à penser qu'il fallait que je soulève ma valise me donnait des frissons. J'ai cherché un taxi du regard. Il y en avait justement un qui s'en venait. J'ai levé le bras.

J'étais trop épuisé pour déguiser mon accent. Dès que j'ai ouvert la bouche, le chauffeur, un titi avec un accent parigot à faire frémir (areuh, areuh, areuh...) s'est mis à rire.

—Vous êtes canadien?

—Oui. Ça s'entend?

—Et comment ! C'est que je connais bien le Canada, vous savez ! J'ai une sœur qui est installée là-bas depuis des années. À Saint-Boniface. Vous la connaissez ?

—Je suis de Montréal, vous savez...

Il ne m'écoutait pas.

—Madame Debout. Une grande brune, un peu forte. Son mari est professeur de français, là-bas... Ça ne vous dit rien ?

—Vous savez, Saint-Boniface est presque aussi éloignée de Montréal que Paris !

Il a tellement ri, cet homme-là, que je pensais qu'on allait entrer dans l'église de la Trinité qu'on était en train de contourner.

—Ces Canadiens, tous des farceurs ! Allez-y, parlez, dites-moi quelque chose, votre accent me fait marrer !

J'avais le goût, d'abord, de faire le singe sur la banquette arrière d'un taxi, après la journée que je venais de passer ! Mais il insistait tellement que j'ai dit n'importe quoi en regardant par la fenêtre.

Chaque plaque de rue, chaque place qu'on traversait me rappelait un livre que j'avais lu, un film que nous avions vu ; j'étais ému aux larmes mais au lieu d'en profiter je faisais le mononcle comique dans un party de famille pour amuser mon chauffeur de taxi !

Je sais que j'aurais dû l'envoyer chier mais je n'en suis pas encore là.

On a monté la rue Pigalle (réalisez-vous ce que ça voulait dire pour moi ?) ; on a traversé la place Pigalle avec sa petite fontaine insignifiante, après avoir dépassé la devanture de chez Moune, le cabaret féminin le plus célèbre du monde ; j'ai aperçu le Moulin-Rouge du coin de l'œil, à ma gauche, vers la place Blanche ; on a longé le boulevard Rochechouart puis le boulevard Barbès (vous vous souvenez, le film de Marcel Carné qu'on a vu ensemble, au Saint-Denis, où on voyait la station Barbès-Rochechouart ? ben je l'ai vue en personne !). Je m'attendais à ce qu'on grimpe dans Montmartre plus que ça mais on aurait dit qu'on le contournait sans trop y toucher. De temps en temps j'apercevais le Sacré-Cœur, tout blanc, en haut de la butte, mais jamais assez longtemps pour en profiter.

Je venais de commencer une histoire cochonne à la grande joie de mon chauffeur quand on a tourné à droite dans la rue Poulet (tu parles d'un nom pour une rue !) et qu'on est passés devant une boucherie chevaline. Ils vendent du cheval, ici ! Ouvertement, en pleine rue ! Vous vous souvenez du jour où Gabriel est arrivé avec un steak de cheval caché sous son pardessus ? Il avait acheté ça d'un gars, à la taverne, qui lui avait dit que c'était plus tendre que du bœuf et personne dans la maison n'avait voulu y toucher ! Vous n'aviez même pas voulu le faire cuire, vous et Albertine ! C'est maman, en fin de compte, qui l'avait mangé toute seule en disant qu'on n'avait pas le droit de gaspiller de la belle viande de même. En voyant la tête de cheval entourée de son néon blanc, au coin de la rue Poulet et de la rue Doudeauville, je me suis mis à m'ennuyer de maman d'une façon tellement épouvantable que je n'étais plus capable de parler. J'ai arrêté au beau milieu de mon histoire. C'est la première fois que ça m'arrive depuis sa mort. J'ai réalisé que je ne reverrais plus jamais ma mère en passant devant une boucherie chevaline en plein cœur de Paris.

Je vous dis que je n'avais plus le goût de faire le mononcle comique !

Si j'ai bien calculé en descendant du taxi ça m'a coûté trois fois rien pour venir jusqu'ici. J'ai donné ce que je pensais être un gros pourboire au chauffeur qui m'a rappelé une dernière fois à quel point mon accent le faisait rire. Là, j'avais mon voyage et je lui ai répondu, bêtement :

— Si y fallait qu'on éclate de rire chaque fois qu'on entend un Français parler, chez nous, on passerait pour des hystériques !

Et c'est là que j'ai réalisé qu'il ne comprenait pas un mot de ce que je disais, qu'il riait juste aux sons que je faisais !

J'ai regardé pendant quelques minutes la maison que je vais habiter. On peut pas dire que c'est un château. Toute la rue, d'ailleurs, a un côté lépreux qui m'a déçu. Les façades sont laissées à l'abandon, grisâtres et pelées ; les volets n'ont pas été repeints depuis des générations. Y'a juste la peinture de la porte principale qui est visiblement neuve et brillante.

C'est une énorme porte que les carrosses devaient franchir, autrefois, et dans laquelle on a percé un portillon que j'ai d'ailleurs poussé en vain. C'était barré ! À dix heures et demie du soir ! Y'avait un gros bouton de sonnette, à ma droite, mais j'avais peur de réveiller quelqu'un. Mais comme de toute façon je devais voir la concierge pour lui demander la clef de l'appartement, j'ai fini par me décider. Un petit buzz électrique et la porte s'est ouverte toute seule.

Il faisait noir comme chez le loup, là-dedans. J'ai entendu une porte grincer puis une femme a crié :

— Qu'est-ce que c'est?

Je suis resté figé pendant quelques secondes et j'ai fini par murmurer :

— C'est moi, j'arrive du Canada.

Rien n'a l'air simple, ici.

La concierge, méfiante, a écouté mon histoire les sourcils froncés, une moue de doute lui déformant le bas du visage. Elle a lu ma lettre d'introduction avec circonspection, m'a détaillé des pieds à la tête comme si j'avais été une pièce de bœuf et a fini par disparaître dans sa loge qui sentait drôle (la soupe au chou ou aux poireaux) après m'avoir dit un petit « Un moment... » presque teinté de reproche.

Je ne l'avais pourtant pas réveillée, elle était tout habillée ; elle portait même une sorte de mouchoir de coton noué dans le cou, comme pour dissimuler des cheveux sales, mal coiffés ou mal teints.

Elle est revenue avec une grosse clef et une lettre. Elle m'a tendu la clef.

—Je ne monte pas avec vous, j'ai les jambes qui me tirent et de toute façon vous trouverez bien tout seul.

Puis la lettre.

—Il est arrivé ça, pour vous, hier. Ça vient du Canada. De Montréal. Une dame qui habite rue Fabre...

Pendant un moment j'ai pensé qu'elle allait me réciter votre lettre par cœur !

Trop excité pour attendre d'être rendu à mon appartement pour vous lire, je me suis assis sur ma valise et j'ai déchiré l'enveloppe. La lumière s'est éteinte presque aussitôt. La concierge a pressé le même bouton que plus tôt lorsqu'elle avait ouvert sa porte.

—Vous aurez bien de la difficulté à lire, monsieur, la minuterie s'éteint à toutes les soixante secondes.

La minuterie? Nouveau mystère. J'ai cru comprendre que c'est un système électrique qui te donne juste le temps de monter jusque chez toi et qui s'éteint automatiquement. Si t'es pogné entre deux étages, tant pis pour toi, débrouille-toi dans le noir ! Y sont donc ben cheap !

J'ai approché ma valise de métal du bouton de porcelaine jaunâtre et je vous ai lue en pesant dessus à toutes les soixante secondes.

Et tout ce temps-là la concierge est restée debout dans la porte de sa loge comme si elle avait lu votre lettre dans mes yeux.

Quand j'ai eu fini, ému, bouleversé même, j'ai serré les feuillets sur mon cœur en me retenant pour ne pas me mettre à brailler.

Elle a dû penser des choses... En tout cas ça l'a sensiblement radoucie parce qu'elle avait presque un air de compassion quand elle m'a dit :

— Vous ne pouvez pas rester ici, c'est défendu. Montez. C'est au quatrième à droite, première porte à gauche. Il y a une minuterie à chaque étage.

Votre lettre m'avait fait oublier mes déboires de la journée, je me sentais plus léger. J'ai grimpé le premier escalier d'un pas décidé mais une odeur très caractéristique et des plus désagréables a freiné mon élan quand j'ai attaqué le deuxième. Dans le coude du deuxième escalier, au-dessus d'une porte mal fermée, j'ai retrouvé les deux maudites lettres mal peintes et comme barbouillées : W.C. J'ai continué mon ascension sans respirer. Un autre cabinet se trouvait entre les deux étages suivants, mais celui-là puait sensiblement moins. Une idée épouvantable m'a traversé l'esprit quand je suis arrivé au quatrième mais je l'ai chassée tout de suite, sinon je serais redescendu aussitôt en courant.

Arrivé devant la porte de ce qui devait être mon appartement, je me suis rendu compte que la clef n'entrait même pas dans la serrure qui était beaucoup trop petite. J'ai un peu zigonné dans la serrure mais en arrivant juste à produire un grincement désagréable de métal contre métal. Puis une voix de femme, *à l'intérieur* de l'appartement, a murmuré :

—C'est toi, Maurice ?

Je suis resté interdit et silencieux.

La voix est devenue inquiète.

—Qui est là ? S'il vous plaît, répondez !

J'ai pris une grande respiration en me disant que si on m'avait loué un appartement déjà occupé, je tuerais quelqu'un, la concierge, probablement, qui s'était permis de sentir l'enveloppe de votre lettre d'un peu trop près à mon goût, et j'ai dit avec mon maudit nouvel accent que j'arrive pas encore à contrôler :

—Jeu suis bian au quatriéme étââge ?

—Mais non, madame, vous êtes au troisième ! Comptez vos escaliers ! Ou regardez à chaque étage, c'est écrit ! A-t-on idée de déranger les gens à cette heure ! Vous ne savez pas lire ? C'est un monde ! Tout de même ! Pas moyen de dormir tranquille !

J'avais justement compté trois escaliers mais je ne pouvais pas lui dire, elle n'arrêtait pas de parler. Puis je me suis rappelé que j'avais vu *rez-de-chaussée* écrit à côté de la loge de la concierge. En plus de tout le reste, j'aurai un étage supplémentaire à monter !

Nous autres, le quatrième est au quatrième, pas au cinquième ! Pourquoi se compliquer la vie avec un rez-de-chaussée ? C'est tellement plus simple de commencer à compter à un plutôt que de commencer à zéro, il me semble !

En tout cas. J'ai monté le quatrième escalier et j'ai trouvé le troisième W.C. (Le monde du rez-de-chaussée, y vont aux toilettes où? Chez la concierge? C'est pour ça qu'elle fait tant de soupe, pour que ça sente moins?)

Vous avez deviné, c'est ce qui me faisait peur: s'il fallait que je ne trouve pas de toilettes dans mon appartement, j'étais sûr de piquer une crise d'hystérie collective. Mes nombreuses personnalités se révolteraient toutes en même temps et la rue Doudeauville serait témoin de sa première émeute en langue québécoise !

La clef a facilement joué dans la serrure. J'ai trouvé le bouton électrique à droite, comme on me l'avait dit.

Surprise. C'est un très joli appartement. Une seule pièce avec deux grandes fenêtres. À un bout c'est la chambre, à l'autre bout la salle à manger prolongée d'une minuscule cuisine très sympathique agrémentée elle aussi d'une fenêtre qui doit donner sur la cour intérieure. Dans un coin, près de la table en bois, un foyer en marbre noir au-dessus duquel trône un énorme miroir moucheté mais où on peut quand même se reconnaître. Tout de suite à droite de la porte d'entrée, une gigantesque armoire de bois qui doit servir de garde-robe. Trois lampes aux abat-jour de soie rose répandent une douce lumière ambrée.

Mais pas de toilettes ni de salle de bains !

J'aurais pleuré à quatre pattes en fessant sur le plancher avec mes poings !

J'étais tellement découragé que je me suis mis à trouver laid tout ce que je venais de trouver joli. J'aurais échangé tout ce qui m'entourait contre une chambre de bonne humide et sale avec un bain et un bol de toilette !

Je suis sorti de l'appartement et j'ai jeté un coup d'œil sur la porte des W.C. entre le troisième et le quatrième étage, après avoir pesé sur la maudite minuterie, évidemment. Mais je n'ai pas osé descendre pour vérifier l'état des lieux.

J'vas-tu être obligé de chier deboute dans un coin pendant tout le temps que j'vas rester ici?

Si vous saviez comme je suis tanné de parler de ça ! Déjà ! Deux fois dans la même soirée ! Mais c'est une des fonctions les plus importantes dans la vie d'un homme et je ne comprends pas que tous les êtres humains qui habitent cette maison acceptent de sortir de chez eux, de descendre ou de monter un demi-étage sûrement glacial en hiver, étouffant en été, pour aller se soulager par-dessus les... les... affaires de leurs voisins de palier !

Même les pauvres les plus pauvres, chez nous, ont des toilettes !

Savez-vous ce que j'ai fait? J'ai couru à la cuisine pour voir si j'avais l'eau courante ! Ouf ! Mais j'ai remarqué qu'y'avait pas de glacière ! Comment j'vais garder mes œufs frais? Et mon lait? Et mon coke? Si y'en a?

Je me suis couché tellement déprimé... Mais le lit est très confortable. J'aime le traversin et les oreillers deux fois gros comme les nôtres.

Il est quatre heures du matin. J'ai la main engourdie à force d'écrire. J'arrête pendant cinq minutes, de temps en temps, et j'écoute les bruits de Paris par la fenêtre ouverte. Une femme a remonté la rue Doudeauville, tout à l'heure, et on entendait ses talons hauts claquer sur le pavé. Il faut que je m'accroche à des détails comme celui-là, sinon je vais virer crackpot d'une seconde à l'autre.

Quelle journée !

J'ai décidé d'essayer de tout oublier pour quelques heures, de dormir le plus longtemps possible, de reprendre des forces avant d'attaquer de front ma vraie vie quotidienne à Paris.

J'ai peur de faire le bilan de cette journée. Les beaux moments ont été très exaltants mais les mauvaises surprises, trop nombreuses et trop importantes pour que je les rejette d'un revers de la main, minent mon enthousiasme.

Je ne veux pas que ce voyage soit gâté par des problèmes d'ordre physiologique ! Mais, maudite marde, comment j'vas faire !

Je sais que je ne dois pas m'attendre à trouver ici la même chose que chez nous, je me le suis répété toute la semaine, à bord du *Liberté*, mais le dépaysement, s'il est trop grand, ne risque-t-il pas de noyer tout le reste ?

On verra.

Le ciel commence à pâlir.

Et j'ai déjà faim !

Je me suis réveillé avec une envie de bacon et une envie, point. J'ai laissé la première de côté pour me concentrer sur la deuxième, beaucoup plus urgente. Je me suis enveloppé dans ma belle robe de chambre en soie fleurie vert d'eau longue jusqu'à terre ; j'ai entrouvert la porte de l'appartement en risquant un œil timide avant de m'aventurer dehors.

Personne.

Ça sentait le bon café. C'était réconfortant.

Juste au moment où j'allais refermer la porte derrière moi, j'ai pensé à la clef. M'auriez-vous vu, pogné dans l'escalier, déguisé en Ginette Leclerc avant son premier maquillage de la journée ?

Je vais vous épargner ma visite au petit coin (je viens de comprendre l'origine de cette expression : un coin et *très* petit), laissez-moi juste vous dire que se torcher avec des papiers journaux découpés en petits morceaux et plantés sur un clou rouillé n'est pas la chose la plus agréable au monde ni la plus hygiénique. Je suis convaincu que se beurrer le troufignon avec de la rouille ça doit finir par donner des maladies. Et une vilaine couleur.

Et la senteur ! Une porcherie en pleine canicule. Quant à la saleté, disons qu'elle se tient discrète, la lumière étant à peu près inexistante, heureusement, dans ce coin d'escalier humide et lépreux. Mais deviner la saleté est peut-être pire que la voir, surtout quand on a de l'imagination comme votre humble serviteur.

Quand même soulagé (je vous *jure* que c'est la dernière fois que je vous parle de ça), je suis rentré

chez moi, la soie un peu fripée et le cœur franchement tordu.

Mais en ouvrant la porte j'ai été étonné par la
lumière que je n'avais pas remarquée, en me ré-
veillant, trop accaparé que j'étais par mes deux
envies. L'appartement donnant plein sud, le soleil,
déjà haut, entrait à flots par les deux fenêtres que
j'avais laissées ouvertes toute la nuit. Ça donnait à
mon nouveau home un petit air gai qui me fit du
bien après les horreurs du corridor. Un brouhaha
s'élevait de la rue que je n'avais pas remarqué plus
tôt, non plus. Je me suis approché de la fenêtre en
replaçant ma robe de chambre.

Des gens couraient en tous sens, s'engueulaient
en faisant la queue à la porte des magasins (la
guerre est pourtant finie depuis deux ans!), des
hommes couraient, affolés, juraient des jurons d'ici
qui sortent plus des bécosses que des églises; des
femmes pleuraient, des enfants, sur le chemin de
l'école, étaient bousculés. Je me suis dit que les
Parisiens ont le réveil plutôt agité et, avant d'entrer
m'habiller, j'ai levé la tête vers la droite.

Beauté !

Penché comme ça, par-dessus la rambarde de fer
forgé toute rouillée, juste avant de sacrer le camp
en bas des cinq étages (quatre, pour les Français),
je pouvais apercevoir le campanile du Sacré-Cœur
de Montmartre, longue aiguille blanche, presque
obscène, se découpant avec une étonnante préci-
sion sur le bleu très franc du ciel. J'ai eu un coup au

cœur et j'ai pleinement réalisé, peut-être pour la première fois, que j'étais à Paris.

En quelques secondes tous mes projets de voyage, mes démarches pour les réaliser, ma traversée sur le *Liberté*, mon arrivée ici, me sont passés par la tête et j'ai eu comme un vertige. Plié comme je l'étais, au-dessus de la rue, à une hauteur étonnante pour un Montréalais habitué à des maisons de deux ou trois étages, j'avais l'impression de rêver à quelque chose de tellement beau que ça en prenait des allures de danger. Je savais que je n'allais pas me réveiller dans mon lit de la rue Dorion, que j'étais vraiment là, dangereusement suspendu au-dessus d'une rue de Montmartre, mais j'étais incapable d'y croire ! Comme chaque fois que je ressens le moindre malaise (les enseignements de ma mère, vous le savez parce que vous avez marié un de ses fils, sont indélébiles), j'ai pris de longues respirations en fermant les yeux. Mes oreilles bourdonnaient. J'avais un peu d'eau dans les yeux.

Mais c'est le gargouillement de mes entrailles qui m'a tout à fait ramené à la réalité. Je n'avais pas mangé depuis plus de douze heures, record absolu dans ma pas si courte existence.

Avant de refermer la fenêtre, curiosité oblige, j'ai reluqué les maisons, en face, pour voir si je ne surprendrais pas quelque beau Français en petite tenue au beau milieu de sa gymnastique du matin en chantant le dernier succès de Jean Sablon.

Un décor, encore une fois. Mais vieux, délabré, pelé. Nettoyées, les façades pourraient être très belles, je pense, impressionnantes même, avec ce mariage de pierre taillée et de ciment. Mais tout est gris sale avec des coulisses de suie et même sous le franc soleil c'est déprimant. Le contraste était vraiment trop grand entre la vie de la rue et la désolation qui régnait au-dessus.

Mais Paris est une vieille ville, alors que nous, en Amérique du Nord, on n'a pas encore eu le temps de se salir !

Mon envie de bacon devenant de plus en plus pressante, je me suis habillé en vitesse (petit pétalon sexy — j'espère — et chemisette de coton), j'ai pris ma clef et j'ai foncé dans l'escalier, détournant les yeux quand j'arrivais dans les coins suspects.

La concierge lavait à grande eau les pierres plates de l'entrée. Ça sentait l'abus de désinfectant, le camouflage de senteurs pas tout à fait réussi. Elle a relevé une mèche rebelle avant de me lancer :

—Alors, notre Canadien a passé une bonne nuit?

J'ai mis ma bouche en trou de cul de poule pour y répondre :

—Feurmidable !

Et là j'ai eu l'air d'un vrai fou.

Je sais que ça m'arrivera souvent dans les semaines qui viennent mais j'espère que la honte, à l'usure, se fera moins cuisante.

Je tire sur la porte d'entrée de l'immeuble, pas moyen de l'ouvrir. En faisant semblant de rien je regarde s'il n'y a pas une clef dans la serrure. Rien. Je retire. Toujours rien. J'étais au bord de sortir la clef de mon appartement pour l'essayer dans la serrure quand j'ai entendu un petit rire derrière moi. La concierge s'approche, me montre une sonnette exactement semblable à celle qui se trouve dans la rue, et me dit sur un petit ton de supériorité tout à fait humiliant :

—Il faut appuyer là, monsieur ! Vous n'avez pas de portes, dans votre pays ?

J'ai eu envie d'y crier : « Aïe, on sonne quand on arrive chez le monde, chez nous, pas quand on s'en va ! » Mais je me suis retenu : sont chez eux, y'ont le droit de faire ce qu'y veulent.

Mais a-t-on idée ? Chez nous, sur la rue Fabre, si y fallait peser sur une sonnette chaque fois que quelqu'un sort de la maison, on serait tous sourds depuis longtemps ! Albertine serait attachée dans une camisole de force sur son lit et ses deux enfants cloués au mur à coups de poignard !

Autre pays, autres mœurs. On avait lu ça, quelque part, et ça nous avait frappés, vous vous souvenez ? Mais je ne savais pas que ce serait autres mœurs jusque dans la façon d'ouvrir et de fermer les portes !

J'ai eu l'impression d'entrer dans une parade sans queue ni tête. Des groupes de personnes passaient en gesticulant, compacts et sérieux, la tête baissée, parfois, comme devant un reposoir ou au contraire juchés sur leurs jarrets et caquetant comme des poulaillers affamés. J'entendais des bouts de conversation, des mots par-ci par-là et je me suis rendu compte que tout le monde parlait de la même chose mais sans arriver à comprendre ce que c'était. Une vieille madame toute courbée qui marchait à l'aide d'une canne a regardé dans ma direction en disant : « C'est un monde ! » pendant qu'un monsieur, tout raide dans son habit gris, lui répondait même si ce n'était pas à lui qu'elle s'était adressée : « C'est inacceptable, madame, inacceptable ! »

Je me suis dit : « Ça y est, je suis tombé en pleine émeute, ou ben donc la troisième guerre mondiale vient d'éclater pour fêter mon arrivée à Paris ! »

Exactement en face de l'immeuble que je venais de quitter il y avait une sorte d'épicerie du coin, avec quelques caisses de patates posées sur le pas de la porte, des sacs d'oignons et d'autres légumes que je ne connaissais pas entassés en pyramides. En plein ce que je cherchais ; je trouverais sûrement là de quoi me composer le petit-déjeuner de ma vie.

J'ai traversé la rue Doudeauville en louvoyant entre les Parisiens rendus fous par un mal mystérieux et je me suis mis à la fin de la queue composée presque exclusivement de ménagères munies de filets de corde qu'elles tenaient serrés contre elles.

La dame devant moi, une vénérable boulotte, droite et corsetée, m'a aussitôt apostrophé :

— On se croirait il y a trois ou quatre ans, c'est inconcevable ! J'ai assez fait la queue, moi, monsieur, je me suis assez privée, je n'ai pas l'intention de recommencer ! J'ai tous les tickets qu'il me faut et je les ferai respecter !

Elle aurait parlé serbo-croate que je n'aurais pas moins compris. Elle devait attendre quelque acquiescement de ma part ou quelque agressive protestation parce qu'elle s'est penchée vers moi avec des yeux ronds, très noirs, interrogateurs. Elle sentait drôle. Un mélange de parfum puissant et de transpiration. Je me suis contenté de sourire et elle a dû me prendre pour un niaiseux ou un étranger qui ne parlait pas français, parce qu'elle s'est détournée en haussant les épaules et en murmurant entre ses dents : « Je vous jure, on ne sait pas toujours à qui on s'adresse, hein... »

Le va-et-vient continuait. Quelques personnes se hâtaient avec un bout de pain sous le bras, comme au cinéma, et je les regardais avec attendrissement.

Un homme à peu près de mon âge est passé près de nous en lançant à la femme qui venait de me parler : « J'en ai eu ! J'en ai eu ! » Il brandissait devant lui un pain maigrichon et tout brûlé.

Ça m'a mis encore plus mal à l'aise. J'aime bien le pain mais je vire pas fou quand j'en achète un ! Quelque chose me chicotait, comme si j'étais au bord de comprendre une évidence à laquelle je ne voulais pas faire face. J'ai regardé dans la direction de la rue Ernestine. (Croiriez-vous que la rue suivante s'appelle Léon ?) La queue était beaucoup plus longue devant la boulangerie au coin de la rue, et surtout, plus agitée. Quelque chose n'allait pas avec le pain...

Je me suis dit qu'au lieu d'aller m'acheter du pain frais, je prendrais à l'épicerie du pain tranché pour me faire des toasts. De toute façon, j'avais trop faim pour faire la queue une deuxième fois.

Je me voyais déjà devant quatre belles toasts dorées, deux œufs au miroir et du bon bacon croustillant...

L'épicerie sentait très bon. Un mélange de pâtés (y'en avait trois ou quatre, luisants, dodus, dans des plats de porcelaine, qui me faisaient saliver), de savon bon marché à la lavande, d'épices, de café moulu...

Après s'être une dernière fois insurgée contre la situation qu'elle qualifiait maintenant d'intenable, la dame devant moi a acheté une boîte de biscuits secs et une bouteille d'eau. Je me suis dit qu'elle devait avoir le party chenu et ça m'a fait rire. Elle m'a jeté un regard encore plus noir. « Il n'y a pourtant pas de quoi rire par les temps qui courent, monsieur ! » Elle a payé avec des pièces de monnaie tout usées auxquelles je ne comprenais évidemment rien et l'épicier, un noiraud sûrement pas parisien parce qu'il avait un drôle d'accent, m'a regardé comme si je le dérangeais.

—Monsieur?

—Je voudré une duzaine d'œufs, s'il vu plé.

—Je ne fais pas les œufs.

Je n'ai pas osé lui dire que je ne lui demandais pas de les faire mais de juste les vendre, j'avais trop peur qu'il me morde !

—Une pinte de lé, alors...

—Une quoi?

—Du lé.

—Pour le lait, il faut aller à la crémerie.

Je suis resté saisi pendant une seconde à peine mais ça a quand même indisposé mon Ti-Noir (j'ai décidé de l'appeler comme ça, maintenant, parce que tout, chez lui, est noir : les cheveux, les yeux, la moustache et même un peu la peau) qui m'a lancé :

—Et alors, ensuite?

—Du beurre?

—Mais je viens de vous dire d'aller à la crémerie, monsieur ! Bon, écoutez, je n'ai pas de temps à perdre, circulez... Suivant !

Paniqué, j'ai regardé autour de moi.

Le plat de rillettes trônait à côté de la caisse, avec un prix au kilo piqué dedans. Je me disais que ça servait à rien de demander du bacon parce que j'en voyais pas. Mieux valait demander quelque chose que j'étais sûr qu'il avait. J'ai un peu bousculé la dame qui me suivait, heureusement à la recherche de sa liste d'épicerie.

—Alors, dé rillettes.

Ti-Noir m'a regardé avec un air vraiment méchant.

—Combien, de rillettes...

Mon Dieu ! j'avais pas pensé à ça !

—Un kilo !

—Vous plaisantez ! Un kilo de rillettes !

J'ai pensé que c'était pas suffisant.

—Alors, mettez-m'en deux kilos !

Quand je l'ai vu découper un bloc de rillettes suffisant pour nourrir deux armées de soldats affamés depuis deux ans, le cœur m'a viré. J'avais l'estomac barbouillé rien qu'à l'idée de voir ce gros tas de graisse-là sécher sur ma petite table. Puis j'ai pensé que j'avais même pas de glacière et je me suis mis à frissonner.

Mais quand j'ai demandé du pain tranché, là, j'ai pensé que Ti-Noir allait me tuer :

— Alors là, écoutez, ça suffit ! Je n'ai vraiment pas le temps de plaisanter ce matin ! Le pain, c'est à la boulangerie, les produits laitiers à la crémerie et les fous à l'asile ! D'où sortez-vous ? Un peu plus et vous me demandiez de la viande !

Je vous dis que j'ai été soulagé de ne pas avoir parlé de bacon ! Mais au fait, des rillettes, c'est de la viande ! Allez donc comprendre quelque chose...

Je suis sorti de là avec mon bloc de rillettes, un paquet de biscuits secs et une bouteille d'eau. J'avais pas pris de chance, j'avais pris la même chose que la boulotte insurgée.

À la crémerie, ça sentait tellement fort que j'ai passé tout droit. Pourtant, il me faut mon verre de lait tous les jours et mon bout de fromage avant de me coucher... J'ose même pas me demander si y connaissent le cheddar. Et je me vois mal entrer dans ce magasin-là qui sent le vieux lait caillé qu'on a oublié toute une nuit du mois de juillet sur la table de la cuisine...

Je suis arrivé à la boulangerie bien découragé. Tout ce qui me tenait encore debout c'était l'idée de goûter enfin au divin pain français tout frais, tout lourd, dont j'entends parler depuis toujours et auquel j'ai à peine eu droit hier soir.

Mais une longue affiche dans la vitrine de la boulangerie, que j'ai en masse eu le temps de lire en faisant la queue, m'a presque jeté par terre. Trop, c'est trop !

GRÈVE DES BOULANGERS.

La ration de pain a été réduite, pour les journées du deux et trois juin, à 150 grammes dans la Seine et en Seine-et-Oise.

Elle sera acquise par la remise obligatoire des tickets « M » ni barrés ni encerclés pour les cartes « M » ; des tickets « J » barrés pour les cartes « J3 » ; des tickets « D » barrés pour les cartes « J2 » ; des tickets « G » non cerclés pour les cartes « J1 ».

Les travailleurs de force percevront en outre 75 grammes moyennant la remise d'un ticket « M » barré des cartes « M ».

Aucun changement n'est apporté à la ration « E ».

Du chinois pur et simple !

Je vous ai découpé cet article, qui dit en gros la même chose que l'affiche, dans un journal que j'ai acheté avant de remonter.

J'étais tellement déprimé que j'ai été obligé de m'appuyer contre la vitrine. Je me suis rendu compte que tous les gens qui faisaient la queue comme moi avaient à la main une espèce de livret de coupons de couleurs différentes, un peu comme les coupons de rationnement, chez nous, pendant la guerre.

Pas de pain, pas de beurre, pas de lait, pas de bacon.

Avez-vous déjà mangé des rillettes avec des biscuits secs et de l'eau minérale en vous levant le matin, vous? J'ai tellement pleuré que j'étais à bout quand j'ai eu fini. Moi qui suis venu ici, entre autres choses, pour bien manger !

Mais que c'est que je vais faire?

En tout cas, laissez-moi vous dire que les rillettes ont abouti dans le coin de l'escalier, entre le quatrième et le cinquième étage !

Je me sens comme une vieille guidoune qui vient de perdre sa dernière illusion. Vidé. À sec. Resté. Pour si peu, au fond. D'où vient donc ce manque de courage chronique qu'on retrouve chez presque tous les membres de notre famille? Seule Thérèse semble vouloir foncer, dans la vie ; et encore, dans la mauvaise direction. Au moindre revers on abandonne tout pour se jeter dans des lamentations sans fin, forçant par tous les moyens la pitié des autres en nous épluchant le cœur en public.

Mais du public, je n'en ai pas, ici. Pour la première fois de ma vie je ne peux pas faire mon numéro et vous ne pouvez pas savoir à quel point ça me frustre.

Chez nous, j'arriverais à rire de ce qui vient de se produire parce que quelqu'un me trouverait drôle pendant que je le raconte, que je le mime, que je l'exagère ! Ici, je ne peux rien charrier, je suis seul devant un monde dont je ne comprends même pas les mécanismes les plus simples et où tout m'apparaît hostile. Je n'ai fait qu'une courte sortie et pourtant je voudrais pouvoir me dire que je ne reverrai jamais cet épicier si peu aimable, ce va-et-vient trop hystérique pour cette heure matinale, ces gens qui font la queue à trois ou quatre magasins différents chaque matin pour arriver à se composer un petit déjeuner, cette affiche, surtout, qui m'a scié les jambes dans sa totale absurdité.

Il me semble que je devrais pourtant passer outre à ces considérations insignifiantes de train-train quotidien (je mangerai au restaurant, c'est tout) mais je n'y arrive pas. C'est comme une barrière, un empêchement majeur à ce que je suis venu vivre ici. J'ai juste le goût de m'enfermer dans mon appartement sans salle de bains et de mourir de découragement ! J'ai pourtant vécu des moments infiniment plus difficiles que celui-là et rencontré des êtres humains plus bêtes que ceux que j'ai à peine croisés ce matin ! Je me dis que je n'ai quand même pas traversé l'océan Atlantique pour venir crever de honte après mon premier désappointement, jamais je croirai !

Pourtant, si j'avais l'horaire des trains pour Le Havre, je suis certain que je prendrais le premier qui part cet après-midi et que demain matin je me retrouverais sur le *Liberté* ou tout autre coucou en partance pour l'Amérique.

C'est que, voyez-vous, les raisons pourquoi je suis venu jusqu'ici n'ont tellement rien à voir avec ce qui m'arrive depuis ma descente du train, hier soir. Et je n'ai pas la patience d'attendre que tout rentre dans l'ordre ou se mette en place.

D'un côté, il y a les romans et les films qui m'ont donné du petit monde de Paris une image tellement idéalisée que je n'avais jamais réalisé que ces gens-là ont une vie quotidienne comme nous mais si différente qu'elle me semblerait au premier abord incompréhensible et absurde. Je suis venu évoluer dans un décor sans penser que derrière ce décor les êtres humains continuent à fonctionner et font des choses qu'on ne retrouve jamais au cinéma ou dans les romans. Je savais tout ça, je suis un homme intelligent, mais je ne l'avais jamais réalisé ! Ou alors j'ai trop peu lu. Ou pas assez bien regardé les films. Ou rien compris du tout.

Les Français, au cinéma, m'ont toujours semblé sympathiques, ou cultivés, ou amusants. Râleurs, oui, mais avec une pointe d'humour au coin des lèvres. Ce que j'aimais, c'était de me retrouver moi-même en eux alors que nous sommes si différents. Mais ce que j'ai trouvé ce matin, c'est du monde de mauvaise humeur, au lever, avec d'excellentes raisons de l'être et sans pointe d'humour au coin des lèvres parce que c'est la vraie vie et que quand ils quitteront mon champ de vision ils n'iront pas retoucher leur maquillage en attendant le plan suivant.

J'avais rêvé d'être reçu sur la rue Doudeauville à bras ouverts, par des personnages signés Simenon, quelle naïveté! Ça m'a pris vingt ans pour me ramasser une gang, sur la rue Mont-Royal, et j'imaginais en trouver une toute faite, ici, sans avoir à chercher, comme si on m'avait attendu comme un bon Dieu! La rue Doudeauville ne m'attendait pas pantoute! Elle a autre chose à faire! Je ne l'intéresse même pas! Aïe, a' s'en sacre-tu, rien qu'un peu, du petit vendeur de chaussures de Montréal, qui vient faire son smatte dans les vieux pays parce que sa mère lui a laissé quequ'piasses en héritage!

Je pense, et j'en ai honte, qu'au fond je croyais que la rue Doudeauville s'adapterait à moi alors que je suis moins que rien, ici, et que c'est moi qui devrai, si je reste, bien sûr, me plier à la moindre absurdité, au plus petit non-sens de cette vie que j'étais venu épier en visiteur mais que je devrai subir parce que j'aurai à la vivre. J'écris tout ça et pourtant, aussitôt que je me retrouve en présence d'un Français, mon accent change. Changer mon accent, oui, mais changer ma façon de vivre au grand complet...

Et, après tout, comment prendre au sérieux un quartier où les rues s'appellent Ernestine et Léon? (Je viens enfin de me faire sourire; tout n'est pas perdu.)

Quant à l'autre aspect de mon voyage; quant à ma vraie quête... Je vous en ai peu parlé, jusqu'ici, parce que, encore maintenant, tout ça n'est pas très clair dans ma tête. Et à bien y penser, ce voyage prend plus figure de fugue que de quête...

Je sais ce que j'ai fui: l'étouffement d'une ville ignorante où tout est sujet à scandale; l'ennui qu'elle distille au jour le jour et qui finit par rendre fous de rage même les gros doux comme moi; l'inévitable promiscuité des parias trop pareils qui se retrouvent trop ensemble et qui finissent par se haïr à force de trop s'influencer. Mais ce que je suis venu chercher ici reste encore très nébuleux. J'ai quitté Montréal en hurlant que je reviendrais femme du monde jusqu'au trognon; j'ai expliqué à Samarcette qui me regardait avec des yeux incrédules que je venais à Paris mériter une fois pour toutes mon titre de duchesse de Langeais qui, en fin de compte, n'intéresse que moi et que j'aurais très bien pu m'attribuer sans traverser l'Atlantique parce que, de toute façon, il n'y a que vous et moi qui sachions qui était Antoinette de Navarreins, duchesse de Langeais et carmélite déchaussée; à vous, j'ai longuement parlé de ma frustration de ne pouvoir monter sur une scène parce que je n'ai pas de talent et de mon grand désir d'avoir du talent dans la vie, de devenir une star du quotidien, une folie ambulante, plutôt que de rester un bouffon de basse-cour. C'étaient là des paroles qui me grisaient, que je finissais par croire à force de les répéter mais dont je ne saisissais pas vraiment la portée. Et cet héritage de maman m'est tombé dessus comme une justification, comme si, du fond de sa tombe, elle me poussait à réaliser cette absurdité de rêve qui, sans elle, serait resté inaccessible. J'ai donc eu les moyens de partir avant de comprendre pourquoi je partais.

J'aimerais bien, maintenant, considérer cette fugue comme un voyage de plaisir, des vacances bien méritées mais, justement, je ne les ai pas méritées, je n'ai jamais rien fait de ma vie, et j'y trouve bien peu de plaisir parce que tout me fait peur ! Pourquoi venir si loin quand on y est si peu préparé ?

Je viens de penser à Antoinette Beaugrand et à sa benjamine. Sont-elles, comme moi, étendues dans leur chambre d'hôtel à déprimer parce qu'elles ont senti que Paris leur était hostile ? Sûrement pas ! Elles doivent se promener au bord de la Seine en se pâmant sur les péniches et les beaux ponts, ou écornifler rue Saint-Honoré tout en faisant semblant qu'elles y sont nées, ou visiter Notre-Dame de Paris en toute quiétude parce que leur éducation les y a préparées, calvaire ! Et qu'elles ne sont certainement pas allées se fourrer au fond du XVIIIe arrondissement dans un appartement sans salle de bains ni glacière ! Elles sont peut-être même déjà accrochées aux basques de

Julien Green alors que j'en suis encore à me demander comment on fait pour ouvrir les portes ! Je suis parti sur un coup de tête, sans réfléchir, alors qu'elles l'ont fait le plus simplement du monde parce que ça leur était dû ! Une raison de plus d'être enragé d'être un trou de cul !

J'ai un poids sur le cœur qui m'empêche de respirer. Je sens que cette ville est trop grosse pour moi, que je n'arriverai jamais à la dompter. Ça aussi ça m'enrage ! Parce que c'est une défaite de plus. La plus cuisante, la plus honteuse des défaites ! Je parle de cette ville comme si elle m'avait fait souffrir pendant des années alors que j'ai à peine traversé une rue bouleversée par une grève des boulangers ! Si j'ai réussi à me tailler une petite place sur le *Liberté*, pourquoi est-ce que je m'en sens incapable ici? Parce que le *Liberté* était un monde fermé, inoffensif, irréel, alors qu'ici les cages sont ouvertes et les canons pointés?

Maman avait raison : on manque d'envergure dans la famille. Et notre insignifiance congénitale finira par nous achever.

C'est la faim qui m'a sorti de mon trou. Comme un rat. Mais, et ça va vous étonner, un rat de bonne humeur !

Je m'étais endormi, épuisé par les larmes et le découragement, en travers du couvre-lit en soie bleue à fleurs jaunes et roses usé jusqu'à la corde par des générations de fessiers pressés d'aller travailler ou épuisés par la besogne.

Je n'ai pas tout de suite su où j'étais. La lumière est tellement plus présente ici, jouqué comme je le suis, qu'au rez-de-chaussée (tiens, je m'en sers, moi aussi, de cette expression-là, après tout) de la rue Dorion où un rayon de soleil passe facilement pour une curiosité. Je savais que je connaissais cet endroit mais je n'arrivais pas à mettre un nom dessus. Je regardais la grosse armoire, la table, les chaises, le foyer, et je me disais : «Quand j'vas trouver où c'est, tout ça, j'sais pas si j'vas être déçu ou content... » J'ai été surtout soulagé parce que ç'aurait pu être pire. J'ai regardé ma montre. Six heures moins vingt. J'ai pensé qu'il faisait clair bien de bonne heure, ici, puis, les rillettes me remontant à la gorge, j'ai réalisé que c'était le soir. J'avais dormi tout l'après-midi. Et j'avais faim. Plus que jamais. Mon dernier vrai repas remontait à la veille, sur le *Liberté*, alors que j'avais englouti une double portion d'œufs Bénédictine à toute vitesse parce qu'on venait d'annoncer que la France s'approchait enfin au cœur de la brume qui se levait.

J'aurais bien pris un bon bain.

Good luck !

Étonnamment résigné (déjà?) je me suis rendu à la cuisine. Je voulais me faire chauffer un peu d'eau pour me laver paroisse par paroisse avec une débarbouillette trouvée dans l'armoire. Le petit poêle à gaz ne fonctionnait pas ! Frotte une allumette, tourne la clef ; rien. Refrotte une allumette, retourne la clef... Là, j'ai eu envie d'ouvrir la fenêtre, de tout lancer ce qu'il y avait dans l'appartement dans la cour intérieure et de me jeter là-dessus en offrande aux dieux de la bêtise humaine. J'ai effectivement ouvert la fenêtre pour respirer un peu d'air avant d'exploser.

Savez-vous quoi? Partout dans la cour intérieure, à toutes les fenêtres de cuisine, pendaient des sacs, des boîtes, des filets où mes voisins gardent leur denrées périssables. Sans glacière, mais ingénieux ces Parisiens! J'ai vu des œufs, des bouteilles de lait, du fromage, des bouts de viandes enveloppés dans du papier ciré... Ingénieux, oui, mais watch out la senteur à la mi-août, par exemple!

Le soleil tapait encore sur les toits qui prenaient une belle teinte entre l'or et l'ocre. La cour intérieure, plongée dans la pénombre, déjà, en devenait presque bleue. Ça sentait les oignons frits et la viande qui mijote. Par les fenêtres ouvertes je devinais des bouts de salons, des coins de cuisines, des coudes d'escaliers. Des fleurs en pots poussaient un peu partout. Quelque part, une radio était allumée. Lucienne Boyer chantait.

Une boule de chaleur m'est montée du creux de l'estomac, plus forte que la faim, envahissante au point de me donner la chair de poule. J'ai été obligé de m'appuyer à la rambarde de fer forgé. Un moment d'insupportable bonheur m'a plié en deux. Je ne sais pas pourquoi j'ai été si heureux alors que tout allait si mal ; l'étrangeté de ce que je voyais, peut-être, moi qui de ma fenêtre de la rue Dorion donnant directement sur le trottoir ai une vue imprenable sur les voitures qui passent et mes voisins, de l'autre côté de la rue, qui rient de moi à longueur de jour ; ou alors la trop grande ressemblance de cette vision avec l'idée que je me faisais de Paris avant de venir ici : le folklore rassure toujours un peu ; toujours est-il que je me suis surpris à chantonner avec Lucienne Boyer malgré la faim qui me tenaillait et la senteur un peu suspecte que je commençais à dégager. (Vous savez comment on est fait, nous autres : la propreté l'emporte sur tout ! Maman disait toujours : « On n'est pas riches, mais on est propres ! » Je crois même vous l'avoir entendu dire, vous aussi... Il fallait donc, avant tout et à tout prix, que je me lave...)

En me retournant pour me faire couler un grand verre d'eau j'ai tout de suite aperçu la clef du gaz, dans le coin de la cuisine, au-dessus du poêle. Et en une seconde j'ai compris que j'allais arriver à dompter cet appartement, à le mettre à ma main, à maîtriser ses inconvénients : il suffisait de bien comprendre et de régler chaque détail l'un après l'autre plutôt que de m'affoler sur l'ensemble qui, bien sûr, m'apparaissait impossible à surmonter.

Cinq minutes plus tard l'eau bouillait et votre beau-frère adoré, pour la première fois de sa vie, se déshabillait tout nu au beau milieu d'une cuisine. Jamais douche ou bain ne m'a fait autant de bien. Ça m'a pris dix fois plus de temps que chez nous mais, justement, du temps, j'en ai à revendre ! De quel droit je me plaindrais, me disais-je, moi qui, au lieu d'être pogné pour aller vendre des chaussures dans un magasin pseudo chic de la rue Sainte-

Catherine, n'avais rien d'autre à faire, avant d'aller m'empiffrer comme un cochon, que de me laver les parties *en plein cœur de Paris !*

Quand j'ai eu fini mes ablutions y'avait de l'eau partout dans la cuisine et savez-vous quoi? Je m'en sacrais ! J'ai tout laissé sécher ça en me disant que les autres Parisiens devaient faire pareil. Je me suis mis une goutte d'affriolant parfum derrière l'oreille, j'ai jeté un dernier coup d'œil sur les toits de plus en plus changés, j'ai fermé la fenêtre de la cuisine et je suis allé ouvrir ma valise.

Je suis tout fin prêt à sortir, beau comme un cœur ; je me sens comme un jeune marié. À nous deux, Paris ! Ou, plutôt, à nous trois puisque je vous entraîne avec moi.

J'ai sauté sur le premier restaurant que j'ai rencontré, tout de suite à gauche en sortant de l'immeuble. Le manger arabe, je ne connais pas ça, mais je me suis dit que j'avais trop faim pour chercher autre chose. C'était fermé. Ça m'a étonné, il était déjà sept heures moins dix. Puis l'idée que tous les restaurants de Paris étaient fermés à cause de la grève des boulangers m'est passée par l'esprit et une partie de mon découragement m'est revenue.

J'ai traversé la rue Stephenson presque en courant. Un restaurant, français d'allure, celui-là, avec son auvent d'un beau rouge vif sur lequel on pouvait lire, en lettres d'or : « Chez Carco », faisait le coin. J'ai poussé la porte sans regarder le menu, juste pour voir si c'était ouvert. La porte était débarrée mais il faisait très sombre, à l'intérieur... Je me suis avancé au milieu de la petite salle qui sentait très bon et, ne voyant toujours personne, je me suis attablé dans le coin du fond. Un bruit de conversation venait de la cuisine. D'engueulade, plutôt. Quelqu'un traitait quelqu'un d'autre de sale con, d'abruti et de mauvais baiseur. Je me suis dit que j'étais tombé en pleine chicane de famille et je me préparais à me lever pour sortir quand un monsieur tout habillé en noir, les cheveux gominés au point qu'on se demandait s'il s'était lavé la tête depuis deux ans, le sourcil broussailleux et la démarche saccadée, est entré dans la salle. Il a sursauté en m'apercevant.

—Qu'est-ce que vous faites là, vous?

Son ton était tellement brusque que la gêne m'a presque rendu muet. J'ai ravalé avant de répondre :

—C'été ouvért...

—Mais c'est fermé ! Il n'est pas sept heures ! Nous n'ouvrons pas avant sept heures, vous le savez bien !

Charmante façon de recevoir les clients.

J'ai regardé ma montre pour gagner du temps.

—Il é sept heures moans dix, présque moans ciinq...

—Voilà ! Qu'est-ce que je vous disais ! Allez, sortez ! Vous reviendrez à sept heures !

—Mais est-ceu queu jeu neu pourré pas rester ici jusqu'à sépt heuures? Jeu pourrais reugarder leu meunu?

Il me fixait avec de grands yeux pendant que je m'enfargeais dans mes mots.

—Mais d'où sortez-vous, avec cet accent? Vous êtes belge, ou quoi!

Je ne sais pas si c'était une insulte, mais je l'ai très mal pris. Je me suis levé d'un bond et je lui ai crié :

—Aïe, mange donc de la marde, toé! Si tu veux pas que le monde entrent dans ton maudit restaurant, garde-lé donc farmé! Mets donc le cadenas après la porte jusqu'à sept heures si t'es trop sans dessein pour ouvrir avant!

Il s'est étiré sur le bout des pieds (j'avais oublié de vous dire qu'il mesurait à peu près quatre pieds et deux) en me montrant la sortie.

—Nous n'acceptons pas les Arabes, ici, monsieur!

Après les Belges, les Arabes! Franchement!

En passant devant lui je l'ai toisé avec mon air le plus méprisant.

—'Coudonc, le taon! Quand le monde passent la porte, icitte, leur demandes-tu leur passeport pour voir d'oùsqu'y viennent?

Il n'avait visiblement pas compris un mot de ce que je lui disais. Il se contentait de répéter « Sortez, monsieur. Sortez... », de plus en plus pompé, de plus en plus écarlate.

Je me suis donc retrouvé dans la rue Dou-deauville à sept heures moins cinq, enragé noir et l'es-tomac en révolution. Juste en face, un autre restau-rant faisait le coin. J'avais envie de me traîner à genoux jusque-là, de fesser à coups de poings sur la porte, de supplier, de promettre mer et monde et même d'offrir mon beau corps d'albâtre, pour qu'on daigne me jeter une miette de pain et même, ouache, rien que d'y penser j'ai mal au cœur, une bouchée de rillettes. Fallait avoir faim, hein?

Sur la porte de ce restaurant j'ai trouvé un petit écriteau de carton blanc avec des enluminures rouges et bleues : « Ouvert à dix-neuf heures ». Je me suis planté devant la porte et j'ai patiemment attendu en me disant :

—Que c'est ça, c'te pays de fous-là, oùsqu'on peut pas manger avant sept heures du soir? J'ai jamais vu ça! Comment est-ce qu'y font, les Fran-çais, pour pas se manger le poing à partir de cinq heures et demie, comme tout le monde? Mais c'est peut-être pas comme ça partout. C'est peut-être à cause de la grève... Le pain est en retard...

Je commençais à trouver que le pain avait le dos large...

Mais ma patience a été récompensée : à sept heures précises, le plus beau petit waiter est venu m'ouvrir la porte... Blond, la trentaine, des beaux yeux bruns d'écureuil, un sourire irrésistible, le p'tit tablier blanc bien serré autour des reins... J'ai presque remercié le cadavre, de l'autre côté de la rue, de m'avoir mis à la porte...

Comme j'étais son seul client, le garçon s'est occupé de moi comme si j'avais été le roi d'Angleterre. «Comment allez-vous», par-ci, «Installez-vous là», par-là... Comme dit la Vaillancourt chaque fois qu'elle croise quelqu'un qui lui plaît : «Ça y est, chus-t-en amour !» S'il me prenait pour un Belge ou un Arabe, il ne l'a pas laissé voir, même après que je lui aie dit : «Meurci beaucoup, vous étes trés gentil !»

Toujours avec le sourire, il m'a tendu le menu :

—Le chef vous conseille ce soir le canard aux pruneaux.

Je me suis mis à saliver comme un bébé et j'ai été obligé de me cacher la bouche avec ma serviette : il m'aurait conseillé de la queue de rat à l'eau de vaisselle que je lui aurais embrassé les pieds ! Puis mon côté femme du monde m'est remonté d'un seul coup et je lui ai dit après une cascade de rires qui m'a étonné moi-même :

—Construisez-moi un meunu, jeu vous fé confiaaance...

Il a froncé les sourcils pendant que je parlais et je me suis rendu compte que je m'étais trompé d'expression. C'est pas construire, qu'il fallait employer, c'est composer.

J'ai rougi, je me suis gourmé et je n'ai pas rouvert la bouche du repas, sauf pour manger, évidemment.

Et laissez-moi vous dire que je me suis bourré rare !

La cuisine simple et familiale de ce restaurant battait à plate couture les affaires prétentieuses et compliquées que je m'étais tapées pendant tout le voyage : au diable les « tentations de Saint-Antoine aux deux boules vertes », les « rêves de jeune fille », ou autres « seins de Vénus », et vive les asperges vinaigrette, le canard aux pruneaux et la tarte Tatin !

La tarte Tatin ! Vous pouvez pas imaginer ! Une grosse tarte aux pommes chaude avec des gros morceaux de fruits presque brûlés, pis de la grosse crème d'habitant comme même Alex, le mari de ma sœur Madeleine, arrive pas à trouver dans le fin fond de la campagne ! De la crème jaune qui donne mal au cœur tellement elle est bonne !

Tout ça était arrosé d'un vin rouge dont je ne sais même pas le nom mais qui m'a monté directement et délicieusement à la tête.

Pendant que je mangeais de si bon appétit (je devais faire plaisir à voir parce que le garçon me couvait amoureusement du regard) les clients arrivaient, discrets et réservés, et quand j'ai demandé la facture (ce qui a encore fait sourire le garçon) le restaurant était presque plein. Faut croire que les Français ont rien d'autre à faire, le soir, que de manger tard !

L'addition (c'est ça qu'il faut dire) a fini par arriver. Ce monde-là font leurs lettres et leurs chiffres d'une bien drôle de façon. Je ne comprenais pas la moitié de ce qui était écrit, surtout pas le total, alors j'ai demandé à Roger, c'est le nom du garçon, de venir tout m'expliquer ça. J'espère que vous avez saisi que même si j'avais tout compris, je le lui aurais quand même demandé...

Savez-vous quoi? Faut payer son couvert, ici, dans les restaurants, sinon ils ne vous donnent pas de couteaux, ni de fourchettes, ni d'assiettes! Sont-tu fous, rien qu'un peu! J'ai même regardé discrètement autour de moi pour vérifier si y'avait pas du monde qui mangeaient avec leurs mains directement sur la table! Faut dire que j'étais un peu soûl...

Roger avait reconnu mon accent, même si je l'avais quelque peu déguisé, et m'écoutait parler comme si ce qui sortait de ma bouche était de la musique... Je vous dis que mon faux accent de femme du monde a pris le bord vite! Roger a même fini par me confier, à voix très basse, qu'il avait rencontré un soldat de Trois-Rivières, à la fin de la guerre...

Y'est de la famille, en plus! Quelle joie! C'te petit restaurant-là va me revoir la binette bientôt, certain!

Surtout que Roger m'a dit qu'il m'avait donné une double ration de pain. J'en avais mangé cent grammes au lieu de cinquante comme c'est la loi depuis ce matin...

Je suis sorti de là repu, paqueté, le cœur battant, et léger comme une plume. Et si j'ai bien compté, ça m'avait coûté trois fois rien. Une piasse et quart, je pense. Mais je ne suis pas sûr d'avoir bien compté. Pis j'm'en sacre!

Je bois rarement du vin, vous le savez ; deux verres et tout tourne. La bière, oui, je la supporte, et plutôt bien parce qu'elle me rend gai, mais le vin m'amortit : j'ai juste envie d'aller me coucher en pleurant sur mon triste sort ou de chanter jusqu'à épuisement quelque triste et déprimante chanson d'amour déçu.

J'avais bu une bouteille au complet et pourtant j'avais toutes mes facultés. J'étais paqueté, ça oui, mais plutôt guilleret et pas du tout endormi. Il faut dire que j'avais dormi presque tout le temps depuis mon arrivée à Paris. Soûl, donc, mais frais et dispos. C'était très agréable ; j'avais un peu l'impression de flotter, mais pas haut. À peine à un ou deux pouces du sol. Un ballon pesant, bien calé, mais qui *se sent* léger.

J'ai décidé, ne connaissant absolument pas Paris, d'aller au hasard, me disant que le destin me guiderait sûrement vers quelque époustouflante merveille...

J'ai résolument tourné le dos au Sacré-Cœur, peut-être parce que je savais qu'il était sur une butte et que je n'avais pas envie de m'attaquer aux fameux escaliers que les enfants, dans les films français, n'arrêtent pas de grimper et de dévaler en s'égosillant comme des chiens écorchés ; peut-être, simplement, parce que je l'avais vu de ma fenêtre et que j'avais plutôt envie d'être étonné par la découverte inattendue, à un coin de rue, d'un monument célèbre qui me sauterait dessus à l'improviste et me chavirerait le cœur.

Étonné, je le fus tout de suite.

J'avais cru entendre à plusieurs reprises, du creux de mon lit où j'avais si bien dormi, des sifflements de train et le bruit si caractéristique des roues de métal à un passage à niveau. Je comprends, je reste derrière une gare ! Tout de suite après la rue Stephenson, à droite, on voit surgir au loin la verrière d'une immense gare, la gare du Nord comme je l'ai su plus tard mais à ce moment-là j'ai cru que c'était la gare Saint-Lazare par où j'étais arrivé. La rue Doudeauville devient brusquement un viaduc et enjambe des dizaines et des dizaines de voies ferrées, tricotées serré et luisantes comme du métal neuf. Vous savez comme on a tendance à avoir le vertige, nous, les gros... Je me suis quand même arrêté au milieu du viaduc (le vin rendrait-il brave ?) malgré les entrailles qui me chatouillaient désagréablement et j'ai regardé un train qui passait juste en dessous de moi. La fumée blanche est montée jusque sur le viaduc ; je me suis accroché au grillage qui renforce le garde-fou. Une autre image de cinéma m'est revenue, genre Annie Ducaux prenant l'Orient-Express ou Éric von Stroheim poussant quelqu'un sous un train...

Au nord de la rue Doudeauville, presque sous mes pieds, une petite gare, vide, attendait. Le train est passé tout droit. Sûrement à cause du vin, j'ai trouvé ça très triste. Un autre convoi arrivait en sens inverse ; il allait beaucoup plus lentement parce qu'il entrait en gare. J'ai couru me mettre au-dessus et j'ai regardé défiler les toits des wagons.

Un enfant. Que voulez-vous, c'est vrai que les voyages forment la jeunesse, mais quand on attrape la jeunesse à quarante ans passé...

J'ai traversé la rue Doudeauville pour regarder le train entrer sous la verrière. J'ai pensé à tous les nobodys, comme moi, qui arrivaient à Paris en pensant naïvement la conquérir... et j'ai souri ; ça m'a soulagé de savoir que je ne suis pas le seul sucker dans cette grande ville de fous-là. Je suis resté cinq longues minutes à leur souhaiter good luck, puis j'ai continué mon chemin.

La rue Doudeauville s'arrête brusquement à une grande artère qui s'appelle Marx-Dormoy. Y'a jamais dû se passer grand-chose là parce que ça ne me disait rien du tout. Beaucoup de magasins, mais tous fermés. Un peu triste, comme quartier ; plus anonyme que ma rue, en tout cas. Et toujours les mêmes façades pelées et grises. J'ai décidé d'arrêter de regarder vers le haut... Peu de passants et tous pressés de rentrer chez eux. Avec leur petite portion de pain collée contre eux, comme un trésor sans prix. Tristesse.

Je trouvais que mes explorations de la grande ville tentaculaire finissaient pas mal vite en queue de poisson ! J'ai tourné à gauche, croyant deviner une terrasse, au coin de la prochaine rue.

Quelques couples, silencieux, installés devant un verre de bière. Une vieille madame toute rougeaude qui buvait son ballon de rouge en vérifiant si personne ne la guettait, comme quelqu'un qui a peur qu'on le surprenne en flagrant délit. De l'autre côté de la rue Marx-Dormoy et de la rue Ordener, une toute petite place avec un tout petit manège, fermé. Je me suis assis sur une chaise en paille tressée qui m'a fait penser aux banquettes de tramway, chez nous ; le mal du pays m'a pogné si vite que j'en ai presque sursauté. Le bruit des tramways, leurs odeurs, la paille qui pique sous la cuisse... Je vous entendais dire à votre dernier garçon : « As-tu entendu ce qu'y dit, le tramway : des pois, des pois, des pois, des pois, des pois... »

J'avais envie qu'il se passe quelque chose, tout de suite, avant d'éclater en sanglots, mais je me retrouvais au milieu de rien, dans un quartier vide et je ne savais pas où aller pour trouver de la vie !

Quand le garçon est venu me demander ce que je voulais boire, je lui ai demandé, avec une fausse désinvolture :

—La tour Eifféél, c'est bian par ici?

Il l'a trouvée bien bonne et je suis resté dans l'ignorance la plus totale. Je n'ai même pas touché à sa maudite eau minérale et je suis reparti dans la direction d'où j'étais venu, me disant que les quartiers des gares ont toujours quelque chose d'excitant à offrir.

Le début de ma promenade a été un peu plate. En retraversant la rue Doudeauville j'ai jeté un coup d'œil vers le Sacré-Cœur. J'avais envie de rentrer me coucher. C'est épuisant de passer sans arrêt comme ça du septième ciel au troisième sous-sol, même quand on est reposé. J'avais chaud. Mais, heureusement, une petite brise s'est levée pendant que j'arpentais le trottoir de l'ennuyante rue Marx-Dormoy. La rue faisait un coude, devant moi, et je ne savais pas ce qui m'attendait. Je me suis dit que si rien n'arrivait dans les quinze prochaines minutes, je rentrerais sagement à l'appartement pour guetter l'heure à laquelle le beau Roger finit de travailler.

Et tout à coup, sans que rien ne l'ait annoncé, je me suis retrouvé dans un grouillement de monde des plus bizarres, une foule d'étrangers, et quand je dis d'étrangers, je veux dire des gens de toutes les couleurs, pas des étrangers, comme moi, qui peuvent passer inaperçus : des Arabes, je pense, dans de longues robes rayées ; des Noirs, grands et luisants, avec des turbans sur la tête ; des Blancs, aussi, bien sûr, mais burinés, frisés, plus petits, même, que les Français qui ne sont déjà pas très grands. Une foule joyeuse qui s'affairait square de la Chapelle autour d'un marché extérieur coloré d'où montaient des relents non seulement de nourriture mais aussi d'épices et de denrées exotiques, odeurs fortes et piquantes qui me firent éternuer à plusieurs reprises.

Au-dessus de tout ça, le métro aérien dressait son armature de métal gris et sale. Quand une rame de métro passait, d'un vilain vert et brinquebalante comme un trop vieux train, personne ne levait la tête, sauf moi. Après le calme et le silence de la rue

Marx-Dormoy, ce marché trop fréquenté me prit de court. J'avais peur de traverser le boulevard de la Chapelle : les voitures klaxonnaient sans arrêt à cause des piétons qui se lançaient dans la rue sans regarder où ils allaient ; des chiens, par dizaines, couraient au milieu de tout ça et j'ai toujours haï les chiens ; j'étais sans arrêt bousculé par des hommes et des femmes qui transportaient des caisses en criant des choses comme : « Circulez, circulez ! » ou : « Attention, les caisses ! » J'ai traversé presque malgré moi, emporté par une vague d'enfants qui m'ont accroché en hurlant parce que j'étais dans leur chemin.

Le marché fermait ; sous le métro, des bicyclettes, des camions, des voitures, des charrettes, même, se nuisaient mutuellement dans un concert d'injures auquel je ne comprenais absolument rien. Étonnamment, les vendeurs de ce marché semblaient tous français alors que les clients étaient étrangers. Les conducteurs s'invectivaient donc en français, mais un français rocailleux et brusque, précipité et plein de mots étranges rattachés les uns aux autres par des expressions plus évidentes comme « Alors quoi ! » ou : « Hé, dis donc... », seuls petits îlots clairs dans cette mer de jargon incompréhensible. Ils viendront nous dire, ensuite, qu'on a un accent, nous autres !

Il faisait encore jour, assez, en tout cas, pour voir les déchets qui traînaient partout sous le métro aérien : feuilles de salade écrasées, fruits pourris, caisses de légumes avariés, d'où montait une vague odeur écœurante. En traversant la deuxième partie du boulevard de la Chapelle, beaucoup plus calme, j'ai aperçu la plaque annonçant la rue du Faubourg Saint-Denis et je me suis arrêté pile. Tout ça me disait quelque chose. J'ai regardé autour de moi. Boulevard de la Chapelle... rue du Faubourg Saint-Denis... Si vous aviez été là, on aurait pu chercher ensemble... Un film? Un livre?

J'ai quitté le marché avec soulagement. Je cherchais de la vie, mais pas celle-là.

Je longeais les voies de la gare du Nord ; la verrière s'ouvrait à ma droite et je pouvais deviner les voyageurs, énervés et inquiets, courant le long des quais, épuisés par de trop longues heures de voyage inconfortable ou impatients de partir. Quand un train partait ou arrivait, tout disparaissait dans la fumée blanche. Des sifflets retentissaient à tout moment. Le soleil couchant jouait dans les verrières et des mariages d'oiseaux sillonnaient le ciel vide. C'était très beau.

J'ai débouché dans la rue de Dunkerque à huit heures et vingt. Je le sais parce qu'une énorme horloge l'indiquait sur la façade de la gare. Et là, je suis resté saisi. J'étais à un carrefour mais au lieu d'avoir deux rues qui se croisaient à angle droit, comme chez nous, à Montréal, il y en avait quatre ou cinq, grandes et petites, qui arrivaient de toutes les directions. J'étais comme au milieu d'une étoile aux multiples branches et je restais figé là, ne sachant absolument pas où aller. Je n'ai pas beaucoup le sens de l'orientation, vous le savez, et déjà, chez nous, j'ai tendance à me perdre quand j'ai un

coup dans le nez... Imaginez-vous avec une bouteille de vin rouge, même doux ! Je me suis dit
qu'en traversant trois ou quatre rues par la droite je
finirais par retomber sur la rue du Faubourg Saint-
Denis et j'ai pris mon courage à deux mains. Pas
besoin de vous dire que j'ai fait un fou de moi...
J'ai d'abord pris la rue La Fayette sur une bonne
distance avant de me rendre compte que ce n'était
pas la bonne, puis j'ai traversé un énorme boulevard qui s'appelle Magenta (ça aussi, ça me rappelait quelque chose...), pour enfin me rendre à
l'évidence : j'étais déjà perdu. Maudit niaiseux !
Gros épais ! J'avais pourtant la façade de la gare du
Nord derrière moi, je devais donc être dans la
bonne direction ! Je me suis dit que la rue du Faubourg Saint-Denis avait peut-être changé de nom (il
paraît que ça arrive tout le temps, à Paris) et j'ai
continué sur la rue La Fayette jusqu'à la rue de
Chabrol où, encore une fois, trois ou quatre rues se
croisaient. Là, je ne comprenais plus rien à rien. Je
tournais sur moi-même comme une toupie obèse,
avec le nez en l'air pour essayer de lire les noms
des rues.

Je me suis approché d'une station de métro.
Poissonnière. Encore un nom familier... Je me suis
collé le nez sur le plan de la ville, à la sortie de la
station.

Good luck !

J'ai *absolument* rien trouvé ! Une toile d'araignée inextricable ! Du chinois ! Un puzzle Big Ben
mille morceaux mal remonté !

Je me voyais mourir de faim dans les rues de Paris, à la recherche d'un insignifiant bout de rue appelé Doudeauville... Y'a rien comme de se faire rire quand on est au bord d'une crise d'hystérie. J'ai arrêté un passant à qui j'ai demandé le plus poliment possible de m'indiquer la direction de la rue du Faubourg Saint-Denis. Il m'a répondu d'une façon tellement bête que j'ai pensé qu'il allait se jeter sur moi.

— Mais c'est par là ! Au bout de la rue de Chabrol ! Vous lui tournez le dos !

J'avais envie de m'excuser d'exister... Je lui ai dit « Merci, monsieur », comme un écolier qui vient de se faire punir par le méchant Frère Supérieur. Et j'ai fait toute la rue de Chabrol sans tourner la tête une seule fois, les yeux vissés au loin, là où je croyais deviner un grand boulevard qui, j'espérais, était le boulevard Magenta. Oui ! Chus pas si niaiseux que ça ! Et, à droite, la rue du Faubourg Saint-Denis ! Ma première grande victoire ! J'aurais embrassé le trottoir !

La rue descendait vers ce qui me semblait être un mur noir percé d'une porte et qui bouchait complètement la vue. J'ai pensé que la ville s'arrêtait peut-être là et que j'avais encore une fois pris la mauvaise direction. Mais avant de faire demi-tour, j'ai décidé d'aller voir de plus près ce mur sculpté qui, de loin, avait l'air mouillé comme s'il pleuvait dessus depuis toujours.

La rue du Faubourg Saint-Denis était très animée : un autre marché fermait, mais différent de celui que je venais de traverser. C'était un marché qui se tenait directement dans la rue comme si on décidait, nous autres, de vendre des légumes sur le trottoir de la rue Fabre... Les maisons semblaient ravaler les étals qu'elles avaient dégorgés durant toute la journée et je n'ai pas pu m'empêcher de plaindre ces pauvres gens qui couchaient dans leurs odeurs de fromage et de poisson. Mais je suppose qu'à la longue ils ne sentent plus rien, comme moi qui m'étonne chaque fois qu'un client me dit que ça sent le bon cuir dans le magasin... Les marchands étaient nettement plus joyeux que ceux de la Chapelle ; on entendait des chansons grivoises et les insultes échangées étaient plus chaleureuses.

Les hommes, en général, étaient assez beaux. Souvent rougeauds dans leurs bleus de travail (vous savez, les espèces d'uniformes qu'il portent toujours dans les films quand ils travaillent dans des garages ou dans des ateliers... ben c'est bleu royal, pas bleu-gris comme on l'avait pensé), ils ont le sourire facile et l'œillade prompte. Ils saluent les femmes avec une déférence ironique et celles-ci leur répondent avec cette désinvolture naturelle que je voudrais tant acquérir. Ça donne un concert de : « Alors, ça va, ma p'tite dame ? » ; « Très bien, merci, monsieur Marcel ! » et autres civilités superficielles mais charmantes et, surtout, pleines de sous-entendus. Mais c'est peut-être moi qui m'imagine tout ça... À force de se faire dire que les Français sont les meilleurs baiseurs du monde on finit par le croire... Mais faudrait aller vérifier...

La même odeur de début de pourriture flottait partout et les clochards, dégoûtants, puants, avaient commencé à fouiller les ordures, la bouteille de vin à la main (c'est ça qui doit s'appeler un litre), un incessant chapelet de sacres et d'injures aux lèvres. Je me suis arrêté pour en regarder un au coin de la rue du Paradis. Il était particulièrement épouvantable. Une bosse repoussante lui poussait dans le cou que ses cheveux gras n'arrivaient pas à dissimuler tout à fait et une barbe de plusieurs mois lui traînait sur le manteau d'hiver (en plein mois de juin !). Il fourrait tout ce qu'il trouvait dans une poche de patates tachée de graisse, en maugréant contre un dénommé Léon Blum à qui il semblait en vouloir à mort. Il disait, entre autres : « On t'a débarqué depuis six mois, sale Juif, et pourtant je mange encore des déchets ! Pourriture, va ! » Sale Juif ? Je pensais que ces affaires-là étaient réglées depuis la guerre, moi !

Il s'est rendu compte que je l'observais et j'ai failli fondre sur place. Il s'est approché en titubant, prenant les passants à partie : « R'gardez-moi c't'espèce de gros veau qui m'espionne ! Qui que t'es toi ? C'est Léon-le-Juif qui t'envoie ? Dis-lui de ma part que je l'emmerde, le beau Léon ! Et toi aussi avec ta sale gueule de bourgeois engraissé à la sueur du pauvre ! » J'ai commencé par avoir très peur, puis j'ai pensé à *La Charlotte prie Notre-Dame* qu'on a écoutée en braillant, toute la famille, à Noël... et ça m'a empêché de le prendre au sérieux. C'est effrayant, hein ? J'avais l'impression qu'il récitait un texte particulièrement réaliste, mais un texte quand même, écrit par quelqu'un d'autre et appris par cœur pour m'émouvoir ou m'insulter. Il a continué pendant que je traversais la rue du Paradis à toute vitesse, les jambes raides et les oreilles molles, parce que j'avais réalisé, à cause de son odeur, qu'il était sérieux et qu'il m'en voulait vraiment.

C'est le cœur battant que j'ai repris ma descente vers le mur qui disparaissait lentement à mesure que tombait la nuit.

Les rues ont de drôles de noms, par ici aussi : la rue des Petites-Écuries, la rue du Château-d'Eau, le passage du Désir, juste à côté de la rue de la Fidélité (j'vous mens pas !)... Ça fait changement de nos maudits saints qu'on sait pas d'où y sortent et de nos nobodys dont personne a jamais entendu parler ! Savez-vous c'tait qui, vous, monsieur Sanguinet? Ou monsieur Drolet? Ou Gilford?

Au coin de la rue de l'Échiquier, je suis tombé sur une chose que je croyais disparue depuis longtemps : un bain public ! Pas une piscine municipale, là, un bain où on va se laver ! Juste en face, de l'autre côté de la rue du Faubourg Saint-Denis, une belle pancarte bien voyante avec un beau lettrage bien chic l'annonçait clairement : Bains Municipaux, hygiène de Paris. En bleu, blanc, rouge. Ça m'a un peu soulagé. Ils se lavent autrement que paroisse par paroisse !

J'allais continuer mon chemin quand j'ai aperçu un monsieur d'un certain âge (à peu près le mien) qui me fixait de façon non équivoque... Laissez-moi vous dire que je reconnaîtrais ces regards-là entre mille ; il vous prend au creux du cou une chaleur qui descend le long de la colonne vertébrale et qui irradie dans le plexus solaire... J'ai été secoué d'un grand frisson et j'ai fait semblant de toussoter. Le monsieur flânait à la porte des bains, il semblait même en sortir. Il était impeccablement habillé, ce qui détonnait un peu dans le débraillement général qui l'entourait, et tenait bien serré dans la main gauche une paire de gants de kid beurre-frais, preuve évidente de bon goût et de savoir-vivre (dans les annonces de Morgan, les mannequins mâles ne portent *jamais* leurs gants ; ils les tiennent dans la main gauche, comme un accessoire superflu pour l'habillement mais indispensable à la tenue). Un bourgeois en goguette qui venait s'encanailler parmi les trognons de chou et les épluchures de navets ?

En tout cas, il me faisait sentir les choses de façon très évidente ; de quoi se faire arrêter par la police sur-le-champ, à Montréal ! Après une dernière œillade assassine, il s'est jeté dans une petite ruelle, prolongement de la rue de l'Échiquier qui s'appelle la rue de Metz.

Il se tournait à tous les dix pas ; j'ai décidé de le suivre. « À Vienne que pourra », comme disait ma mère qui ignorait le verbe advenir. Mais je faisais ça juste pour le fun, je vous le jure ! Je n'étais pas du tout en état de me faire envoyer au plus haut des cieux par un inconnu rencontré à la porte d'un bain municipal, même si c'était une preuve de propreté, chose semble-t-il assez rare dans cette ville...

La rue de Metz débouchait brusquement sur une très grande artère, le boulevard de Strasbourg, remplie à cette heure de badauds plutôt paisibles : des popas promenant des momans et des bébés, des jeunes couples insouciants et des madames, toutes raides, promenant leurs affreuses moppes poilues et excitées qui jappent après tout ce qui bouge et qui chient partout comme si le monde était une énorme bécosse. J'ai justement glissé sur une crotte fraîche faite et je me suis essuyé sur le bord du trottoir en sacrant. En plus, ça m'a fait perdre mon prospect ! J'étais en calvaire ! J'avais envie de prendre le premier chien venu et de faire un nœud dedans ! Y pourrait manger tout ce qu'y voudrait pis y'a pus rien qui y sortirait jamais par l'autre bout !

J'allais retourner sur mes pas quand j'ai aperçu un théâtre, en face. Le théâtre Antoine. Mon premier théâtre de Paris ! J'ai traversé le boulevard de Strasbourg comme un fou. J'étais tellement énervé que je n'ai même pas remarqué si j'ai failli me faire tuer. On jouait une comédie, *La Femme de mon ami*, de Yves Mirande et Henri Géroule (Antoinette et Germaine Giroux l'ont annoncée pour la saison prochaine, à l'Arcade), avec Jacques Henri-Duval et Henri Vilbert. On peut pas dire que ça m'excitait beaucoup mais il était neuf heures moins quart et le spectacle commençait à neuf heures... Je suis entré dans le hall. Une petite pancarte, à droite de la caisse, a attiré mon attention : on annonçait que, à l'entracte, un grand couturier dont le nom ne me disait rien, présenterait sa collection d'été devant le rideau.

Avez-vous déjà vu ça, vous?

Une parade de mode au beau milieu d'une pièce ! Je me demande si c'est comme ça partout... Y vendent-tu des pastilles pour la toux, à la Comédie-Française, juste avant la mort de Marguerite Gautier ou du savon pour la lessive après le carnage d'Hamlet?

J'ai décidé d'aller voir ça, pour une fois que l'entracte m'excitait plus que le spectacle !

Mais, au fond du hall, sur une plate-forme habillée de velours rouge où on pouvait lire *contrôle* en lettres d'or, mon gars des bains, complet strict et cravate noire, venait de s'installer. Des madames lui tendaient leurs billets et il écrivait quelque chose dessus sans jamais les regarder, elles, comme si elles étaient de la crotte. Il ne daignait s'adresser qu'aux hommes avec qui il semblait d'ailleurs tout à fait servile et obséquieux. Je me suis dit que son corps était peut-être propre mais que sa langue devait être bien brune et mon kick m'a lâché tout d'un coup.

J'ai tourné le dos à la parade de mode, à Henri Vilbert, au théâtre Antoine et je suis vite revenu sur la rue du Faubourg Saint-Denis de peur de me perdre.

(*J'étais* perdu, mais je savais où !)

Ce n'était pas un mur, juste une porte en pierre noircie par le temps au milieu d'une place bruyante fréquentée par une faune mélangée toujours aux aguets. En effet, tout le monde regardait tout le monde mais ce n'était pas du flirt qu'il y avait dans l'air, c'était plutôt une atmosphère de petit délit crapuleux, un peu comme sur la Main mais en plus dangereux. Je ne me sentais pas en sécurité ; j'ai traversé la première partie de la place en me hâtant, pour couper par la porte au lieu d'en faire le tour.

Une écœurante odeur d'urine fraîche et séchée depuis des mois m'a pris à la gorge quand je me suis engagé sous le porche sculpté ; j'ai été obligé de me boucher le nez tant la senteur d'ammoniaque était forte. Un clochard se soulageait justement dans un coin et je l'ai dépassé presque en courant.

La circulation était assez importante à cette heure. J'ai dû me faufiler entre les nombreuses voitures carrées au klaxon facile, essuyant au passage quelque injures précises et efficaces, comme si les conducteurs m'avaient connu personnellement. En arrivant de l'autre côté de la place je me suis tourné vers la porte une dernière fois. Elle a dû effectivement faire partie d'un mur qui encerclait Paris, autrefois, mais je n'arrivais pas à imaginer où était l'intérieur de la ville et où était l'extérieur : est-ce que je venais d'entrer dans le Vieux-Paris ou si je venais d'en sortir ? J'ai décidé de le demander à un des passants, même s'ils ne semblaient pas des plus chaleureux. J'ai attendu que quelqu'un de sympathique passe pour l'aborder. Ç'a été assez long ; les têtes patibulaires qui me dépassaient ne m'inspiraient aucune confiance.

La porte Saint-Denis aussi changeait de couleur dans la nuit naissante. Ses arêtes devenaient moins précises, les frises dont elle était affublée moins laides. J'ai essayé d'imaginer le mur qui la prolongeait, autrefois, le va-et-vient dont elle devait être le cœur, les paysans, les charrettes, les animaux qui s'y croisaient. Une fois de plus j'ai été frappé d'une impression de déjà-vu mais sans vraiment la saisir. Quelque chose continuait à courir à la limite de ma mémoire et ça m'enrageait de ne pas trouver ce que c'était.

Ça sentait la friture, maintenant. Très fort. Des marchands ambulants étaient dispersés un peu partout autour de la place. Ils vendaient des saucisses, surtout, et des crêpes qu'ils pliaient en quatre après les avoir fourrées de confiture. Aucune carte de rationnement, ici, aucun coupon de couleur. En fermant les yeux j'aurais pu me croire au parc Dominion.

Un jeune homme pas trop louche s'approchait de moi ; je lui ai demandé, le plus simplement possible :

— Pourriez-vous me dire où est le Vieux-Paris, de ce côté-ci de la porte, ou de l'autre côté ?

Il m'a regardé comme si je sortais d'une boîte de Cracker Jack.

— Vous êtes canadien ? J'aime bien les Canadiens, y'en avait tout plein, à Paris, il y a deux ans !

Il m'a montré la rue qui continuait à descendre.

—C'est facile, le Vieux-Paris, c'est rue de Tracy, quatrième à gauche. Vous ne pouvez pas le manquer, y'a une enseigne lumineuse ! Et bien le bonjour au Canada !

Pose une question niaiseuse, tu vas avoir une réponse niaiseuse... Il devait penser que je lui demandais où était un restaurant qui s'appelle le Vieux-Paris. Je n'avais pas envie de m'embarquer dans des explications compliquées et de toute façon mon gars s'éloignait déjà, les mains dans les poches, les yeux braqués sur les fesses des femmes qu'il dépassait.

J'ai donc attaqué la rue qui se présentait devant moi et qui s'appelait juste Saint-Denis. Sans Faubourg. Et j'ai compris. Tout seul. Le Faubourg Saint-Denis, dans l'ancien temps, ça devait être à l'extérieur de Paris. Je venais donc d'entrer dans le Vieux-Paris. J'étais dans la bonne direction. Même si je ne savais pas au juste ce que je cherchais.

Aucune différence, cependant, avec ce que je venais de traverser depuis la rue Doudeauville. Sauf dans l'atmosphère.

La rue Saint-Denis était assez bien éclairée mais étrangement calme. Beaucoup d'hommes se promenaient, parfois en groupes mais surtout en solitaires, mais aucun ne parlait : ils tournaient les coins de rue en rasant les murs, le cou un peu rentré dans les épaules, les mains enfouies dans leurs poches, comme pour protéger leur argent. J'ai pensé que le quartier était peut-être dangereux et j'ai fait la même chose qu'eux. Vous auriez dû me voir...

Avec un chapeau mou, j'aurais eu l'air d'un Humphrey Bogart obèse sur les traces d'un voyou qui lui aurait volé sa Lauren Bacall.

Je n'ai compris ce qu'était ce quartier qu'au bout d'un coin de rue.

Je vous dis que la Main, avec ses putains plutôt discrètes, peut aller se rhabiller !

J'ai commencé par voir quelques filles accotées sur les murs ou sous les porches de la rue Saint-Denis et ça m'a rappelé la rue de Provence, hier soir, mais en plus cheap. Ces filles-là n'avaient pas pris la peine de se déguiser en petites secrétaires proprettes : elles étaient loin de cacher leur jeu, croyez-moi ! Mais encore une fois le folklore m'a sauté aux yeux : les prostituées de la rue Saint-Denis semblaient presque en uniforme tant leurs déguisements tournaient autour de ce qu'on s'imagine être les habitudes vestimentaires d'une guidoune française : jupe de satin noir très courte et, bien sûr, fendue jusqu'au trottoir, bas de soie unie ou résillée, chandail rayé noir et blanc ou rouge et blanc, foulard autour du cou, sac à main en bandoulière et cigarette aux lèvres. Seul le gabarit change, le reste est à peu près le même. Et à mesure que je descendais la rue, le même concert qu'hier me suivait : « Tu viens, chéri... », « Alors, mon gros, tu montes... », « Je fais tout, tu sais... », « On va se payer du bon temps... » Je trouvais que leur répertoire était plutôt limité mais c'était amusant parce que, encore une fois, ça n'avait pas tout à fait l'air vrai.

Mais, au coin de la rue Blondel, quelque chose de bizarre a attiré mon attention.

C'était une toute petite rue, très sombre, plus étroite encore que nos ruelles, je pense. À peine sept ou huit pas de large... mais *remplie* de prostituées ! Elles occupaient tout le trottoir, vigilantes, moqueuses, délurées ou carrément hostiles, pendant que les hommes arpentaient la chaussée dans un silence absolument étonnant. Elles parlaient, eux se taisaient. De petites enseignes d'hôtels clignotaient, roses ou orangées, colorant la rue d'une teinte ambrée flatteuse pour les guidounes de toutes les grosseurs, des maladives maigrichonnes aux obèses luisantes et molles, mais toutes assez vieilles d'après ce que j'ai pu deviner.

J'ai fait quelques pas sur la rue Blondel au milieu de ces hommes aux yeux fous qui évitaient de se regarder mais qui dévoraient littéralement la marchandise qu'ils allaient louer pour un quart d'heure et qui osait les insulter et rire d'eux. Et j'ai eu l'impression que c'étaient nous, les hommes, qui étions en montre !

Il flottait sur tout ça un relent d'aisselles mal lavées, de linge pas trop propre, de maquillage et de parfum bon marché qui prenait à la gorge.

Le folklore s'était envolé et, d'un coup, tout avait l'air *trop* vrai : le regard méprisant des clients pour une marchandise plus très fraîche et probablement moins chère qu'ailleurs, la fatigue et l'amertume évidente sur les visages des femmes qui devaient désormais se réfugier dans ces couloirs ambrés pour cacher leurs tares. La tristesse qui flottait sur ce marché du cul était compacte, palpable, dévastatrice.

Vous me connaissez, je n'ai absolument pas une âme de missionnaire et pourtant j'aurais voulu faire quelque chose pour ces femmes-là tout en me sentant ridicule de penser comme ça. Le sentiment d'impuissance m'a toujours enragé.

Je suis sorti de la rue Blondel comme d'un endroit trop humide où on a ressenti un malaise parce qu'on n'arrivait plus à respirer.

Les filles de la rue Saint-Denis ont dû penser que je m'étais soulagé parce qu'elles ne m'ont plus abordé. Je n'ai entendu qu'un : « Alors, on se sent plus léger, mon gros ? », lancé par une assez belle fille qui n'avait pas encore besoin d'aller s'enterrer dans une rue latérale.

Les rues suivantes aussi, la rue Lemoine, la rue de Tracy, étaient bondées d'ombres silencieuses et de silhouettes provocantes caressées par la même lumière jaune.

Au coin de la rue de Tracy, une petite brasserie, « Le Vieux-Paris », m'a fait quand même sourire.

J'ai été soulagé de traverser la rue Réaumur, agitée et même tumultueuse après l'épais silence de la rue Blondel.

C'est la première fois de ma vie que je traverse une ville où les odeurs sont aussi importantes. Il faut dire que je ne suis jamais allé bien loin. Mais je ne crois pas que Montréal ait une odeur particulière, ni Québec, et la semaine dernière, à New York, tout ce que j'ai senti c'était l'humidité poussiéreuse qui s'échappait des bouches d'aération du subway et l'étourdissant arôme des marrons qu'on fait griller au coin des rues.

Mais ici chaque pâté de maison recèle sa propre senteur qui vous envahit tout d'un coup et ne vous quitte pas tant que vous n'êtes pas tombé dans une autre, plus forte et souvent tellement différente qu'un vague mal de cœur vous prend, un peu comme au restaurant quand vous finissez votre dessert et que le garçon passe à côté de vous avec un plat d'escargots à l'ail.

Toutes les odeurs possibles me sont passées par le nez, depuis le matin : les épices, le café, le savon, le pain (même si j'en ai très peu mangé), les produits laitiers, les légumes, surtout le chou et les poireaux, le canard aux pruneaux et les rillettes, sans oublier les odeurs de corps dissimulées ou non par des parfums plus ou moins efficaces, alors qu'à Montréal je ne pourrais reconnaître que quelques odeurs très particulières que j'aime ou qui m'excitent : Samarcette, quand on vient de faire l'amour et qu'il fume sa dernière cigarette avant de s'endormir ; le chariot de patates frites qui passe devant ma fenêtre, l'été, et auquel je ne peux pas résister ; les cadeaux que les chevaux laissent derrière eux et que les moineaux picorent en bandes joyeuses : le ketchup rouge, en septembre, que vous faites,

Albertine et vous, et qui plonge la rue Fabre au grand complet dans le ravissement ; le cou de Germaine Giroux quand je vais l'embrasser après une représentation et vous... oui, vous, en juillet, pendant les grandes chaleurs, quand vous vous installez sur le balcon, le soir, après avoir écrasé derrière vos oreilles quelques gouttes de votre fameux *Tulipe noire*, de Chénard. Mais c'est tout. Il me semble que rien ne sent tout le temps, comme ici, ni les quartiers, ni les rues, ni les magasins, comme si on avait peur de notre odorat, chez nous.

Mais peut-être qu'on sent quelque chose sans le savoir. Il faudrait demander à un Français fraîchement débarqué...

J'écris tout ça parce qu'en traversant la rue Rambuteau j'ai été submergé par une foule de ces odeurs fortes qui me poursuivent depuis que j'ai quitté la rue Doudeauville, mais auxquelles se mêlaient pour la première fois celles, si désagréables, du poulailler et de la porcherie. Sur fond de poisson et de légumes c'était assez surprenant.

Je me suis arrêté pour regarder de chaque côté. À gauche, le boulevard continuait à déverser son trop-plein de promeneurs nocturnes ; à droite, des camions débouchaient de la rue Rambuteau en faisant un vacarme épouvantable sur la chaussée inégale et je pouvais deviner, au loin, d'immenses bâtisses de métal noir au toit en verre, un peu comme les deux gares de Paris que j'avais vues depuis hier, autour desquelles grouillait une foule animée qui se frayait un chemin entre les étals, les cageots, les caisses, les boîtes de carton de toutes les formes et de toutes les grosseurs, et les cages d'animaux d'où s'échappaient des renâclements, des couinements, des roucoulements... les Halles !

Un autre marché qui fermait, mais énorme, celui-là, colossal ! Le troisième en ligne, le quatrième, même, si on comptait le marché du cul qui, lui, ne ferme jamais. Pour du monde qui doivent sortir un carnet de coupons chaque fois qu'ils veulent acheter quelque chose, ils n'ont pas l'air trop à se plaindre !

Des bistrots étaient ouverts un peu partout, sur la rue Saint-Denis et dans les rues latérales. De gros hommes en tablier de cuir entraient et sortaient en saluant tout le monde. Ils criaient le même : « M'sieurs-dames ! » en arrivant et en partant et personne jamais ne leur répondait. Un petit cochon tout rose était attaché à une patte de table et tremblait de frayeur sous le regard amusé des buveurs. Parfois, quand la porte d'un bistrot s'ouvrait brusquement, une senteur de boudin grillé enterrait tout et je croyais me retrouver chez ma tante Mona qui mangeait du boudin et de la saucisse à l'année longue et qui en est morte, une veille de Noël, en plein réveillon.

Au-dessus des grandes structures de métal, le ciel était maintenant d'un rose violent. Le soleil venait de se coucher. Les lampadaires s'allumaient un à un. J'ai continué mon chemin, tournant sans arrêt la tête pour reconnaître les odeurs, étirant le

cou et fermant les yeux. Je devais avoir l'air d'un
chat en chaleur ou d'un veau qui a perdu sa mère.

Au square des Innocents (pourquoi *square*, c'est
pas français !), une fontaine de métal peinte en vert
et représentant des madames qui supportent une
sorte de chapiteau de forme arrondie était entourée
de placoteuses qui tenaient des paniers vides à bout
de bras ou des cabas en tissu ou en corde. J'ai bu un
peu d'eau dans le creux de ma main en les écoutant
se plaindre : « Mon mari n'a plus de tickets de vin !
Vous devriez voir la tête qu'il a ! » « Heureusement
que les pommes de terre hollandaises sont arrivées
parce que ma soupe serait bien maigre ! » « C'est les
gros qui bouffent tout, comme d'habitude ! » « Vous
croyez qu'ils en ont, des tickets de ravitaillement,
dans le seizième ? » Quelques-unes m'ont reluqué
en se poussant du coude parce que je m'attardais.
J'ai fait mon plus beau sourire, j'ai dit, très fort :
« M'sieurs-dames ! » et je les ai laissées à leurs can-
cans.

J'ai débouché sur la place du Châtelet à neuf
heures pile. Sur ma gauche se dressait une espèce
de tour noire de suie, bizarrement construite, couverte d'arabesques irrégulières et de gargouilles
grimaçantes, que j'ai trouvée bien laide. Ça avait
l'air d'un clocher d'église manqué posé par terre
parce que personne n'en avait voulu. J'ai même
pensé que j'avais sous les yeux les premières traces

de la guerre depuis mon arrivée à Paris, qu'une église, autrefois, s'était effectivement trouvée à côté de cette tour, mais qu'une bombe l'avait détruite, ne laissant debout qu'un vilain clocher au milieu d'un minuscule parc. J'ai traversé le grand boulevard qui s'appelait maintenant Sébastopol... Non, c'était juste une tour. Toute niaiseuse et envahie par une bande de pigeons agressifs et méchants qui s'arrachaient des bouts de pain sec qu'une vieille madame sortait d'un sac de papier en criant : «Petits, petits, petits... » Vous connaissez mon horreur des oiseaux. Quand j'ai vu ces affreuses bêtes tachetées de trois ou quatre teintes de gris différentes se battre férocement pour une bouchée de croûte moisie, j'ai tourné le dos ben raide, la main sur le cœur, et je suis revenu vers la place du Châtelet.

Des pigeons, y'en avait partout ! Sur les statues, sur le kiosque à journaux, aux fenêtres des édifices, jouqués sur les toits ou écrasés sous les bancs publics, en couples, sur les trottoirs, effrontés, les mâles poursuivant leurs femelles comme des maquereaux leurs guidounes, les femelles, souvent déplumées à la hauteur du cou, s'accrochant presque dans nos jambes comme pour nous appeler au secours. J'en menais pas large ! Je me suis même demandé comment je ferais pour traverser toute la place sans perdre connaissance.

J'ai décidé de ne pas trop regarder où je mettais les pieds et d'essayer d'apprécier à sa juste valeur cette splendide place ouverte sur la Seine et sur un ciel de toute beauté.

Le théâtre Sarah-Bernhardt était fermé. Je suis passé devant en m'attardant, me collant même le nez à une porte pour essayer de voir quelque chose. J'ai cru deviner quelques vieilles photos accrochées un peu partout. (J'ai pensé à la dernière visite de Sarah Bernhardt à Montréal. J'étais adolescent. Mon oncle Josaphat m'avait emmené la voir au Carré Dominion. Quelle déception ! Une vieillarde teinte, frisée, plâtrée, boiteuse, attifée comme une poupée de guenille, qui récitait des vers en étirant chaque syllabe comme si on l'avait torturée, que tout le monde trouvait géniale quoi qu'elle fasse et qui faisait justement n'importe quoi. Quand elle avait lâché son fameux : « Tant de chaleur sous tant de froid », j'avais eu envie de lui crier : « Tant de cabotinage sous tant de maquillage ! » Pourtant, elle aurait dû me pâmer, moi aussi, jeune provincial ignare que le Grande Artiste venait abreuver de son génie. Mais j'avais eu l'impression qu'elle riait de nous et je l'aurais battue. Mon oncle Josaphat, lui, pleurait à chaudes larmes. Je lui avais demandé s'il pleurait parce que Sarah Bernhardt boitait comme grand-maman et il m'avait donné une tape en arrière de la tête. Mais je pense que j'avais vu juste.) En face, au Châtelet, le berceau de l'opérette, on affichait complet pour *Valses de Vienne*, que je me suis promis de venir voir. Depuis le temps qu'on entend parler des machineries du Châtelet, des spectacles de vingt ou trente tableaux qui s'enchaînent comme si de rien n'était, des finales avec cent choristes, des chevaux, des poules, des cochons (après tout, les Halles ne sont pas loin...), je pourrai enfin vérifier sur place !

J'ai traversé le quai de Gesvres avec grande émotion. J'allais voir cette Seine, tant chantée, tant vantée, la traverser à pied pour découvrir, ça je le savais, les trésors de l'île de la Cité !

Le Pont au Change était bloqué par une manifestation de boulangers qui scandaient à tue-tête des slogans d'une grande absurdité et d'une incroyable vulgarité, genre : « Auriol, on t'retourne, on t'retourne et on t'encule ! » Heureux homme ! Partout fusaient des : « Auriol, ras-le-bol ! », ou : « Auriol, pot de colle ! » N'importe quoi, mais fort !

Il se dégageait de cette foule en liesse visiblement excitée par autre chose que ses stupides slogans une atmosphère de foire mal contrôlée au bord de virer à l'émeute.

Le chemin de l'île de la Cité m'était défendu ! J'aurais déchiré les banderoles et les bannières et écrasé les manifestants pour passer. Puis j'ai pensé que je réagissais en vrai touriste pour qui les problèmes d'un pays ne sont que des empêchements à sa visite et qui en veut, sûrement à tort, à ceux qui se mettent dans son chemin. Après tout, ces boulangers-là ont peut-être raison de faire ce qu'ils font. Mais les maudits, ils auraient pu attendre à demain !

J'ai donc longé le quai Mégisserie vers l'ouest, juste en face de la Conciergerie que j'aurais reconnue n'importe quand à cause de mon autre idole, Marie-Antoinette, qui y a été emprisonnée. Je me suis accoté sur le mur de pierre. Ça fait une drôle d'impression de voir un endroit où les choses se sont *vraiment* passées. Marie-Antoinette avait sûrement regardé par l'une de ces fenêtres; elle avait peut-être même sorti un de ses bras en signe de détresse, appelé au secours avec son accent autrichien. (Au cinéma, Marie-Antoinette n'a jamais d'accent, mais dans la vie elle devait parler comme Marlene Dietrich!) C'est de là qu'elle était partie pour aller se faire couper la tête, la pauvre femme. J'ai passé ma main sur mon cou. Quelle horreur!

Une flèche étroite et pointue, un vrai clocher, celui-là, je pense, dépassait du toit de la Conciergerie, dessinant une ligne verticale de lumière sur le bleu du début de la nuit. La Sainte-Chapelle?

Sur le quai, en bas, juste en dessous de moi, des barges, des chalands, des péniches étaient amarrés, que des palans déchargeaient presque sans bruit. Des légumes, surtout, des montagnes de légumes, étaient transversés, palanqués, comptés, oui, comptés, et stockés dans des camions qui partaient aussitôt chargés vers les Halles.

Des femmes courbées en deux évoluaient à travers tout ça, évitant les camions, poussant parfois les débardeurs, pour ramasser des morceaux de charbon qu'elle jetaient dans des poches de patates attachées à leurs tailles.

Je ne sais pas si on verrait des choses comme ça, chez nous, si on allait au Pied-du-Courant. Peut-être. Je sais que ma mère le faisait, autrefois, au début de son mariage. Elle suivait les voies ferrées, dans le port, pour ramasser son charbon, morceau par morceau, pendant que mon père faisait le jars, sur la rue Saint-Jacques, au milieu des juges et des avocats qui riaient de lui. Mon père était un orateur de taverne, vous savez. Gabriel a de qui tenir... et moi aussi !

J'ai continué mon chemin, un peu déprimé. L'effet du vin commençait à se dissiper et cette vision de ma mère pliée en deux pour nous trouver du chauffage me bouleversait.

La Samaritaine (le Dupuis Frères de Paris) m'a beaucoup déçu. Du moins de l'extérieur parce que c'était évidemment fermé à cette heure. C'est-à-dire que la bâtisse elle-même est impressionnante avec ses airs de grand hôtel et sa gigantesque annonce au néon qui domine la Seine, mais les vitrines que je suis allé voir étaient d'un total ennui. Pas de fantaisie, peu de décorations, juste des mannequins habillés à peu près n'importe comment, figés dans des poses sans naturel dans des décors en carton d'un ridicule consommé. Je me serais attendu à un délire de couleurs, une collection d'été audacieuse qui m'aurait étonné et fait envie ; je n'ai trouvé que du brun et du gris. Du beau, mais classique et trop sage. Genre Coco Chanel pour les pauvres. De toute façon, j'aurais l'air d'une tour, moi, là-dedans !

J'ai retraversé le quai Mégisserie comme si j'avais traîné un boulet à chaque pied. Je n'avais plus d'énergie. Non seulement pour m'émerveiller mais même pour me mouvoir.

Mais quand j'ai réalisé que je me trouvais devant le Pont-Neuf, ma dépression et ma fatigue se sont envolées d'un coup et j'ai franchi le premier bras de la Seine presque en courant. Je me suis arrêté devant la statue d'Henri IV rongée par la crotte de pigeons et les intempéries, d'une vilaine couleur vert pâle comme si un comique l'avait peinte, une nuit, en crise du foie et qu'on avait négligé de la nettoyer depuis parce que ça n'était pas important. Derrière moi, j'avais le Vert-Galant qui pointait du nez dans la Seine et juste en face... le quai de l'Horloge et le Quai des Orfèvres qui se rencontrent pour former l'entrée de la Place Dauphine.

Maigret !

J'étais sûr de le voir déboucher du Quai des Orfèvres, me faire un signe de la main et entrer dans un café pour boire son éternelle bière en mouchant son éternel rhume, un des ses adjoints sur les talons, Janvier ou Lapointe, ou le médecin légiste, le docteur Paul, lui lisant dans un dossier cartonné les résultats d'une autopsie.

J'ai fait le tour de la place Dauphine, calme et fraîche, bruissante d'oiseaux, ombragée, et remplie de sa présence, à lui, de sa silhouette lourde, toujours bougon quand il traverse la rue de Harlay sous la pluie, (il pleut toujours dans les romans de Simenon), un foulard noué autour de la gorge, l'hiver, un parapluie à la main presque tout le reste de l'année — du moins, c'est comme ça que je le vois, moi. Je l'entendais jurer, je le voyais héler un taxi après s'être promené sur la place Dauphine à la recherche d'un indice qui pourrait lui servir à résoudre l'assassinat d'une danseuse de Pigalle ou d'un croupier de province en vacances à Paris. Je suis longtemps resté sur les marches du Palais de justice à guetter son apparition. Et je l'ai vu. Plusieurs fois. J'en suis sûr.

Revenu sur le Pont-Neuf, je me suis assis sur un des bancs qui garnissent les balcons de pierre bâtis sur les piliers du pont et qui s'avancent en demi-lune au-dessus de l'eau. La pierre était encore tiède. Une péniche passait très lentement sous le tablier, en toussotant. Du charbon, encore. À la tonne.

Au loin, vers l'est, Notre-Dame de Paris, la vraie, pas une image, toute noircie par le temps, elle aussi, très faiblement éclairée, mais majestueuse, se profilait sur un fond d'étoiles ; devant moi, à l'ouest, j'ai vu le ciel virer du rose au lilas, du lilas au gris. On aurait dit qu'il s'éteignait. Je devinais plus que je ne le voyais le haut de la tour Eiffel qui dépassait des maisons sur ma gauche, sa petite lumière rouge clignotant, au sommet, pour prévenir les avions qu'une géante faisait le guet au cœur de la ville. Je passais doucement la main sur la pierre chaude en me disant : «Chus vraiment là, y

faut absolument que j'apprécie ce qu'y m'arrive... »
J'ouvrais mes yeux bien grands, je voyais tout, mais on aurait dit que la signification de ce qui se déroulait devant moi ne se rendait pas jusqu'à mon cerveau. Encore une fois j'avais l'impression d'être le spectateur de ce qui m'arrivait parce que je n'avais jamais été préparé à en être l'acteur. J'étais écrasé dans l'arrondi du balcon, un bras passé par-dessus la rambarde et j'essayais d'être ému sans y parvenir parce que ce que je voyais était trop beau pour moi. Comme si je n'en avais pas été digne. J'étais toujours au fin bord de l'émotion mais je n'arrivais pas à y plonger. C'était comme une mas-turbation manquée, essoufflant et humiliant.

Si j'avais eu devant moi une carte postale repré-sentant le même paysage, j'aurais probablement pleuré de frustration ; devant la chose elle-même je restais interdit, impuissant.

J'avais été ému, plus tôt, en imaginant Maigret, je n'arrivais plus à l'être devant le vrai paysage de Paris s'illuminant dans la nuit naissante.

J'ai tout mis ça sur le compte de l'accumulation de sensations, d'émotions, de chocs subis depuis hier et je me suis dit que je ferais mieux d'aller me coucher, que j'en avais assez vu pour aujourd'hui. Vous m'avez déjà dit que vous aviez eu l'impres-sion de rêver la deuxième moitié du jour de votre mariage parce que vous n'étiez plus capable de rien prendre. Ça m'est revenu pendant que je contem-plais la devanture du Louvre sans rien ressentir, puis je me suis dit : « Pour elle, j'vas essayer de bien vivre la deuxième partie de ma journée de noces ! »

Deux amoureux sont venus s'installer sur le même balcon que moi sans même se rendre compte de ma présence, je pense.

Ce qu'ils ont fait aurait été dénoncé, conspué du haut de la chaire, chez nous, ils auraient eux-mêmes été bannis de l'Église catholique à tout jamais et chassés à coups de goupillon et d'Ave Maria. Mais c'était tellement beau.

Ça aussi, ça m'est interdit.

Je me suis vu avec Samarcette dans cette même position et une grande détresse m'a ramolli un peu plus. Je n'aime pas Samarcette d'amour. Je pense que vous le saviez. Il n'a toujours été qu'une commodité pour moi. Pour l'hygiène de l'esprit comme pour l'hygiène du corps. Il était là, au Palace, facile à cueillir, ce qui est plutôt rare à Montréal, et je me suis embarqué avec lui dans une relation relativement facile, confortable, ronronnante. Je le fais rire, il m'amuse. Nous avons les mêmes goûts et fréquentons les mêmes nobodys. Nous discutons sans fin au sujet des films que nous voyons, des pièces, des livres que j'arrive à lui faire lire et des journaux jaunes dont il fait une consommation effrénée. Nous sommes tous les deux la dame de compagnie de l'autre. Nos ébats sont corrects, parfois même vifs et enfiévrés, mais quelque chose manque, l'étincelle de la passion, le cœur qui se navre de bonheur, les sens qui s'enflamment quand on perd le contrôle comme ces deux jeunes gens, à côté de moi, qui se brutalisaient presque sur le banc de pierre au milieu de la Seine.

Je me suis éloigné le plus discrètement possible après qu'un soutien-gorge a été lancé par-dessus le tablier du pont. Pendant quelques secondes j'ai imaginé un B.V.D. d'homme traçant la même trajectoire, le mien ou celui d'un autre, un partenaire qu'on jette après usage comme un mouchoir sali, et une demi-érection m'a surpris alors que je quittais le Pont-Neuf.

Sur le quai des Grands-Augustins, un urinoir public, odorant même à cent pieds, se dressait au milieu du trottoir. Les fameuses pissotières au sujet desquelles j'avais entendu tant d'horreurs : les tranches de pain que les fous y mettent le matin pour les ramasser, imbibées d'urine, le soir ; les pièges mortels tendus par de trop beaux voyous ; les pitoyables orgies de groupes à qui les émanations d'ammoniaque servent de stupéfiant.

Effectivement, quelques silhouettes discrètes tournaient déjà autour de la structure de métal percée de petits trous carrés pour permettre l'aération. Je me suis approché, plus fasciné qu'intéressé.

Des loques et un dieu. Les loques gravitaient autour du dieu qui se laissait contempler, appuyé contre le mur arrondi de la pissotière, à la fois encourageant et méprisant, agace-pissette et éteignoir. Les mains dans ses poches, il gardait la tête haute et ne bougeait absolument pas. Parmi les loques, deux ou trois anciens dieux sur le déclin, admirateurs et envieux, qui osaient plus sans être franchement repoussés, mais pas vraiment encouragés non plus, à continuer leurs hommages.

Je suis longtemps resté à surveiller ce manège, appuyé contre la vitrine d'une galerie d'art (je plains les vendeurs qui travaillent là !). Tout se faisait dans un silence pesant, humide, qui sentait le désir frustré. Des loques entraient dans la pissotière dans l'espoir que le dieu les suivrait. Il ne suivait jamais, bougeant seulement les yeux à la recherche de regards adorateurs ou de gestes franchement obscènes qui le faisaient sourire.

Parfois les loques allaient se soulager entre elles et on entendait de pitoyables cris de délivrance qui serraient le cœur. La pitié est le sentiment que je déteste le plus au monde. Le dieu faisait une moue ironique et j'aurais frappé cette face trop belle, cette bouche admirable, qui n'avaient jamais donné de plaisir à personne, j'en suis sûr. Ce dieu entièrement concentré sur lui-même va venir s'exhiber ici tant que les premiers ravages ne feront pas leur apparition, d'abord discrets et invisibles dans l'ombre du quai des Grands-Augustins, puis de plus en plus évidents à mesure que le temps va s'écouler, jusqu'à ce qu'il se voie obligé de joindre les rangs des loques parce que quelque denrée plus fraîche l'aura remplacé, qu'il courtisera en vain en se rappelant avec amertume l'époque où il était celui dont on s'arrachait pas même les faveurs mais à peine un regard de souverain mépris.

Mais je me trompais. Un deuxième dieu est arrivé, s'est approché du premier, lui a parlé à l'oreille. Ils ont souri, tous les deux, ont esquissé quelques gestes.

Je suis parti avant que le spectacle commence.

Les jeux amoureux du Pont-Neuf m'avaient excité ; le carrousel du quai des Grands-Augustins m'avait fait débander. (Excusez le mot mais vous avez accepté que je vous dise tout. Et, de toute façon, vous pouvez passer par-dessus les bouts que vous ne voulez pas lire.)

Pas un taxi en vue. À peine, de temps en temps, quelques voitures carrées qui ralentissaient à la hauteur de la pissotière, tous feux éteints, et dont la carrosserie luisait sous les lampadaires.

Je me suis dirigé vers une rue qui s'appelle elle aussi Dauphine, parce que j'apercevais au loin un groupe agité à la porte d'un établissement dont je n'arrivais pas à voir si c'était un théâtre ou un club. Je me disais que ce monde-là pourraient m'indiquer où appeler un taxi si le quartier était trop désert pour qu'ils circulent régulièrement.

En m'approchant j'ai entendu des bouts d'un air de jazz, surtout une trompette, nerveuse, qui sortait par la petite porte devant laquelle se tenait le joyeux groupe.

C'était un assortiment assez étonnant de toutes sortes de monde qui vont pas ensemble : des adolescents pâles aux vêtements noirs, flottants, chandails turtle neck visiblement de seconde main ou mal entretenus, bérets pour les filles sur une chevelure longue et raide (et souvent huileuse), cheveux courts pour certains des gars, ce qui leur donnait un air presque militaire, très longs pour les autres qui semblaient en être fiers et qui en jouaient volontiers, agitant sans cesse la tête en parlant ; des gens très bien, petit tailleur deux-pièces et petit complet correct, plus discrets, moins bavards, comme ahuris d'être là ; des femmes en robes longues, turbulentes, familières, qui parlaient à tout le monde avec des voix pointues et éclataient de rire à tout bout de champ, accompagnées de splendides pièces d'hommes d'une élégance folle qui s'interpellaient d'un bout à l'autre de la queue sans s'occuper de ceux qui les entouraient. Une atmosphère d'ivresse encore jeune et assez bien contrôlée se dégageait de tout ça ; il était à peine dix heures, la nuit, la vraie, celle qui commence après minuit et qui se termine aux petites heures dans le coup de grâce du verre de trop, était encore loin.

J'avais soif, j'avais chaud, et j'avais envie de m'effouèrer devant une bonne bière froide. Avant d'aller me placer à l'autre bout de la queue je suis allé lire l'affiche faiblement éclairée par un néon mourant. C'était la photo toute simple d'une jeune femme rousse et d'un homme au visage carré, tous deux sérieux comme des papes mais le regard amusé, presque moqueur, au-dessus de laquelle on pouvait lire en lettres malhabilement dessinées : LE TABOU. *Anne-Marie Cazalis présente Boris Vian et son orchestre.*

J'ai glissé un coup d'œil par la porte entrouverte. Un escalier de pierre descendait au sous-sol. Une cave ?

Tout d'un coup, la porte s'est ouverte toute grande et un couple de jeunes fous est sorti en claquant des mains et en essayant d'imiter des instruments de musique avec leurs bouches. Des « Ah ! » de satisfaction se sont élevés de la file d'attente.

On pouvait très bien entendre la musique maintenant que la porte était ouverte. J'ai pensé aux petits trous à jazz, dans le bas de la rue Peel, où on n'ose pas aller, moi et ma gang, parce que la drogue circule librement et que les Noirs américains qui s'y produisent ont la bagarre trop facile. J'allais reprendre ma place quand la même rousse que sur la photo est sortie en criant :

— Il y a deux places, mais je vous préviens, elles ne sont pas très bonnes !

Tout le monde s'est mis à hurler en même temps. Je n'avais jamais vu ça, des fous pareils. Des bras se levaient, d'autres poussaient, des têtes s'agitaient ; on se pilait sur les pieds, on se bousculait... Anne-Marie Cazalis fut assaillie en moins de trois secondes ; on lui lançait de l'argent, on s'agrippait à son bras, on lui criait par la tête. Elle souriait au milieu des cris et sélectionnait ses clients comme on choisit des pâtisseries françaises, en disant :

— Vous, et vous, venez...

Les élus étaient roses de plaisir et passaient devant les autres qui leur criaient des bêtises, à eux et à la patronne du bar. Quand la porte fut refermée, complètement cette fois, un soupir de désappointement a couru dans les rangs des rejetés. Je me suis dit que je n'avais aucune chance d'entrer là et j'ai tourné le dos au Tabou.

Mais une fenêtre s'est ouverte, au-dessus de nous, très haut, quelqu'un a hurlé : « Alors, les sauvages, vous n'avez pas fini votre cirque ? Y'a plus moyen de dormir ! Je vais au boulot, demain matin, moi ! », et une nappe d'eau froide s'est abattue sur nous, suivie d'une chaudière en bois qui a frôlé la tête d'une madame en robe de satin qui s'est aussitôt évanouie de peur. J'ai heureusement été épargné, je n'ai reçu que quelques gouttes d'eau sur une manche de ma chemise, mais d'autres étaient trempés des pieds à la tête et sacraient comme des damnés. D'autres fenêtres se sont ouvertes, d'autres bêtises sont tombées sur nos têtes. Les clients du Tabou se sont dispersés dans la rue en se secouant comme des chiens mouillés, hurlant des insanités et montrant le poing aux pauvres gens qui voulaient dormir en paix et dont on envahissait le quartier, probablement tranquille jusque-là.

Au milieu du brouhaha général j'ai entendu une voix que je connaissais :

— Mais oui, c'est bien lui ! C'est mon ami le Canadien !

La princesse Clavet-Daudun ! Y manquait pus rien qu'elle !

—Si je m'attendais à vous trouver ici ! Vous connaissiez le Tabou ? Pourtant, on ne sait rien, encore, de la rive gauche, chez vous, j'en arrive ! Hhm ? Mais c'est vrai que vous êtes un artiste...

Elle était moulée dans une robe de taffetas champagne aux épaulettes bien carrées, elle avait la coiffure un peu de travers et l'haleine parfumée à tout ce qui sent le plus mauvais dans le genre nourriture épicée. Elle s'était accrochée à mon bras, titubante et un peu moite. La nuit n'était plus très jeune pour elle. Elle avait laissé son titre de princesse quelque part dans le fond d'un verre.

—Jean-Loup ! C'est le Canadien dont je t'ai parlé, cet après-midi ! Tu sais, celui qui s'est déguisé en dame-pipi au bal du *Liberté !* Hhm ?

Tout le monde me regardait en riant. Je voulais rentrer dans le trottoir. J'avais l'impression de rêver. Je devais avoir l'air d'un arriéré mental !

Un beau monsieur en complet rayé, moustache grisonnante mais chauve comme un œuf s'est approché en me tendant la main. Je déteste manquer mes poignées de main et j'avoue que celle-là était particulièrement ratée. J'étais mou, terrorisé, humilié.

La princesse m'a pris par la taille (faut le faire !) et m'a poussé vers un groupe de nouveaux venus qui riaient de ceux qui s'étaient fait arroser.

—C'est mon Canadien ! Quelle chance d'être tombé dessus, comme ça ! Allez-y, l'acteur, dites-nous quelque chose ! Je parle de votre accent à mes amis depuis hier mais je n'arrive pas à l'imiter ! Hhm ? Vous allez voir, vous autres, c'est incroyable ! On ne comprend pas un mot mais c'est d'un drôle !

Je l'aurais tuée ! Après l'avoir martyrisée pendant de longues heures, savamment, avec ingéniosité et patience.

Elle continuait comme si elle avait montré une bebelle dans une vitrine.

—Non, écoutez, j'ai une meilleure idée ! On sonne chez Anne-Marie que je connais bien, on descend tous, vous montez sur la scène et vous nous faites un petit numéro de Canadien. Je suis sûre que Boris vomira des ronds de chapeau, lui qui aime tant les accents ! Hhm ?

J'avais pas encore dit un mot et toute la rue savait que j'avais un accent à couper au couteau !

Je me suis dégagé tant bien que mal de son étreinte et je me suis sauvé comme un chien battu. Et je ne lui ai même pas fait le cadeau de l'envoyer chier, elle aurait été trop contente !

Rien ne m'aura été épargné, aujourd'hui ! Quand on dit rien ! J'étais tellement enragé que je marchais tout croche comme un homme soûl. J'étais étourdi, le cœur me débattait, j'avais les jambes molles. Je ne sais pas pourquoi mais j'avais l'impression d'avoir échappé de justesse à un viol !

Je veux bien me donner en spectacle, c'est même un des grands plaisirs de ma vie, mais je refuse de faire le singe pour une gang de Français paquetés en mal de folklore! Même si je commence à comprendre que ce serait la seule façon que j'aurais de pogner, ici! Duchesse de Langeais, à Montréal; mononcle du Canada ici!

J'ai marché longtemps, me perdant dans toutes sortes de petites rues sûrement très belles mais que je ne me suis même pas donné la peine de regarder. À un moment donné, j'ai vu un grand boulevard, sur ma gauche, juste comme j'allais prendre une rue, la rue de l'Échaudé (je ne pouvais pas tomber mieux) qui avait l'air de retourner vers la Seine.

Un vent chaud s'était levé, énervant, chargé d'eau. Il ne manquait plus qu'un orage à mon bonheur...

Une vieille église, noire, trapue, à moitié cachée par les arbres, a attiré mon attention. Elle était peu éclairée et ce qu'il restait de blanc des murs prenait une teinte jaune très chaude. J'en ai fait le tour parce que la façade ne donnait pas sur le boulevard Saint-Germain.

Cette église doit être là depuis toujours; les pierres du clocher ont eu le temps de s'effriter sous les intempéries. On dirait presque qu'il a été mal construit tellement les pierres sont irrégulières, rabotées, arrondies. J'aurais bien voulu la visiter. Chez nous, les églises sont plutôt flashées; celle-là était toute discrète, au milieu de ses arbres, et Dieu sait que j'aurais eu besoin de me retirer dans un endroit calme pour quelques minutes. Bien sûr, c'était fermé.

Au coin de la petite place et du boulevard, un kiosque à journaux était toujours ouvert. Un vieux monsieur coiffé d'une casquette malgré la chaleur était écrasé sur une toute petite chaise, à côté d'une lampe à l'huile posée sur un tabouret, la tête dodelinant et le mégot éteint collé à la lèvre inférieure.

Pour cent francs (à peu près quinze cennes de notre argent) j'ai acheté le numéro de *France Illustration* du 24 mai (on le reçoit toujours quatre ou cinq mois en retard, chez nous, quand on le reçoit) et une carte géographique de Paris. Je me disais qu'il était temps que je sache d'où je venais et où j'allais dans c'te maudite ville-là !

Une terrasse était ouverte, de l'autre côté de la place. Une grande terrasse, avec des tables de métal et des chaises en paille. Mais une bande de jeunes fous faisaient la pluie et le beau temps en hurlant qu'ils posaient des gestes gratuits et existentiels. J'ai lu quelque chose, quelque part, sur ces fous-là tout habillés en noir qui veulent tout revirer à l'envers... J'ai continué mon chemin en me disant qu'ils ne verraient certainement pas d'un bon œil un gros touriste essoufflé qui déplie sur sa table trop petite une carte de Paris pour essayer de se retrouver. Les gestes gratuits et existentiels que ça leur suggérerait ne me tentaient pas tellement.

J'ai trouvé une deuxième terrasse, relativement calme, un peu plus loin. Ça fait drôle de s'installer, comme ça, dans la rue, pour boire quelque chose et lire. On a l'impression que les passants vont s'arrêter pour regarder par-dessus votre épaule. J'ai feuilleté le *France Illustration* en attendant ma bière. Ils parlaient justement du spectacle que j'ai failli aller voir, au théâtre Antoine. Ç'a pas l'air vargeux.

Je faisais face à un groupe de gens de mon âge, à peu près, qui discutaient fort et d'une façon très sérieuse, au sujet d'une pièce qu'ils avaient vue et qui s'appelle *Les Bonnes*. D'après ce qu'ils disaient, ç'a pas l'air drôle-drôle... Deux servantes qui tuent leur maîtresse... Celui qui semblait être le chef du groupe et qui s'appelait Jean-Paul d'après ce que j'ai cru comprendre prétendait que le metteur en scène avait monté la pièce à contresens. Je me demande bien comment on peut faire ça ! Ce qui est écrit est écrit, non ? Les acteurs ne peuvent quand même pas arriver en scène en disant le contraire de ce qu'ils ont à dire ! C'est des idées de fou, ça ! Du monde qui s'écoutent parler ! Surtout que le metteur en scène en question, c'était pas n'importe qui, c'était Louis Jouvet !

La femme, Simone, très belle, au visage tellement intelligent que ça en coupait le souffle, écoutait l'homme longtemps avant de lui répondre mais quand elle le faisait c'était très court et sans réplique. Elle avait même l'air d'avoir du fun à le boucher. Elle portait un turban, un peu comme Germaine Giroux, qui soulignait la ligne droite de son superbe front. C'est peut-être à elle que j'aimerais ressembler, en fin de compte, plutôt qu'à une greluche comme la Clavet-Daudun. Mais j'ai pas l'intelligence qu'il faut. Elle a pourtant mon âge. Mais elle a pas dû naître à Montréal entre un père alcoolique et une mère morte d'ennui. Et puis, il me semble qu'on ne se déguise pas comme je le fais pour discuter littérature autour d'un verre de scotch, mais pour faire rire les autres et rire soi-même à s'en rendre malade.

Le troisième, Albert, déjà pas mal paqueté, ramenait toujours la discussion sur ses succès à lui. Il avait l'air très sûr de lui et n'écoutait pas toujours ce que les autres disaient. La femme lui a même dit, à un moment donné : « S'il vous plaît, Albert, cessez de parler de vos triomphes ! Nous les connaissons. Et vous savez très bien que je viens de passer un hiver particulièrement difficile ! » Ce doit être du monde connu. Peut-être des acteurs de théâtre... J'ai pourtant bien regardé la femme. Je ne la connais pas. Peut-être une sociétaire de la Comédie-Française qui n'a joué que des rôles secondaires, au cinéma... Celui qui s'appelait Albert ressemblait à Pierre Brasseur et faisait de la voix comme lui, mais il s'appelait Albert...

Quant à Jean-Paul, il n'avait pas du tout un physique d'acteur. Pendant une seconde j'ai pensé d'aller leur demander un autographe. Mais j'étais trop gêné. Et je n'étais pas sûr que c'étaient des acteurs. Je ne pouvais quand même pas risquer d'aller leur dire que je les avais aimés dans leurs films, c'était peut-être juste des chanteurs d'opérette ! Ou des musiciens.

Le goût de la bière m'a fait du bien. C'était loin de goûter la bonne vieille Black Horse, bien sûr, mais l'odeur était à peu près la même, si réconfortante quand on est déprimé, petit picotement dans le nez qui promet l'apaisement temporaire des grandes tempêtes. C'était plus doux dans la bouche, ça coulait presque mieux. Je me suis rendu compte, à la première gorgée, à quel point j'avais soif et j'ai continué jusqu'au fond du verre sans arrêter. Quand j'ai eu fini j'avais une petite moustache de mousse que j'ai léchée avant de m'essuyer.

J'en ai commandé une deuxième.

Le groupe de nobodys connus s'était grossi d'une fille aux longs cheveux noirs que tout le monde appelait Toutoune et d'un Arabe dont je n'ai pas saisi le nom. Ils parlaient du Tabou où ils voulaient aller terminer la soirée.

Good luck !

J'ai lentement déplié la carte de Paris. Les cartes géographiques m'ont toujours semblé absurdes. Quand j'étais enfant (et déjà obèse) je ne comprenais pas que le même format de papier pouvait contenir le plan du monde ou celui d'une ville. Dans ma logique d'enfant j'aurais vu les mappemondes plus grandes que les autres, évidemment. Je pensais à ça en étalant la carte sur la table et je souriais de ma naïveté. L'ancienne et l'actuelle. Ça prend bien moi pour partir à la conquête d'une des plus grandes villes du monde sans me documenter, en imaginant tout comprendre et tout dompter d'un seul coup, comme si je descendais à Drummondville ou à La Tuque. Mais ma naïveté ne va même pas jusque-là, je pense. Je ne suis qu'inconscient.

Je n'ai d'abord rien compris à ce que je voyais : un grand cercle marron traversé d'une barre bleue qui s'incurvait vers la gauche et strié de petites veines blanches courant dans tous les sens et portant les noms les plus inattendus : le boulevard des Filles-du-Calvaire ; la place des Abbesses ; la Porte de Pantin ; la rue Le-Vau ; la rue des Petits-Champs et la rue Croix-des-Petits-Champs qui se croisent (« Où habitez-vous ? » « Au coin de des Petits-Champs et de Croix-des-Petits-Champs ! ») ; la Cour Juin et la rue Juillet... J'ai l'impression qu'ils ont tellement de rues, à Paris, qu'ils leur donnent n'importe quoi comme nom, ce qui leur passe par la tête. Mais quand ils ont baptisé la rue du Chat-qui-Pêche, ils devaient être bien paquetés !

Lorsque ma deuxième bière est arrivée j'ai demandé au waiter de poser le verre n'importe où sur sa ville. Simone, à la table à côté, a souri. Et, évidemment, le waiter a demandé si j'étais canadien. Je lui ai répondu, en prenant l'accent de la ville de Québec : « Oui, de Québec, viargette ! » Simone a franchement ri et Toutoune a ouvert de grands yeux. Quelqu'un du groupe qui n'avait pas encore parlé et dont j'ignore le nom a murmuré entre ses dents : « Je déteste l'accent canadien. » Les larmes me sont immédiatement monté aux yeux et je lui ai répondu, rien que sur une pinotte : « Me laissez-vous au moins le droit de vivre ? » Les autres hommes qui n'avaient pas suivi ce qui se passait ont tourné la tête dans ma direction. Simone a étiré le bras, posé la main sur la mienne. «Ne l'écoutez pas, monsieur, il est soûl.» Avant de me replonger dans ma carte de Paris j'ai juste répondu : «Moé aussi, chus soûl, pis j'insulte parsonne !» L'homme a haussé les épaules en faisant un bruit moqueur avec sa bouche. Avoir eu des ongles, je lui aurais arraché la face.

J'ai bu une gorgée de bière. Le verre avait laissé un grand cerne mouillé sur la carte. Et c'est en essayant d'essuyer l'eau du plat de la main que j'ai trouvé l'itinéraire que j'avais parcouru depuis mon départ.

J'ai fendu Paris en deux, comme on tranche un fruit ou un oignon ! Je suis parti du fin nord et j'ai coupé droit vers le sud en passant par le noyau du fruit, l'île de la Cité ! Sans m'en rendre compte j'ai pénétré dans Paris comme un ver qui s'introduit dans une pomme, de la pelure au cœur.

Et naturellement, je me suis senti comme un intrus, un indésirable qu'on n'a pas invité et qui s'installe quand même chez vous comme si tout lui était dû. Quelque chose qui ressemblait à de la gêne mêlée de peur m'a froissé les tripes. La tête me tournait. J'ai regardé autour de moi, le boulevard Saint-Germain, la terrasse du Café de Flore, les passants chic ou pouilleux, Simone, et Jean-Paul, et Albert, et Toutoune, et les autres... et je me suis senti tellement, mais tellement... *déplacé !* Et indigne ! Pas même de faire partie de ce que je voyais mais juste d'être là ! J'étais enragé noir,

aussi, de ne pas pouvoir me dire tout simplement :
« Un ver dans une pomme, ça se sent pas coupable !
Ça s'installe pis ça se bourre ! » Chus tanné d'être
obligé de me servir un sermon chaque fois que
quelque chose d'un peu exceptionnel se produit
dans ma vie, mais j'y peux rien ! La culpabilité est
imprimée dans mon âme au fer rouge.

Simone m'observait. J'aurais eu envie de tout lui
conter. Comme à vous. Mais j'ai eu l'impression
qu'elle comprenait, du moins en partie, ce que je
ressentais, peut-être à cause de l'affolement qu'elle
lisait dans mes yeux. Un étranger au regard perdu
doit être le même partout dans le monde.

C'est elle, en fin de compte, qui a fini par dire :

— Vous avez trouvé ce que vous cherchiez ?

— Oui, je cherchais la rue Doudeauville, dans le
dix-huitième arrondissement de Paris. Pis j'aimerais ça rentrer chez nous par le métro, mais j'sais
pas comment faire...

— Ah, mais c'est très facile...

Elle s'est levée, s'est penchée sur la carte. Son
doigt a tout de suite trouvé la bonne station de
métro.

— Tenez, ici, Château-Rouge. Vous prenez le
métro, là, en face, à côté du kiosque à journaux,
direction Porte de Clignancourt, et vous descendez
à Château-Rouge. C'est direct.

Elle est restée un moment à côté de la table avant
de me demander :

— Vous avez besoin d'aide ?

J'ai moi aussi attendu quelques secondes avant de répondre. J'aurais voulu rester dans son champ de vision très longtemps. Son regard était nourrissant. J'ai fini par dire :

—Oui. Mais l'aide que j'ai de besoin est de l'autre côté de l'Atlantique.

—Mal du pays?

—Surtout mal de mes amis...

Je me suis levé en m'excusant, j'ai laissé cent francs sur la carte de Paris barbouillée de bière et je suis parti en courant comme un voleur.

Aussitôt que j'ai eu poussé la porte de la station Saint-Germain-des-Prés, une senteur de poussière et d'urine, sèche et étouffante, m'a presque fait rebrousser chemin. Je suis resté debout dans le corridor en faisant la grimace dans le courant d'air chaud pendant un certain temps avant de me décider à continuer mon chemin. Je me suis approché de la cage vitrée où se tenait le vendeur de tickets.

—Je voudrais aller à Château-Rouge, s'il vous plaît...

Il s'est approché de la vitre percée de petits trous, probablement pour le protéger des haleines trop fortes.

—Plaît-il?

—Je voudrais un billet pour la direction Porte de Clignancourt... J'm'en vais à Château-Rouge.

J'étais trop fatigué désormais pour me tricoter un accent français.

Un grand sourire s'est dessiné sur le visage gris et cerné du vendeur.

— Vous êtes canadien? Qu'est-ce que vous allez faire à Château-Rouge à une heure pareille? C'est pas pour vous! Pourquoi vous n'allez pas à Pigalle, comme tout le monde? Vous descendez à Barbès et vous faites la correspondance jusqu'à Pigalle! Vous voulez une première ou une deuxième?

— Une première ou une deuxième quoi?

— Classe, une première ou une deuxième classe!

J'en revenais pas! Ici aussi! Y'en ont-tu jusque dans les toilettes, 'coudonc? Y'a-tu une partie première classe sur les trottoirs, dans les restaurants? J'ai-tu bu ma bière dans une section privilégiée?

— Donnez-moi une deuxième classe, une troisième, même, si vous en avez, ça va être assez pour moi! Pis chus pas canadien! Chus un Zoulou bilingue!

Greyé de mon ticket j'ai descendu l'escalier mal éclairé qui menait aux quais en pensant aux films français qu'on a vus, dernièrement, et dans lesquels on voyait des Parisiens se réfugier dans le métro, pendant la guerre.

J'ai croisé une bande de jeunes fous habillés en noir qui sentaient très fort l'aisselle longtemps négligée. J'aurais pas voulu me retrouver tu-seul dans un ascenseur avec eux autres! Ou alors, avec un masque à gaz!

Quelque chose qui ressemblait vaguement à un être humain attendait devant le portillon qui donnait accès au quai. C'était un homme encore jeune mais de qui toute vie s'était depuis longtemps retirée. Il avait un poinçon à la main, s'emparait de votre billet sans vous regarder, le poinçonnait, vous le rendait en tenant toujours les yeux baissés sur le sol de ciment. Complètement absent. Combien d'heures par jour restait-il là, dans les odeurs de tout le monde, à puncher des petits morceaux de papier? Malgré la chaleur il avait un foulard autour du cou. Le courant d'air qui circulait sans arrêt devait être un perpétuel danger pour lui.

Une rame de métro arrivait; j'ai couru. Peu de monde attendait dans la station en imitation de briques blanches jaunies depuis longtemps. C'est très impressionnant, ce train enfermé dans un tunnel. On dirait le petit train du Père Noël, chez Eaton, dans le temps des fêtes, mais en plus gros, en plus laid et en infiniment plus bruyant. Une porte s'est arrêtée juste devant moi. Mais rien ne s'est produit. Elle est restée fermée. Un moment j'ai pensé qu'il fallait peut-être glisser le billet quelque part et j'ai regardé en direction des autres wagons. On doit ouvrir les portes soi-même! Il faut d'abord soulever un loquet et ensuite tirer de toutes ses forces pour que la porte entre dans le mur du wagon. J'ai juste eu le temps de monter avant qu'un coup de sifflet retentisse et que toutes les portes se referment en même temps dans un claquement de mâchoires des plus désagréables.

J'ai toujours haï les tunnels ! Je vous dis que j'ai été servi là ! Treize stations ! Ça brasse, ça tourne, ça s'arrête sans prévenir, ça repart brusquement, ça vous secoue tellement que votre tête a de la misère à suivre le reste de votre corps... J'ai subi sans aucun problème cinq jours de bateau mais le métro de Paris a réussi à me donner mal au cœur en moins de cinq stations ! Entre Châtelet et Les Halles, j'ai cru que j'y restais. On a tourné vers la gauche tellement raide que j'ai été obligé de me tenir après le dossier du banc. Je me suis mis la main devant la bouche. Le canard aux pruneaux et la tarte Tatin me remontaient dans la gorge en même temps. J'ai essayé de prendre de grandes respirations par le nez comme vous me l'avez montré mais ça sentait tellement mauvais que mon estomac se révoltait encore plus. Et c'est là que je me suis aperçu que c'est moi qui puais ! Je me suis serré les coudes près du corps et je n'ai plus bougé, de peur qu'un des autres passagers s'en rende compte.

De peine et de misère j'ai réussi à me rendre jusqu'à la station Château-Rouge. Je suis sorti de là sûrement blanc comme un drap et couvert de sueur. J'étais au coin du boulevard Barbès et de la rue Poulet, tout près de chez moi. Chez moi?

Maintenant que je savais où trouver la rue Doudeauville sur la carte, je me suis approché du grand panneau dressé à la sortie de la bouche du métro pour vérifier si je devais tout de suite prendre la rue Poulet ou continuer sur le boulevard Barbès avant de tourner à droite. J'ai posé mon index sur la station Château-Rouge. L'impression de déjà-vu que je traînais avec moi depuis le matin à cause des noms de rues qui me disaient quelque chose m'est revenue d'un seul coup et je me suis rappelé qu'au début de ce journal je disais que je partais à la recherche de Gervaise et de Lucien de Rubempré...

La surprise de ma découverte a été tellement grande que je suis resté sans bouger, l'index posé sur la carte, pendant de longues secondes avant de pouvoir réagir.

Gervaise ! *L'Assommoir !*

Je vis depuis vingt-quatre heures dans un roman de Zola !

Elles étaient toutes là, à deux pas : la rue des Poissonniers, la rue Myrha, la rue de la Goutte-d'Or, la rue Polonceau, la rue Labat. J'habite au cœur même du quartier de *L'Assommoir*, entre la rue Marcadet et le boulevard Rochechouart !

Vous vous souvenez de notre grande passion pour ce livre, il y a quelques années, pour ses personnages qui ressemblaient tant à des membres de notre propre famille : Gervaise elle-même qui boitait comme notre mère ; Coupeau et Lantier qui représentaient à eux deux tous les hommes du côté de papa ; Nana qui avait mal tourné comme la cousine Berthe et qui nous faisait penser à ce que pourrait devenir Thérèse si on ne la retient pas ; les autres, amis et voisins, sur qui on aurait pu mettre des dizaines de noms.

Nous nous étions cachés pour lire *L'Assommoir* parce que c'était à l'index, vous dans votre chambre en simulant une grippe pour éviter les foudres d'Albertine et moi pendant mes heures de repas, au fond des restaurants de la rue Sainte-Catherine, au-dessus d'une soupe qui refroidissait ou d'un hot chicken qui figeait. Nous nous l'étions raconté, ensuite, émus par les malheurs de Gervaise mais la critiquant quand même, elle, de ne pas avoir eu plus de courage à la fin de sa vie. Nous haïssions presque Zola de l'avoir laissée mourir sous un escalier comme une clocharde mais nous en connaissions de ces personnages pathétiques qui se laissent aller après avoir connu des malheurs trop grands pour eux. Nous avions fini par avoir l'impression de connaître personnellement chacun de ces personnages avec qui nous aurions voulu discuter pour les prévenir de ce qui les attendait parce que nous, nous connaissions leurs destins tragiques. Vous vous souvenez du vertige de Gervaise devant le trou du boulevard de Magenta en construction? J'ai passé par là! Et de la noce qui descend de Montmartre vers le cœur de la ville? C'est exactement l'itinéraire que j'ai suivi aujourd'hui! J'ai traversé le boulevard de La Chapelle où Gervaise a essayé, un soir, de se prostituer, pitoyable boiteuse soûle dont tout le monde riait...

Et savez-vous ce que j'ai fait? Je suis sûr que oui parce que vous auriez fait la même chose. J'ai couru à travers tout le quartier à la recherche de Gervaise! Je savais qu'elle n'avait jamais existé et que tout ça, de toute façon, se passait au dix-neuvième siècle mais, comme pour Maigret, plus tôt, j'étais sûr de la trouver ! Les descriptions de Zola étaient tellement précises que je croyais reconnaître les vieilles maisons : la blanchisserie de la rue de la Goutte-d'Or, l'assommoir de la rue des Poissonniers, le lavoir où Gervaise et la grande Virginie s'étaient battues...

J'avais l'air d'un vrai fou. Aussitôt que je reconnaissais le nom d'une rue, je m'y engageais d'un pas ferme, scrutant chaque façade, guettant du coin de l'œil une silhouette boitillante, parfois jeune et fringante, une chanson aux lèvres, une petite fille accrochée à ses basques, parfois obèse et trébuchante, inarticulée et sale. J'ai assisté à la chute de Lantier, du toit en pente d'une maison en construction ; aux nombreuses beuveries dont les relents et les échos parvenaient jusque dans la rue ; au cortège nuptial dont la mariée traînait le pas parce qu'elle était incapable de marcher aussi vite que les autres.

Je me suis promené comme ça sur les pas de Gervaise pendant une bonne heure puis je suis revenu vers la rue Doudeauville exténué, essoufflé, ivre d'émotion.

J'ai aimé avec autant de passion *Bonheur d'occasion*, de Gabrielle Roy, il y a quelques mois, et pourtant je n'ai jamais eu l'idée d'aller courir dans les rues de Saint-Henri, à la recherche de la famille Lacasse ! Alors pourquoi le quartier de la Goutte-d'Or m'a-t-il fait tant vibrer ? Parce qu'il est ailleurs ? Parce que je croise Florentine Lacasse tous les jours alors que Gervaise, même si elle nous ressemble, fait partie de la culture de quelqu'un d'autre et que je peux m'apitoyer sur son sort sans me sentir coupable de son existence? Parce que Montréal m'appartient alors que Paris, jusqu'ici, n'était qu'un rêve décrit dans des dizaines de livres qui me faisaient rêver? Parce que vous et moi nous aimons mieux rêver que vivre?

J'ai grimpé quatre à quatre les escaliers humides de ma nouvelle demeure. Comme je n'arrivais pas à tenir en place je me suis mis à faire les cent pas dans le petit appartement, du foyer au lit et du lit au foyer. Je voulais comprendre! Les idées se bousculaient dans ma tête, je n'arrivais pas à en faire le tri. J'ai ouvert une des fenêtres qui donnait sur la rue Doudeauville. Le campanile du Sacré-Cœur n'était pas éclairé mais il faisait quand même une tache plus pâle sur le noir de la nuit. Tout était d'une incroyable beauté, mais il me manquait quelque chose. Et j'ai réalisé que je crevais tout simplement d'envie de vous parler. Directement. Pas par le truchement de ce maudit journal qui ne me fait pas vraiment de bien et que vous lirez trop tard; à vous en personne. Je vous ai imaginée appuyée à côté de moi, respirant l'air de la nuit, chantant peut-être avec votre si belle voix *Le Temps des cerises* à Paris à moitié endormie. Je me meurs d'ennui! De vous et de ma gang! Je voudrais pouvoir rire de ma journée ou me pâmer sur elle avec Samarcette, la Vaillancourt, la Rollande Saint-Germain; me retrouver au Palace, en dessous du faux cocotier qui sent la poussière, au milieu des guidounes et des soûlons, avec le petit Maurice qui fait chier tout le monde et Thérèse qui commence à faire baver les hommes et, pourtant, me réveiller ici, demain matin, pour continuer ma quête. Mais en famille ! Je voudrais avoir traîné ma gang, ma parenté, mon quartier, ma ville avec moi pour pouvoir partager ! Partager ! Partager, comprenez-vous? Chus venu au monde en gang et chus incapable de vivre et surtout de comprendre tout seul ! À quoi ça sert de vivre une aventure si on ne sait pas ce qu'elle signifie? Avec vous que j'aime tant, avec vous que j'aime, je comprendrais ; tout seul je n'y arriverai jamais, je le sais maintenant. Vous ne m'avez prêté que vos yeux alors que je voudrais vous trimbaler avec moi à travers Paris à la recherche... comment appeler ça? Le bonheur? En tout cas, le bonheur de découvrir.

Je n'apprivoiserai jamais la solitude. J'ai besoin d'un public. Maintenant. Tout de suite. Pour m'expliquer à moi-même.

Et le seul public que je connais est à l'autre bout du monde. Je sais maintenant que je serais absolument incapable d'attendre des mois avant de me présenter devant lui. Seul au milieu d'une aventure trop grande pour moi, je mourrais d'ennui, de peur et de frustration.

Il est six heures du matin. Paris se réveille. Les vidangeurs viennent de passer. Un remue-ménage du maudit qui a secoué tout le quartier. Le ciel est maintenant tout blanc après avoir passé par toutes les teintes de rose et d'orangé possibles. L'envers d'hier soir. Le recommencement.

J'ai écrit toute la nuit, fébrilement comme vous avez pu le remarquer, au fil de la plume, sans me censurer et sans trop me préoccuper de comment tout ça sortait.

Je vais préparer ma valise, me rendre à la gare Saint-Lazare, quitter Paris par le premier train en partance pour Le Havre. Je ne pourrais plus revivre une journée comme celle d'hier, alors j'aime mieux me retirer sur la pointe des pieds, le plus discrètement possible. Sur le bateau, le *Liberté* ou un autre, je m'inventerai un voyage fantastique que je mettrai bien au point pour pouvoir le servir à tout le monde en rentrant à Montréal. À tout le monde sauf à vous à qui je donnerai à lire ce morceau de moi que nous devrons rester seuls à connaître.

La duchesse de Langeais est en moi, dans mon imagination, et elle ne sera efficace que si je l'invente de toutes pièces. Au diable Antoinette Beaugrand et sa Kulture, au diable la fausse princesse Clavet-Daudun et ses nuits de Saint-Germain-des-Prés. Le Plateau Mont-Royal m'attend, la Main, aussi, peut-être, prêts à se laisser berner par le premier beau conteur venu. Ce n'est pas l'expérience qui compte, c'est le mensonge bien organisé. Et je vais vous organiser les plus belles menteries...

Je termine ici ce journal fourre-tout. Je n'en aurai plus besoin. À partir de maintenant, j'improvise à voix haute. Fini, l'écriture.

Good luck !

P.S. J'aurai passé dix jours en bateau et trente-six heures à Paris... Quelle tristesse.

Intercalaire

Schéhérazade IV

Hosanna ne referma pas le carnet bleu tout de suite. Il le laissa ouvert sur ses genoux, les feuillets jaunis par l'humidité des étés et la sécheresse des appartements trop chauffés, l'hiver. Les dernières pages, en particulier, avaient été difficiles à lire, le papier cassant, l'encre brouillée, comme si quelqu'un les avait mouillées par exprès. Cuirette finit par prendre le journal d'Édouard dans ses grosses pattes douces de beu qui n'a jamais travaillé de sa vie. Hosanna le laissa faire ou ne s'en aperçut pas. « Aïe, c'tait une moyenne menteuse, la duchesse, Hosanna ! A'l'a toujours dit qu'a'l'avait passé des mois pis des mois, à Paris... A' nous contait ses rencontres avec des stars pis des écrivains connus, ses fréquentations dans le grand monde, ses déguisements qui faisaient rire le Tout-Paris, comme a' disait... J'croyais tout ça, moé... Toé ? » Hosanna prit un certain temps avant de répondre. Et quand il parla c'était avec une voix douce, égale, comme si ce qu'il disait était l'évidence même. « T'as jamais remarqué, Cuirette, que ce voyage-là allongeait d'année en année ? Que des noms arrêtaient pas de s'ajouter aux noms, que des faits nouveaux surgissaient, tout d'un coup, après trente ans... La duchesse nous disait, naïvement : « Ah ! oui, c'est vrai, j'vous ai jamais conté ça... » Pis a' nous tricotait une histoire qu'a' mettait en sandwich entre deux ou trois autres qu'on savait par cœur... Moé aussi, au début, j'la croyais, Cuirette. Plus qu'au début... Pendant longtemps j'ai écouté ses histoires sans me poser de questions, comme tout le monde... Pis un jour... » Hosanna se tourna vers Cuirette en souriant. Ses yeux brillaient comme lorsqu'il allait pleurer. « Quand a' s'est mis à parler de Brigitte Bardot qu'a'l'aurait connue à ses débuts, j'ai tout compris d'un seul coup. En 1947, Brigitte Bardot était une enfant, comme moi... Au commencement, j'ai été choqué... mais après j'me sus mis à admirer son incroyable force d'invention et de persuasion. A' vous a passé entre les dents trois générations d'acteurs pis de chanteurs pis vous vous en êtes jamais rendu compte ! » « C'est pourtant vrai ! Pis tu nous l'as jamais dit ! » « Non. Vous rêviez, vous autres aussi. Pis c'que contait la duchesse était tellement plus beau que c'qu'a'l'aurait pu vivre... » Hosanna reprit le journal, le serra contre lui en y appuyant le menton. « C'tait elle, la vraie Schéhérazade, Cuirette. Pis a'l'a duré trente ans. Onze mille et une nuits ! » La crise vint d'un seul coup. Hosanna était plié en deux sur le journal d'Édouard et geignait comme un petit animal qu'on martyrise. « J'm'ennuie... j'm'ennuie... j'm'ennuie... »

Coda

Deux grosses personnes, l'une installée sur une chaise berçante, l'autre sur une chaise droite, chuchotaient sur le balcon de la maison de la rue Fabre. Derrière elles la porte de l'appartement était fermée malgré la chaleur. Rien ne bougeait. Aucun vent de nuit n'échevelait les arbres immobiles, figés, comme à l'écoute ou dans l'attente de la moindre brise, du plus petit souffle de vie qui viendrait chasser l'humidité étouffante qui s'était abattue sur Montréal depuis quelques jours.

— Pourquoi tu viens me voir si tard?

— Personne sait que chus revenu.

— Va ben falloir que tu te montres, un jour.

— Pas tu-suite... chus pas prêt.

— Mais tu m'as dit, au téléphone, que t'étais revenu pour voir ton monde...

— Vous êtes mon monde.

Édouard tendit son cahier à la grosse femme.

— J'peux pas rester longtemps. Lisez ça. J'ai écrit un numéro de téléphone oùsque vous pouvez me rejoindre. C'est Amherst 2261. C'est un hôtel.

— Tu restes à l'hôtel ! Mais ça coûte ben que trop cher !

— Y me reste ben de l'argent. Pensez pas à ça.

—J'haïs ça, chuchoter comme ça, Édouard... On a l'air de deux criminels. T'as rien à cacher, j'espère !

—Ben non. Chus juste pas prêt à faire face à la famille. J'vas encore passer pour un raté, un sans-allure, un gaspilleur...

La grosse femme avait posé le cahier sur ses genoux. Elle le caressait maintenant du plat de la main.

—Tout ton voyage est là-dedans?

—Quand vous aurez fini de le lire, on pourra discuter. Mais j'ai l'impression que je vivrai pas d'ici là. Chus comme un légume depuis que chus revenu. J'reste couché toute la journée, j'lis pas, j'fais rien, j'pense même pas.

Édouard sentit une main qu'il n'avait pas vue venir se poser sur son poignet.

—C'tait-tu beau, Paris?

—Oui. Trop.

—Pourquoi, trop?

—Trop pour moi tu-seul.

—Mais j'étais avec toi, Édouard...

—Non, justement. Ça a pas marché. Aurait fallu que vous soyez là pour vrai... J'avais besoin de vous sentir plus que dans ma tête...

Il hésita un court moment puis se décida :

—Le savez-vous à quel point je vous aime?

La main se retira pour aller se poser sur le cœur de la grosse femme.

—Non.

—Je sais que vous êtes ma belle-sœur pis que moi, ben... chus différent, disons... Mais je vous aime pareil. L'amour, c'est pas juste deux culs qui se frottent ensemble, vous savez...

Édouard avait élevé la voix. Sa dernière phrase avait claqué dans la rue Fabre endormie. Il mit la main sur sa bouche comme un enfant qui vient de gaffer.

—J'peux pas répondre à ça, Édouard.

—J'vous demande pas de répondre, j'vous le dis, c'est tout. Je sais que c'est sans espoir, autant de mon côté que du vôtre mais c'était là, y fallait que ça sorte.

Ils restèrent sans parler pendant un long moment. Édouard finit même par penser que sa belle-sœur s'était assoupie. Mais à ses épaules qui se soulevaient trop rapidement il se rendit compte qu'elle pleurait.

—Excusez-moi. Je sais que vous adorez mon frère. J'voudrais juste un morceau, une paillette de c't'amour-là.

La grosse femme se leva en donnant un bon élan à sa chaise comme elle le faisait toujours.

—Tu l'as déjà. Demandes-en pas plus, Édouard. J'vas t'appeler quand j'vas avoir lu ça.

Il lui prit la main, à son tour, mais d'une façon brusque, comme s'il s'accrochait à un dernier espoir.

—J'espère que vous allez comprendre... Mon désarroi... L'écrasement de Paris... La panique devant la solitude...

— Va te coucher, à c't'heure... Essaye de dormir.

La grosse femme rentra en poussant tout doucement la porte qui avait tendance à grincer. Édouard
était seul sur le balcon, bouleversé et choqué de ses
aveux. Il changea de chaise avec mille précautions
pour ne pas faire de bruit et se mit à se bercer dans
la chaise de la grosse femme.

— Tu-seul là-bas. Tu-seul ici. Mais quand j'vas
refaire surface, r'gardez-moi ben aller ! Vous aurez
jamais vu une solitude aussi bien entourée !

À sa droite, dans la fenêtre qui avait longtemps
été celle de la chambre de Victoire, sa mère, un
petit garçon, yeux clos et la tête se balançant de
gauche à droite, faisait semblant qu'il jouait du
piano sur le rebord étagé peint en blanc.

Outremont, janvier-août 1984.

B∆BEL

COÉDITION ACTES SUD – LEMÉAC

COMPOSÉ À MONTRÉAL
PAR GUY VERVILLE
ACHEVÉ D'IMPRIMER
EN JANVIER 2006
SUR LES PRESSES DE MARQUIS IMPRIMEUR
POUR LE COMPTE DE
LEMÉAC ÉDITEUR, MONTRÉAL

Nᵒ D'ÉDITEUR : 2695
DÉPÔT LÉGAL
1ʳᵉ ÉDITION : 4ᵉ TRIMESTRE 1997
(ED. 01 / IMP. 04)